古典詩歌研究彙刊

第二四輯

龔鵬程　主編

第 1 冊

《玉臺新詠》研究

冷紀平　著

國家圖書館出版品預行編目資料

《玉臺新詠》研究／冷紀平 著 — 初版 — 新北市：花木蘭文化
事業有限公司，2018〔民 107〕
目 2+180 面；17×24 公分
（古典詩歌研究彙刊 第二四輯；第 1 冊）
ISBN 978-986-485-438-7（精裝）
1. 玉臺新詠 2. 研究考訂
820.91   107011311

ISBN-978-986-485-438-7

古典詩歌研究彙刊
第二四輯　第一冊　　　　ISBN：978-986-485-438-7

《玉臺新詠》研究

作　　　者	冷紀平
主　　　編	龔鵬程
總 編 輯	杜潔祥
副總編輯	楊嘉樂
編　　　輯	許郁翎、王筑　美術編輯　陳逸婷
出　　　版	花木蘭文化事業有限公司
發 行 人	高小娟
聯絡地址	235 新北市中和區中安街七二號十三樓
	電話：02-2923-1455／傳眞：02-2923-1452
網　　　址	http://www.huamulan.tw 信箱 hml810518@gmail.com
印　　　刷	普羅文化出版廣告事業
初　　　版	2018 年 9 月
全書字數	137039 字
定　　　價	第二四輯共 9 冊（精裝）新台幣 15,000 元

《玉臺新詠》研究

冷紀平　著

作者簡介

冷紀平，文學博士，男，1977 年生，山東濰坊人。2010 年畢業於首都師範大學中國詩歌研究中心。現為江西師範大學初等教育學院教師。主持完成教育部人文社會科學青年項目基金：清代滿族說唱文學研究（12YJC751031），出版《子弟書源流考》專著一部，在《中國詩歌研究》、《滿族研究》等刊物先後發表《清代子弟書的誕生同八旗子弟生活方式的關係》，《《玉臺新詠》的女性題材特徵與儒家詩教》等論文多篇。

提　　要

　　《玉臺新詠》的編者徐陵針對後宮佳麗，專門選擇女性題材，主觀上，其目的是為了踐行儒家詩教「風天下，以正夫婦」之義。這從《玉臺新詠》的女性題材和《詩經》之《周南》、《召南》題材的吻合度，以及「新詠」之用意上，便可以斷定。同時，也是為流行的宮體詩正名的一種手段，通過強調同儒家詩教的關聯，為宮體詩尋找支撐的依據。徐陵選錄一定數量的表現儒家倫理的作品，編入童謠歌詩寄寓自己的現實關懷，都是在向儒家詩教靠攏。《玉臺新詠》一書，客觀上反映了當時歌舞娛樂活動以及詩文創作活動繁榮與興盛。所選作品，有234 首選入了《樂府詩集》，齊梁時期有 168 首，占 72%。這從一個側面反映了當時歌舞娛樂活動的興盛。另外，《玉臺新詠》中也有一些作品直接描寫歌舞，表現了當時的高超的歌舞藝術水準與當時上層士大夫文人的審美趣味。徐陵在作品選錄中從不迴避不同時代，主題一致的古詩、擬古詩，或者同一時代不同作者相同詩題的唱和詩，這都是文人詩文活動的特徵。南朝特別是蕭梁時代，文人詩創作出現了一個小高潮，不論是詩人群體，還是作品數量都呈現出前所未有的局面。

目

次

導　論

一、選題的來源及其意義

　　《玉臺新詠》是現存的，繼《詩經》、《楚辭》之後第三部詩歌總集，同時它與《文選》一起，又是南北朝時期僅存的兩部文學總集。不過無論是歷史地位、後世影響還是研究成果上，《玉臺新詠》都無法與《文選》相比。雖然近年以來出版了一些比較有分量的研究著作，但總體而言《玉臺新詠》的研究依然處於一種相對冷清和薄弱的狀態。

　　自它問世以來，圍繞著《玉臺新詠》的非議非常之大。主要是它專門採錄女性題材作品，而這恰好同儒家詩教觀對鄭衛之音的批判態度相左。同時，它還與當時的宮體詩密切相關，而喜好創作此種詩歌的蕭綱與陳後主二人都是偏安政權的末代之君，亡國之音的大帽也便自然地扣到了這些詩歌的身上。

　　實際上，這種非議從宮體詩在蕭梁時期流行之際就開始了。當宮體詩剛剛在蕭綱入主東宮後興起之時，梁武帝就為此動過怒。〔註1〕侯景之亂，侯景攻破臺城之後，曾上疏力陳梁武帝十失，其中：「皇

〔註1〕《南史・徐摛傳》：「摛文體既別，春坊盡學之，『宮體』之號，自斯而起。武帝聞之怒，詔摛將加誚責，及見，應對明敏，辭義可觀，乃意釋。」中華書局 1975 年版，1521 頁。

太子珠玉是好，灑色是耽，吐言止於輕薄，賦詠不出《桑中》。」（《資治通鑒》卷一六二）便是指責蕭綱創作豔情詩一事。南朝滅亡，隋唐時代，非議就更多了。隋代李諤給隋文帝的《論文書》：「連篇累牘，不出月露之形，積案盈箱，唯是風雲之狀。……以傲誕爲清虛，以緣情爲勳績，指儒素爲古拙，用詞賦爲君子。故文筆日繁，其政日亂」。魏徵《陳書‧後主本紀》傳論：「古人有言，亡國之主，多有才藝，考之梁、陳及隋，信非虛論。然則不崇教義之本，偏尚淫麗之文，徒長澆僞之風，無救亂亡之禍矣。」〔註2〕明代韓敬說：「《玉臺》一書，導靡啓濫，甘心爲風雅罪人。」（江元禧所編《玉臺文苑序》）明代屠隆認爲：「豔歌彙集，寧爲風雅罪人。」（《徐孝穆集‧玉臺新詠序》屠隆評語）清代紀容舒也感歎：「耗日力於綺羅脂粉之詞，殊爲可惜。」（《〈玉臺新詠〉考異》）以上不難知道這部書身上的所背負的非議之大。

　　不過，《玉臺新詠》與宮體詩終究有別，《玉臺新詠》的收錄範圍上起兩漢下迄蕭梁，遠不是宮體詩所能涵蓋。「宮體詩」這一說法，嚴格來說只是蕭綱入主東宮這一特定時期的產物，它的涵義，僅就蕭梁而言，並無直接的證據證明宮體詩就是專門指蕭綱入主東宮時期創作以女性題材的詩歌。而《玉臺新詠》所選錄的女性題材創作在中國詩歌史上一直以來不絕如縷。之前《詩經》的《鄭風》，《楚辭》的《山鬼》等，均是以女性爲表現內容的作品，至於文學作品中的女性描寫則更是不勝枚舉。徐陵此書所錄兩漢迄蕭梁大約 500多年間的作品，也表明了此類題材的生命力與創作成就。而且以豔情詩爲標誌的綺麗詩風，在詩壇佔據主導地位，一直延續到初唐，李世民也是一個喜好者。而且即便在中唐，李康成把梁末至唐代的同類詩作，編爲《玉臺後集》。並且出現了「玉臺體」這一詩歌體式的名目。晚唐的小李杜與溫、韋，女性題材作品在他們的創作裏都佔有很有重要的地位。這說明《玉臺新詠》的出現並不是一個孤立

〔註2〕唐‧姚思廉《陳書‧後主紀》中華書局1972年版，120頁。

的現象，而是有一定的歷史必然性，否則，它絕不會在非議之中形成一個歷史傳統。因而，《玉臺新詠》所關涉的既是蕭梁詩歌創作一代的問題，又是一個帶有普遍性的問題，我們有理由探問：這部書編纂的背後是不是體現了文學自身的某種特質？

有關此書的性質及其編纂目的，學界一般採信劉肅的話：「梁簡文帝爲太子，作好豔詩，境內化之，浸以成俗，謂之宮體。晚年改作，追之不及，乃令徐陵撰《玉臺集》，以大其體。」（《大唐新語》卷三《公直第五》）即認爲這是一部改造其體，使之境界提升的詩歌總集。這段話也有不通之處，「追之不及」與「大其體」存在著矛盾之處。雖然如此，學界通常採信劉肅的觀點。

李康成《玉臺後集序》：「昔陵在梁世，父子俱事東朝，特見優遇。時承平好文，稚尚宮體，故採西漢以來詞人所著樂府豔詩，以備諷覽，且爲之序。」晁公武《郡齋讀書志》著錄《玉臺後集》云：「唐李康成採梁蕭子範迄唐張赴，二百九人所著樂府歌詩六百七十首，以續陵編。」朱謙之《中國音樂文學史》、劉躍進《〈玉臺新詠〉研究》據此認爲《玉臺新詠》是一部歌辭集。對此，有人表示明確反對，認爲《玉臺新詠》徒詩是主體，歌辭擬作亦被視爲徒詩。選錄的作品的歌辭痕跡，在編選過程中全部被清除，樂府詩已經變爲「詩」文本。〔註3〕

實際上，「豔歌」是徐陵自己的選錄取捨標準，《序言》說這部書是供後宮佳麗把玩的一部書，但這同選錄的作品是否是歌詩無關。《詩經》原是樂歌，由於古樂的亡佚，如今的考查多半只能從文本入手，但我們不能因此就否認《詩經》的歌詩性質。還有南北朝時期的歌詩與徒詩之間關係，也不是僅憑所選作品題目，以及一些外部痕跡等這些表象所能判定的。所以，目前雖尚不能對《玉臺新詠》是一部歌辭集做出最終認定，但就此做出《玉臺新詠》不是歌辭集的結論也失之倉促。

〔註3〕 崔煉農《〈玉臺新詠〉不是歌辭總集》，《雲南藝術學院學報》2003年1期。

可知《玉臺新詠》一書的性質問題，目前依然懸而未決。而判定《玉臺新詠》此書的性質除了《玉臺新詠》的序言以及有關史料外，最重要的依據還是《玉臺新詠》的文本。而目前對《玉臺新詠》的文本研究相對薄弱。

對《玉臺新詠》文本的整體分析，古人並未做過，有的主要是整體上的簡單概括，比如陳玉父：「變風、化雅，謂：『豈無膏沐，誰適爲容』、『終朝采綠，不盈一匊』之類，以此集揆之，語意未大異也。」（永嘉十年刊刻《玉臺新詠》序）集中的成果當屬吳兆宜、程琰的《〈玉臺新詠〉箋注》，添加作者小傳、疏通字義，把收進《樂府詩集》的作品大部分做了標識。〔註4〕

再有就是散見於詩話中的單篇的賞析文字和古人特別是清人的工作爲我們的進一步的研究提供了很大的便利。80 年代以來只有少數學者做過文本工作，所採用的方式主要是逐卷分析法，〔註5〕且不是專文論述，用的是枚舉法，比較簡略。這對於一部 660 首的詩歌總集來說是不夠的。張蕾《〈玉臺新詠〉論稿》有一章專門解析文本，將全部作品分爲詠男女之情與其他情感。男女之情下又有熱烈或溫馨的戀情、纏綿俳惻的相思、如泣如訴的幽怨、詠物遣興，描摹女色的閒情等四個方面。還有一些就《玉臺新詠》部分作品的研究。〔註6〕

綜上，研究《玉臺新詠》，在立足文本分析，充分重視徐陵的編選標準——豔歌，力爭釐清《玉臺新詠》的性質。在此基礎之上，結合詩歌史，立足蕭梁時代獨特的社會歷史，解決《玉臺新詠》所體現有關詩歌本身的帶有普遍性的問題，幫助我們認識詩歌藝術的規律。

〔註4〕 也有遺漏，如卷一古詩八首之《冉冉孤生竹》收入《樂府詩集》《雜曲歌辭》題爲《古辭》；卷六吳均《和蕭先馬古意六首》之一，《樂府詩集》收入《相和歌辭·相和曲》，吳、程注本均未標注。

〔註5〕 穆克宏《試論〈玉臺新詠〉》，《文學評論》1985 年 6 期。金克木《〈玉臺新詠〉三問》，《文史知識》1986 年 2 期。

〔註6〕 如高慶梅《從〈玉臺新詠〉看南朝文人擬作對樂府古辭的改動》，《樂山師範學院學報》2003 年 3 期。胡大雷：《〈玉臺新詠〉所錄〈燕歌行〉考述》，《賀州學院學報》2008 年 4 期。

二、選題的研究動態

　　1934 年商務印書館出版了由黃公渚選注的《玉臺新詠》，在引言中把《玉臺新詠》稱之爲：「中國詩學界美術作品之鼻祖」。不過，第一篇《玉臺新詠》的學術論文是詹鍈先生 1944 年撰寫的《〈玉臺新詠〉三論》，80 年代以後，《玉臺新詠》的研究逐漸多起來，迄今爲止，除 50 餘篇論文外，已有傅剛的《「宮體詩」與〈玉臺新詠〉研究史的檢討》（《學林》40 號，日本立命館大學 2004 年 12 月），張蕾《〈玉臺新詠〉研究述要》（《河北師範大學學報》2004 年 2 期）等 4 篇總結性論文，專著有劉躍進的《〈玉臺新詠〉研究》、張蕾的《〈玉臺新詠〉論稿》。此外，上海古籍出版社 2007 年版的由尙成整理的《玉臺新詠》，除有經過清代程琰刪補的吳兆宜注外，還彙集了歷代對《玉臺新詠》新詠所收作品的評點；新近張葆全先生譯注的《玉臺新詠譯注》是國內第一部全譯本。以上研究，特別是商成、張葆全的工作爲《玉臺新詠》的研究提供了極大的便利。

　　海外的研究，僅以筆者所知的日本爲例，分別有鈴木虎雄（1956 年岩波書店），內田泉之助（明治書院 1975 年）石川忠久（1986 年學習研究社）三個譯本，此外還有興膳宏等人撰寫的十多篇論文。

（一）《玉臺新詠》的編者及其年代

　　《玉臺新詠》爲徐陵所編，此原不是什麼問題。自《隋書·經籍志》撰錄《玉臺新詠》的編者是徐陵以來，歷代皆無異議。《玉臺新詠》的編撰起因，多承襲劉肅《大唐新語》「以大其體」的觀點。只是詹鍈先生的《〈玉臺新詠〉三問》，根據徐陵的序言，認爲《玉臺新詠》之編撰乃是：「後宮貴人失寵之後，長日寂寥，此編乃爲供其消遣而作」，並推定這個對象極有可能是梁元帝妃子徐妃。但並沒有就此否定《玉臺新詠》的編者是徐陵。2004 年章培恆在紹興的「東亞中國傳統文化暨越文化學術研討會」及《文學評論》2 期上，分別提交和發表了《關注日本文化對中國古代文學研究的重大意義——以〈玉臺新詠〉的研究爲例》和《〈玉臺新詠〉爲張

麗華撰錄考》的研究論文，章培恆依據9世紀末日本國藤原佐世的
《日本國在見書目錄》上著錄的《玉臺新詠》編者「徐媛」，以及
唐末李康成《玉臺後集》稱「以續徐陵序編」，而不說「徐陵編」，
嚴羽《滄浪詩話》，劉克莊《後村詩話》也只言「徐陵所序」，認定
「《玉臺新詠》是一位美麗非凡、風流婉約、多才多藝、工詩善文
並最受皇帝寵愛的妃子爲排解寂寞而編的『豔歌』集」，這個編者
就是陳朝的張麗華。主張《玉臺新詠》爲婦人所編的學者還有徐雲
和，徐先生甚至說：自唐至今種種與序不合的說法都應該得到修
正。（解讀《玉臺新詠序》，《煙台師範學院學報（哲學社會科學版）》
2005年1期）

　　此大膽假設一出，立刻受到質疑。鄒國平撰：《〈玉臺新詠〉張
麗華撰錄說獻疑》（學術月刊2004年9月）對章培恆的論據逐一批
駁。麗人在徐陵的序中與其說個人，不如說是群體，是一群麗人。
徐陵序言也沒有暗示這個麗人就是編者。日本國藤原佐世的《日本
國在見書目錄》是孤證，問世也比《隋書經籍志》晚二百多年，而
且誤「陵」爲「媛」的可能非常大。樊榮《〈玉臺新詠〉「撰錄」眞
相考辨》則認爲徐陵的序是在敘麗人以自況，並指出張麗華的出身
既非「豪族」也非「良家」，而是「父兄以織席爲事」的「兵家女」。
（《中州學刊》2004年6期）

　　值得注意的是，胡大雷則在詹鍈先生的基礎上更進一步，從徐
妃會寫詩，她所在的西府是宮體詩創作基地等五個方面論證，把《玉
臺新詠》由供徐妃消遣提升爲由徐妃所編。（《玉臺新詠》爲梁元帝
徐妃所「撰錄」考》，《文學評論》2005年第2期）不過，周禾此前
早就針對詹鍈先生的觀點，指出徐陵序中明言：「鸞彼諸姬，聊同棄
日」，如果是爲徐妃一人而編，又何來「鸞彼諸姬」呢？（《論〈玉
臺新詠〉的編纂》，《江漢論壇》1992年4期）

　　由於《玉臺新詠》的編者存在爭議，加之徐陵仕梁、陳兩朝，張
麗華又屬陳，《玉臺新詠》的成書年代也隨之有成書梁代或陳代兩種

觀點。先是日本的興膳宏，後來又有沈玉成，先後根據《玉臺新詠》
體例上特點：即前 6 卷按作者的生卒年排列，7，8 兩卷依照作者地
位排序。卷 8 有五位作者同時見存於蕭繹的《法寶聯璧序》，同時蕭
繹在序中明言，所有官員依照爵位排列，而五位官員的順序與《玉臺
新詠》的排列完全一致。二者學者據此推定《玉臺新詠》的編纂年份
是中大通四年至大同元年之間。對此，傅剛也表示贊同。不過，興膳
宏認爲《玉臺新詠》編於梁代，而序作於陳代，前面提到的樊榮也持
此看法。

　　主張《玉臺新詠》編於陳代的除了章培恆以外，還有劉躍進，他
在《〈玉臺新詠〉研究》中從版本，體例兩個方面力主陳代說。這個
觀點，得到了談蓓芳的響應，並且認爲自己突破了清代以來《玉臺新
詠》版本研究所存在的誤區。（見《玉臺新詠》版本考——兼論此書
的編纂時間和編者問題：《復旦學報》2004 年 4 期）

　　《玉臺新詠》的編者及其年代，看來還會在爭論下去。臺灣地區
的朱曉海有《論徐陵〈玉臺新詠〉序》對序言進行了細緻解讀，指出，
《玉臺新詠》乃徐陵奉蕭綱之命編撰，此說並非不可重新檢核，然結
合若干史料，特別是序言來看，至少目前舊說仍舊不可動搖。並且提
醒，在解讀序言的過程中要區別哪些是斷句、注釋形成的歧義，哪些
是根本缺乏專業素養形成的錯誤。（《中國詩歌研究》第四輯，2007
年）

（二）《玉臺新詠》的版本

　　版本研究是《玉臺新詠》相關成果中較爲突出的一個方面。明、
清兩代的研究，基本上也是以《玉臺新詠》的整理和刊刻爲中心展開
的。經過劉躍進、傅剛等的研究，基本理清了《玉臺新詠》的版本系
統。劉躍進有一個簡要的表單，可以幫助我們認識《玉臺新詠》的版
本系統。

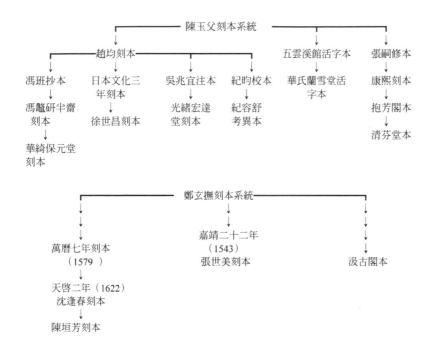

兩大版本系統的基本差異，據劉躍進總結，兩大版本的各自特點：第一，收錄篇數，陳本 654 篇，鄭本 817 篇，陳本更接近原貌。第二，就作者而言，陳本 112 人，鄭本 127 人，比陳本多 15 人。第三，就編排次第而言，鄭本從第五卷開始以梁武帝居首，以下依次皇太子、諸王及王公大臣。陳本是第七卷開始以梁武帝居首。第四，就具體篇目收錄而言，兩本各有所長。如《盤中詩》，陳本收在第九卷傅玄《四愁詩》之後，張載《擬四愁詩》之前。鄭玄撫刻本，《盤中詩》列在烏孫公主之後，漢成帝童謠之前。再如，陳本未收昭明作品，鄭本收了 5 篇。

張蕾《〈玉臺新詠〉論稿》的下編主要也是版本問題。如明代的刊刻以及清代的評點和注釋等。明代刊刻著重研討了明人對《玉臺新詠》增補、鄭玄撫刻本續編的五卷和清康熙年間編纂的《唐詩玉臺新詠》等問題。

（三）《玉臺新詠》的歷史成因

　　《玉臺新詠》的出現和宮體詩的興盛，原因是多方面的，經濟生活，社會風氣，寒族的興起以及家庭結構的變化都成爲研究者關注的要素。

　　梁代宮體詩盛行的社會原因，曹道衡先生指出是梁武帝天監以來 40 多年的承平局面。在政局穩定，經濟發展條件之下，上層以及那些衣食無虞的平民對歌舞等娛樂的要求也會隨之發展。（《蘭陵蕭氏與南朝文學》112 頁，中華書局 2004 年版）當時，士人們經常觀看的就是流行於民間的那些「吳歌」與「西曲」。曹道衡先生認爲，「宮體詩」不過是永明體以來豔詩發展的結果，而豔詩就是模倣「吳聲」與「西曲」的。其區別在，宮體詩更著重於婦女體態的細緻刻畫。文人長期出入歌舞場，對歌姬，舞女的體態和舉止有著深入的瞭解。宮體詩題材較窄，與他們的生活面本就狹窄有關。（113 頁）

　　不少研究者把齊梁視爲一個作風不檢點的社會。聞一多先生，蕭滌非先生都是這麼認爲的。蕭先生說：南朝社會實一色情社會。（《漢魏六朝樂府文學史》195 頁）這個結論當然是有問題的，不止一個學者指出，梁代並非一個淫靡的社會。不過，這並不是問題的關鍵。因爲這正如李炳海先生在《南朝家庭嬗變與江左文學特徵》中所說的那樣：以往探討它得以產生的原因時，大多著眼於宮廷內部聲色犬馬的生活，從統治集團的享樂欲望中找答案。這種看法有合理的一面，但畢竟只停留在表面現象，沒有發現更深層次的原因。事實上，南朝從晉宋開始，大家庭經過劇烈分化，家庭規模越來越小。這種家庭結構的變化，提高了男女之愛的地位和價值，這才是宮體詩風靡一時的真實社會背景。創作宮體詩的文人固然受享樂欲望的趨勢，但宮體詩的出現卻有客觀必然性。（《江海學刊》1991 年 4 期）

　　金克木先生認爲考查《玉臺新詠》的產生，「既要追到深層，還得放大眼光，不僅看到帝王、文人，還要看到整個社會，看到南朝和北朝，西域和海上，還得上下追索歷史的『上下文』」。梁代幾十年間

在《文選》和《玉臺新詠》之外，還出現了多部總結性的著作：鍾嶸的《詩品》、劉勰的《文心雕龍》、庾肩吾的《書品》、齊代謝赫的《古畫品錄》，僧祐的《出三藏記集》、《弘明集》還有慧皎的《高僧傳》阮孝緒的《七錄》等等，「這不能用帝王的個人心理和思想作解釋，也不能把王朝的更迭作爲文化的要因」，其中「必有客觀歷史原因和動力，以致不得不如此，才能形成潮流」。由此，「可以承認梁代及其前後是中國文化發展中的關鍵時刻之一」。

有學者還從梁代士人心理的角度探究豔歌的創作動因。吳雲、董志廣《梁代宮體詩新論》提到：「梁代士人的內心中，既有人生淒苦的悲哀，又有無所事事的煩惱；既有年命易逝的憂慮，又有寂寞多閒的愁思」，「梁代士大夫的這種心理，再加上其具有女性化色彩的病態性情，便爲宮體詩的準備好了充分的條件。」而那個時代的女子大都是既可憐又軟弱，不能掌控自己的命運。她們自然成爲士大夫的排遣對象。當他們寂寞煩膩時，可以借助描寫女性的儀態來消磨時光；當他們感到憂愁時又可以通過揣摩女性的心理去化解無聊。並認爲這才是泛詠女性的最主要根源。〔註7〕

截止目前，《玉臺新詠》的研究裏最突出的部分還是版本、文獻方面，這爲以後的研究奠定了良好的基礎。《玉臺新詠》的編者和成書年代，雖有異議，但誰也沒有拿出令人信服的證據推翻《隋書·經籍志》的說法。成書於陳代，出自張麗華的主張同《玉臺新詠》自身的體例相悖。編於陳代，無法解釋七、八兩卷的作者依照蕭梁中大通四年到大同元年（532～535）期間的地位和官階排列這一現象。關於《玉臺新詠》的性質問題，目前尚無定論，主張是一部歌辭集、供玩賞之用等觀點，尚未有學者做過系統論證。

《玉臺新詠》到底是不是一部豔歌集？所選作品的主題內涵爲何？它的性質究竟是什麼？出現反映了什麼樣的文學現象？它的文學價值和藝術價值到底在哪裏？上述問題，目前學界尚無系統研究，

〔註7〕吳雲、董志廣《梁代宮體詩新論》，《文學遺產》1990年4期。

解析文本，認識《玉臺新詠》的內在結構是認清《玉臺新詠》的性質以及解決上述問題的前提。

三、選題的研究方法

　　本選題主要採用藝術生產理論，即把《玉臺新詠》視爲一件藝術產品，分析它的構成，辨析它的生成條件，結合文學發展史，闡釋它文學價值和藝術價值。我們之所以要運用藝術生產理論解析《玉臺新詠》，是由於研究對象的客觀要求。因爲《玉臺新詠》題材集中，均爲女性題材，主題也比較單一，內容不外男女情思，不像《文選》選錄的詩歌類型那麼豐富。詹瑛早就說：「《玉臺》爲供徐妃諷玩而作，無取深奧。」〔註 8〕而《文選》分補亡、述德、勸勵、獻詩、公讌、祖餞、詠史、百一、遊仙、招隱、反招隱、遊覽、詠懷、哀傷、贈答、行旅、軍戎、郊廟、樂府、輓歌、雜歌、雜詩、雜擬等二十三類，且幾乎每一類能作爲單獨的研究對象，分析其特點，探究其價值。還有從整體上考查《玉臺新詠》，完全依賴傳統的知人論世的批評方法很難解決問題。以往的社會學批評方法，「把文學的內容分析提到思想和哲學的高度來認識，同時也把文學生產者當作哲學家和思想家來研究」。將研究的眼光「集中在作者的生平、思想、人生際遇和個體創作動機等方面來。即便是當人們把它研究的目光開放到整個社會的時候，所注意的也只是整個社會的意識形態在文學創作中的影響，以及這個社會的物質生產力和生產關係對意識形態的作用。」〔註 9〕這些對《玉臺新詠》來說不完全適用，因爲《玉臺新詠》既不是某個朝代的詩歌總集，更不是某個詩人的別集，雖然它同當時的宮體詩關係密切，但它又不等同於宮體詩。這種特點可以很明顯地從已有的研究成果主要集中在版本方面

〔註 8〕　詹鍈《〈玉臺新詠〉三論》，《語言文學與心理學論集》齊魯書社 1989
　　　　年版。
〔註 9〕　趙敏俐《關於中國古代歌詩藝術生產的理論思考》，《中國古代歌詩
　　　　研究·導論》，北京大學出版社 2005 年版，9 頁。

便可以知道。〔註 10〕而藝術生產論強調藝術的精神生產本質,「藝術首先是一種特殊的生產門類,是爲了滿足人的精神需求的一種生產,而意識形態論只不過是這種產品所呈現的一種特質」。〔註 11〕藝術生產受生產普遍規律的制約,具有和一般生產相同的要素:藝術生產的物質條件,藝術生產的社會機制即藝術生產過程中的社會關係,具有藝術生產能力的生產者。社會分工與社會消費需求,即影響生產的規模、方式,也影響者產品的藝術特性和藝術水平。

　　藝術生產理論注重藝術產品的構成要素,就《玉臺新詠》而言,音樂性即是它的一個構成要素。這一點徐陵在《玉臺新詠》序言就曾很明確地指出過:「燃脂暝寫,弄筆晨書,撰錄豔歌,都爲十卷。」可見「豔歌」是徐陵自己選篇的重要標準,不過一直以來極少有學者重視。《玉臺新詠》中的不少作品,同時也被宋代郭茂倩編入《樂府詩集》。這爲我們辨析判斷《玉臺新詠》的構成提供了一個比較可靠的參照。再者,《樂府詩集》以外,另有 41 首作品收入明代梅鼎祚的《古樂苑》。這說明「撰錄豔歌」這一說法有一定依據。況且,那些沒有被收入《樂府詩集》的作品同收入的之間,也有密切關係。如傅玄《青青河邊草篇》(《樂府詩集》作《飲馬長城窟行》)、荀昶、沈約、蕭衍的《擬青青河邊草》、何遜的《學青青河邊草》收入《樂府詩集》(以上四首均題作《青青河畔草》),同時,枚乘《青青河畔草》、陸機和鮑令暉的《擬青青河畔草》、劉爍《代青青河畔草》等四首詩《樂府詩集》未收,可兩組作品主題相近,視作同質的作品並無不可,再者,枚乘《青青河畔草》一般認爲是古樂府,失去樂調才成爲古詩。還有《玉臺新詠》收錄江淹《雜體詩三十首》中的《古別離》和《班

〔註10〕 劉躍進的《〈玉臺新詠〉研究》分上下兩編,共 6 部分,只有一部分是作品文本研究。中華書局 2000 年版。張蕾的《〈玉臺新詠〉論稿》共 10 章,但只有一章是專門探討主題內涵,其他多屬版本、注釋等方面的考證,人民出版社 2007 年版。

〔註11〕 趙敏俐《關於中國古代歌詩藝術生產的理論思考》,《中國古代歌詩研究·導論》,北京大學出版社 2005 年版,9 頁。

婕妤》分別被收入《樂府詩集》中的《相和歌辭・楚調曲》和《雜曲歌辭》，劉邈《萬山見採桑人》收入《相和歌辭・相和曲》，說明徒詩是可以轉化爲歌詩的，當然歌詩也可能因爲樂調的失傳而被視爲徒詩。

　　在運用藝術生產理論的同時，我們並不排斥傳統的知人論世的社會學批評方法，其實藝術生產理論同傳統的社會學批評方法並不矛盾，甚至可以說藝術生產理論是對傳統的知人論世批評方法的一種提升。闡發《玉臺新詠》的文學價值與藝術價值離不開作品主題的解析，還是要借助傳統的知人論世批評方法。以往對《玉臺新詠》作品主題的研討過分強調其中兩漢魏晉作品同南朝作品之間的差異，忽視了二者之間的歷史傳承關係。

第一章 《玉臺新詠》的主題特徵

　　《玉臺新詠》的作品主題的研究是認識《玉臺新詠》文學特點及文學價值的前提，也是探討其他像《玉臺新詠》編纂宗旨等問題的先決條件。不過目前就筆者所見，做過研究只有穆克宏、周禾、金克木、張蕾等少數人。縱觀以上諸人研究，其論析方法主要有兩種，一是逐卷分析，即列舉每一卷的代表作品作簡要介紹，穆克宏、金克木即是採用此種方法，但他們共同的不足是詳於漢魏，略於南朝。如穆克宏，對七、八兩卷，他首先肯定程琰的七、八卷是宮體詩的觀點，進而引用和接受聞一多《宮體詩自贖》對宮體詩否定性的意見，對兩卷所收作品則只有簡單的概括性描述，沒有具體的引證分析。〔註1〕在金克木那裡，七、八兩卷，也只說兩卷「『應令』、『應教』之類『賦得』以奉承貴族的詩多了。這當然是大多言不由衷難有新意的應酬詩」〔註2〕一帶而過；二是立足整體的全面分析，周禾與張蕾的研究屬於此類。周禾認爲《玉臺新詠》是一本愛情詩總集，反映了我國古代愛情生活的各方面。他從「戀人們細微、複雜和熱烈的種種思緒」，「婚姻與家庭」、「容貌、情態」等三個側面分析了《玉臺新詠》的思想內容。〔註3〕張蕾的分析較爲細緻，她

〔註1〕 穆克宏：《試論〈玉臺新詠〉》，《文學評論》1985年6期。
〔註2〕 金克木：《〈玉臺新詠〉三問》，《文史知識》1986年2期。
〔註3〕 周禾：《試論〈玉臺新詠〉的思想價值》，《華中師院學報》1984年3

將全部作品分爲詠男女之情與閨房以外之情兩大類。男女之情下又有熱烈或溫馨的戀情、纏綿悱惻的相思、如泣如訴的幽怨、詠物遣興，描摹女色的閒情等四個方面。張蕾的分類方法實際上是在紀容舒的片面概括：「按此書之例，非詞關閨闥者不收」〔註4〕基礎上，把在她看來不屬男女之情的詩篇歸到閨房以外之情。

就研究的科學性來說，周禾與張蕾的方法顯然更勝一籌，畢竟《玉臺新詠》所有作品是一個整體，張蕾自己說：「把《玉臺新詠》視爲一個不可分割的整體進行觀照，自然能得出更爲允當的結論。」〔註5〕我們認爲周禾的考察就其愛情詩部分，他的論析還是比較全面的，遺憾的是對那些篇目雖不多，但同樣是《玉臺新詠》有機組成部分的童謠歌詩未著一詞，此外對《玉臺新詠》的主題分析也流於表面，沒有進一步指出其獨有的特徵來。張蕾談及了《玉臺新詠》的童謠，但只是作了一般性的介紹，沒有指明童謠歌詩在《玉臺新詠》全部作品中的地位和價值。另外，在分類上，張蕾認爲《玉臺新詠》選錄男女之情以外的詩篇拓展了全書題材範圍，使我們能夠從中「領略世態風情，洞察文人更爲豐富的心靈世界」，閱讀上也有調劑脂粉之詞的過於單調之用。〔註6〕可見，張蕾依舊只是注意到了那些不能用男女之情去概括的作品，終究沒有指出其心目中的兩大類作品之間的內在關聯。金克木曾經提醒要注意《玉臺新詠》表面之下的蘊義，但他所能申明的也只限於棄婦、逐臣之間比附的意見。〔註7〕所以，我們預備立足現有研究基礎上，採用整體觀照的方式，希望能夠較爲全面地闡釋《玉臺新詠》主題內涵，同時爭取

期。
〔註4〕 紀容舒《〈玉臺新詠〉考異》卷九沈約古詩題六首注，中華書局 1985年版，142 頁。
〔註5〕 張蕾《〈玉臺新詠〉論稿》，人民出版社 2007 年版，12 頁。
〔註6〕 張蕾《〈玉臺新詠〉論稿》，人民出版社 2007 年版，95 頁。
〔註7〕 金克木：《〈玉臺新詠〉三問》：「值得注意的還有這些以婦女爲主題的詩的兩重性。表層是婦女，深層是文人，因爲兩者的社會地位不同而處境和心情類似。」《文史知識》1986 年 2 期。

尋出它們之間的內部聯繫，爲客觀、公正認識《玉臺新詠》的文學價值打下一個良好的基礎。

第一節　《玉臺新詠》作品主題的情感特徵

周禾曾將《玉臺新詠》的愛情主題分爲三個方面，有其道理，不過他所說愛情主題的第二個方面「婚姻與家庭」，表述不確，愛情是婚姻的基礎與紐帶，愛情是婚姻的重要組成部分，但婚姻不從屬於愛情。所以，把婚姻與家庭作爲愛情主題的一個方面不太恰當。在我們看來，《玉臺新詠》的主題主要集中在兩個方面，一是內在的，情感的抒發與追求，主要是男女之情；一是對外在美，主要是聲色之美的描摹與欣賞，而且審美的對象不全是女性。此外，男女之情通常是指向婚姻的，而婚姻是一個基於倫理的社會問題，而《玉臺新詠》有很多表現女性的詩篇突出了封建倫理，所以我們準備在情感之外，再從倫理層面去探討《玉臺新詠》作品主題的第一個方面。

先說情，張蕾《〈玉臺新詠〉論稿》曾有一節「情之狹隘化」專門討論《玉臺新詠》的情感表達：「熱烈或溫馨的戀情」、「纏綿悱惻的相思」、「如泣如訴的幽怨」，幽怨中又分「怨別」與「棄婦怨和宮怨」、「詠物遣興，描摹女色的閒情」等四類。我們認爲已有的研究尚未指出《玉臺新詠》的特色。

《玉臺新詠》言情的作品，其重要特色之一就是忠貞。徐陵所選作品非常注重女性用情之忠與貞，這種忠貞之意首先就表現在所收錄的棄婦與宮怨詩上。它們在具體表現上又有兩種不同的情形，其中之一就是難以忘情。作爲開篇第一首的《上山採蘼蕪》即爲我們塑造了這樣一位棄婦形象。

> 上山採蘼蕪，下山逢故夫。長跪問故夫：「新人復何
> 如？」「新人雖言好，未若故人姝。顏色類相似，手爪不
> 相如。新人從門入，故人從閣去。新人工織縑，故人工織

素。織縑日一匹，織素五丈餘。將縑來比素，新人不如故」。〔註8〕

這位棄婦被棄之後，內心依舊還記掛著前夫和那位擠走自己的新婦。方東樹說：「此君臣之恉，奇情奇想，奇詞奇勢，文法高妙至此，而陳意忠厚，有裨世教。」〔註9〕是否寓意君臣，不得而知，「陳意忠厚」是不錯的。被棄對女性而言是巨大的精神與身體的雙重打擊，但詩中的棄婦偏偏選取一個邂逅的對話場景，把棄婦對前夫及新婦的關切作為表現的內容，自始至終，對前夫拋棄自己沒有表示任何的不滿與憤恨。這更加凸顯了棄婦的用情之深與恭順。而且，通過前夫之口道出棄婦的勤勞與賢惠。「新人雖言好，未若故人姝。」是說新人不如舊人美，在女工上，新人同樣比不上故人。既然棄婦如此之好，那麼前夫為什麼還要休棄她呢？原因很簡單，是因為她無子。據范正生考證，靡蕪，又作江離，或川芎。江離是靡蕪的葉苗，川芎（或名芎藭、芎藭）是靡蕪的根鬚。江離風乾之後可作香料，而川芎卻是治療女子閉經不孕的一味中藥。《神農百草經》：「芎藭，味辛溫無毒。主治中風入腦頭痛，寒痺筋攣緩急，金瘡，婦人血閉無子。」「靡蕪，味辛溫。主治欬逆，定驚氣，辟邪惡，除蠱毒鬼注，去三蟲。」她上山採靡蕪，絕不是為了香料，而是為治她自己的病。要不是她不能生育，憑「她『工織素』的手藝，且每日『織素五丈餘』的勤勞，怎麼會被婆家忍心體棄呢？」〔註10〕可見，作品把婦人被棄的原因用「上山採靡蕪」含蓄地托出，然後再引出二人的對話。

社會的生存，在物質資料生產外，首先便是人類自身的繁衍，這也是「不孝有三，無後為大」幾千年來得以深入人心的客觀原因之一。「上山採靡蕪」正是建立在這樣一個必要，但卻又稍顯冷酷的現實基礎之上的愛情悲劇。這大概也是為什麼棄婦自始至終不對前

〔註8〕以下徵引的兩漢南北朝詩歌，除非特別說明，均為收入《玉臺新詠》的作品。
〔註9〕方東樹《昭昧詹言》，人民文學出版社1961年版，60～61頁。
〔註10〕范正生《「上山採靡蕪」新解》，《泰山學院學報》2006年5期。

夫表示怨恨。不過，徐陵選取此詩應當不是爲了告訴我們她被出理由的正當與否，而且他自己也未必留意到這一層，主要還是爲突出她的忠貞與恭順。到後來，「蘼蕪」便成了男女之間——主要是女子，不能忘情的象徵或意象，《玉臺新詠》就收錄了幾首。像何曼才《爲徐陵傷妾》、劉孝綽《元廣州景仲座見故姬》、何思澄《擬古》、王僧孺《爲何庫部舊姬擬蘼蕪之句》都是。它們同《上山採蘼蕪》之間的區別也是明顯的。《上山採蘼蕪》講述的是當時的下層百姓，這從他們斤斤於織布和織素就可知。何曼才、劉孝綽、何思澄、王僧孺則都是表現官僚與棄妾之間的情感糾葛。《上山採蘼蕪》中夫家休妻是出於生存與生活的現實壓力，二何、劉、王詩中的棄婦都緣自官僚的喜新厭舊同有無子嗣無關。何曼才的《爲徐陵傷妾》：「遲遲衫掩淚，憫憫恨縈胸。無復專房日，猶望下山逢。」劉孝綽的《元廣州景仲座見故姬》：「留故夫，不蹢躅。別待春山上，相看採蘼蕪。」何思澄《擬古》：「故交不可忘，猶如蘭桂芳。新知雖可悅，不異茱萸香。」王僧孺《爲何庫部舊姬擬蘼蕪之句》：「出戶望蘭薰，褰簾正逢君。斂容才一訪，新知詎可聞。新人含笑近，故人含淚隱。妾意在寒松，君心逐朝槿。」王僧孺的詩中略含怨意，其他均是在表現棄妾對舊情的忠誠。

劉勳妻《王氏雜詩》二首也是寫一位棄婦不能忘情的詩篇。

翩翩床前帳，張以蔽光輝。昔將爾同去，今將爾共歸。

緘藏篋笥裏，當復何時披。

誰言去婦薄，去婦情更重。千里不唾井，況乃昔所奉。

遠望未爲遙，躑躅不得共。〔註11〕

第一首借陪嫁的床帳表達對舊情的珍視。昔時同來，此刻共歸。藏於篋中，不知何時才能再開。第二首言離去棄婦依依惜別之情。開頭兩句，用直接抒情的方式，表白自己內心的留戀。接下來的四句，用「千里不唾井」和離去之時不能再回的惆悵。「千里不唾井」，吳兆

〔註11〕 第一首《藝文類聚》認爲是曹丕代作，第二首逯欽立認爲是曹植代作。

宜引宋人李濟翁《資暇錄》:「諺云『千里井,不返唾。』蓋由南朝宋之計吏,瀉剗殘草於公館井中,且自言相去千里,豈當重來。及其復至,熱湯汲水遽飲,不憶前所棄草也。俗因相戒曰:『千里井,不返剗。』後訛為唾爾。」南朝宋的例子顯然不是劉勳妻用意的由來。不過,我們卻可以藉此窺見劉勳妻,雖然夫家絕情,但內心對夫家不能忘情的綿綿深意。

序言:「王宋者,平虜將軍劉勳妻也,入門二十餘年。後勳悅山陽司馬氏女,以宋無子出之,還於道中,作詩二首。」無子是劉勳休妻的藉口,喜新厭舊才是最直接的原因。即便如此,作品通篇沒有對薄情人表露過任何的怨憤,只有滿腔的真情。還有,小序的目的當不是為劉勳開脫,說明其休妻的正當,而是為表現劉勳妻不念前夫之決絕的寬容與溫厚及對前夫的忠貞。謝朓《詠邯鄲故才人嫁為廝養卒婦》、吳均《去妾贈前夫》兩篇與劉勳妻二首題旨相近的南朝作品。

謝朓《詠邯鄲故才人嫁為廝養卒婦》:

> 生平宮閣裏,出入侍丹墀。開筒方羅縠,窺鏡比蛾眉。
> 初別意未解,去久日生悲。憔悴不自識,嬌羞餘故姿。夢
> 中忽彷彿,猶言承宴私。

梅鼎祚《古樂苑》卷三十七題解云:

> 楊慎《樂府序》曰:予觀樂府有邯鄲故才人嫁為廝養
> 卒婦篇,特亡其辭,亦失其解。及考《史記·張耳傳》泊
> 《楚漢春秋》並云:趙王武臣為燕軍所獲,囚於燕獄。先
> 後使者往請,輒為燕所殺。趙有廝養卒謝其舍中曰:「吾將
> 載趙王歸。」舍中人笑之。乃走燕壁以利害說燕將,燕以
> 為然,乃歸趙王。廝養卒御王以歸。武臣歸趙,以美人妻
> 養卒以報之。是其事也。李菱曰:張耳傳只云廝養卒並無
> 才人嫁為婦語。曷以知所嫁即此卒邪?陳耀文正揚曰:此
> 事史、漢並同,俱無楚漢春秋字。〔註12〕

〔註12〕明·梅鼎祚《古樂苑》卷三十七,《四庫全書》上海古籍出版社 2003
年版 1395 冊 401 頁。

　　梅鼎祚的考辯當是可信的。謝朓此詩用這一典故講述一位嫁爲廝養卒的才人對故情的懷念。作品前半講一位宮女原在宮中侍奉君王，著綾羅，窺明鏡。剛離開的時候還未解其中滋味，離開久了慢慢感到悲傷。人已憔悴非復往日容貌，只是嬌羞之中還殘存著從前的姿態。夢中彷彿又回到從前，仍舊在侍奉君王。

　　吳均《去妾贈前夫》也是寫一位棄妾離別時對前夫的依戀：

　　　棄妾在河橋，相思復相遼。鳳皇簪落鬢，蓮花帶緩腰。
　　腸從別處斷，貌在淚中消。願君憶疇昔，片言時見饒。

　　棄妾立在河橋之上，在相思中漸行漸遠。雕有鳳皇的簪仔從鬢角落下，繡著蓮花的衣帶束著消瘦的腰肢。愁腸因別而斷，容貌在淚中消損。最後希望前夫能夠不忘疇昔，原諒自己的零星的失言。可謂恭順至極。

　　曹植《棄婦詩》也是寫一位無子被出女子的情懷。詩歌前半以石榴花作比，說自己美麗無比，可以棲遲美好的神物：「丹華灼烈烈，帷彩有光榮。光好曄流離，可以戲淑靈。」當飛鳥來臨的時候，卻因丹華無實，樹翼悲鳴。「有鳥飛來集，樹翼以悲鳴。悲鳴夫何爲？丹華實不成。」後半寫自己無子之悲，以及辜負夫家之內疚，「憂懷從中來，歎息通雞鳴。」「收淚長歎息，何以負神靈。」最後女子送上對夫家的祝願，「招搖待霜露，何必春夏成。晚獲爲良實，願君且安寧。」他的《種葛篇》亦是一首棄婦詩。作品以女主人公的口吻先回顧了初婚時的恩愛：「與君初婚時，結髮恩義深。歡愛在枕席，宿昔同衣衾。窺慕棠棣篇，好樂和瑟琴。」接著筆鋒一轉言丈夫情變，自己出戶徘徊與禽鳥相對，她慨歎命運之不幸，但也只能委之天命。「往古皆歡遇，我獨困於今。棄置委天命，悠悠安可任。」詩歌有對命運的追問，對拋棄自己丈夫的痛恨卻沒有。一起選錄的《浮萍篇》也是棄婦詩。它也寫到了初婚時的恩愛，「在昔蒙恩惠，和樂如瑟琴。」自己朝夕恪勤，卻無端獲罪，「恪勤在朝夕，無端獲罪尤。」對比手法與《種葛篇》類似，另外它還模倣了《上山採蘼蕪》，而且進一步

表達了希望丈夫迴心轉意的念頭，「新人雖可愛，無若故所歡。行雲有反期，君恩倘中還。」最後主人公抒發了心中的愁苦：「慊慊仰天歎，愁愁將何訴。」同時她還在繼續自己的恪勤之業：「發篋造裳衣，裁縫紈與素。」

以上棄婦詩都有一個共同的特徵就是舊情難捨，棄而無怨。《玉臺新詠》收錄棄婦詩的第二個特徵就是對自己遭際命運的認同與接受。曹植的《棄婦詩》和《種葛篇》中在對命運的追問中已經流露出此種傾向。表現對命運認同與接收的作品最明顯的例證莫過於班婕妤的《怨詩》了。

班婕妤的《怨詩》，《序》言：「昔漢成帝班婕妤失寵，供養於長信宮。乃作賦自傷，並為《怨詩》一首。」張葆全說作品：「以團扇見棄為喻，寫婦女遭遺棄的痛苦。」〔註13〕

> 新裂齊紈素，鮮潔如霜雪。裁為合歡扇，團團似明月。
> 出入君懷袖，動搖微風發。常恐秋節至，涼風奪炎熱。棄
> 捐篋笥中，恩情中道絕。

我們認為以團扇為喻不假，說表現遭遺棄的痛苦，作品本身看不出來。詩歌沒有提及人，只說潔如白雪，圓若明月的扇子，在夏日為主人送來輕風。到了秋天則棄置不用，恩情中絕。班婕妤心中或許有怨，痛苦是有，但沒有在詩中體現出來。以團扇為喻，是在為自己的被棄一事開解。認為自己的冷落，同團扇秋日委棄，如同季節轉換，是理之必然，無可分說。從詩歌本身說，真的看不出她的怨在哪裏，有的只是些許無奈。蕭齊丘巨源寫過一首《詠七寶扇》就是微仿班婕妤《怨詩》的筆調，也是用扇子在季節變換中的遭遇喻移情之理所當然。

> 妙縞貴東夏，巧媛出吳閭。裁狀白玉璧，縫似明月輪。
> 表裏鏤七寶，中銜駿雞珍。畫作景山樹，圖為河洛神。來
> 延揮握玩，入與環釧親。生風長袖際，晞華紅粉津。拂眄

〔註13〕張葆全《〈玉臺新詠〉譯注》廣西師範大學出版社 2007 年版，23 頁。

迎嬌意，隱映含歌人。時移務忘故，節改競存新。卷情隨
象簟，舒心謝錦茵。厭歌何足道，敬哉先後晨。

　　作品共 20 句，前八句言扇子之質地和形制與裝飾；接下來的六
句，言它成為女子手中夏日的隨身之物，搖風送爽，掩映嬌態；結尾
六句，秋來節換，寶扇與象牙床墊一道被收起。最後點出這不過是時
節推移的自然，哪裏值得去費口舌。可見，不管是遣詞用句，還是結
構，都與《怨詩》及其相似。唯一不同的是，丘巨源詩更進一步強化
了移情之合理。

　　徐陵還收錄了一些後世《怨詩》的擬作，均忠於本事，但也有些
許的創新。江淹的《班婕妤》、孔翁歸《奉和湘東王教班婕妤》、何思
澄《奉和湘東王教班婕妤》、徐悱妻劉氏《和班婕妤》和庾肩吾的《詠
長信宮中草》。江淹和孔翁歸詩都是承襲班婕妤《怨詩》之意，言君
恩難久，不同在江淹詩依舊以秋風中之團扇為喻，比君恩零落，「綾
扇如團月，出自機中素」。「竊悲涼風至，吹我玉階樹。君子恩未畢，
零落在中路」；孔翁歸詩寫班婕妤在冷清的長信宮中，感歎人意難久。
「長門與長信，日暮九重空。」「恩光隨妙舞，團扇逐秋風。鉛華誰
不慕，人意自難終。」何思澄、庾肩吾詩都是渲染班婕妤在長信宮中
的寂寞。何詩著意描寫長信宮中入夜的寂靜與冷清，「寂寂長信晚，
雀聲哦洞房。蜘蛛網高閣，駁蘚被長廊。」庾肩吾則以長信宮中漫生
翠草的柔媚，突出長信宮中絕少人跡。「委翠似知節，含芳如有情。
全由履跡少，並欲上階生。」

　　徐悱妻劉氏的《和班婕妤》則是一首較為特別的詩，不恨男子移
情，只恨他人的讒言：

　　　　日落應門閉，愁思百端生。況復昭陽近，風傳歌吹聲。
　　寵移終不恨，饞枉太無情。只言爭分理，非妒舞腰輕。

　　詩共八句，前四句寫日暮下班婕妤在長信宮中，聽到昭陽宮傳來
的歌聲，胸中愁思百端；後四句寫班婕妤的內心活動，她不怨恨自己
的冷落，只恨趙飛燕的讒言。撇清了罪魁漢成帝的責任。

與班婕妤同樣受困於讒言的是曹魏的甄皇后，她的《樂府塘上行》與班婕妤的《宮怨詩》屬宮怨詩。歷史上的甄皇后是一個悲劇人物，遭遇比班婕妤要悲慘得多。她最先嫁給袁紹的兒子袁熙，袁紹敗，又嫁給曹丕，生曹叡。曹丕即位，史載：「郭后、李、陰貴人並愛幸，后愈失意，有怨言。帝大怒，二年六月，遣使賜死，葬於鄴。」（《三國志‧魏書‧后妃》）《樂府詩集》題解，引《鄴都故事》曰：「後為郭皇后所譖，文帝賜死後宮。」這些徐陵並沒有作說明，僅僅選了作品，用以表白她自己的愁思。

> 蒲生我池中，其葉何離離。傍能行仁義，莫若妾自知。眾口鑠黃金，使君生別離。念君去我時，獨愁常苦悲。想見君顏色，感結傷心脾。念君常苦悲，夜夜不能寐。莫以豪賢故，棄捐素所愛。莫以魚肉貴，棄捐蔥與薤。莫以麻枲賤，棄捐菅與蒯。出亦復苦愁，入亦復苦愁。邊地多悲風，樹木何修修。從君致獨樂，延年壽千秋。

作品以香蒲起興，引出是不是后妃之表率，自己最清楚。因為讒言被冷落，與君不得相見。接著敘述了對曹丕的思念，用三組比喻表達了丈夫的希望，莫要厚此薄彼，最後以自己的愁苦收束。《樂府解題》說：「歎以讒訴見棄，猶幸得新好，不遺故惡焉。」張玉穀言：「此遭饞間被斥，冀君一悟之詩。」〔註14〕張玉穀的說法更貼切一些。甄后還表達了對曹丕的深切思念，如果說班婕妤《怨詩》想表達自己被離棄就像季節變換的客觀自然原因的話，甄皇后在此突出的是客觀的人為因素。至於對男方的態度，二者是相同的，均是不能忘情，一片癡心。

陸機也擬作過一首《塘上行》：

> 江蘺生幽渚，微芳不足宣。被蒙風雨會，移君華池邊。發藻玉臺下，垂影滄浪淵。沾潤既已渥，結根奧且堅。四節遊不處，華繁難久鮮。淑氣與時殞，餘芳隨風捐。天道

〔註14〕張玉穀著，許逸民點校《古詩賞析》上海古籍出版社 2000 年版，236頁。

有遷易，人理無常全。男歡智傾愚，女愛衰避妍。不惜微
軀退，但懼蒼蠅前。願君廣末光，照妾薄暮年。

《樂府題解》：「晉陸機『江蘺生幽渚』，言婦人衰老失寵，行於
塘上而爲此歌，與古辭同意。」陸詩突出了色衰愛弛的理之必然，
也說不怕色衰怕讒言，希望男方能有略施餘愛令其暮年有依。與甄
后《塘上行》只說到讒言離棄，並一再表達希望曹丕醒悟的主旨不
同。陸機的《塘上行》不過是把班婕妤《怨詩》和甄后《塘上行》
中女性被離棄的原因整合在一起。

班婕妤、甄后的作品主旨同樣也是棄而無怨的，與前一類棄婦詩
的區別在她們注意強調突出自己命運遭際的客觀原因，前類棄婦詩主
要表達棄婦對前夫的一片摯情。

關於棄婦和宮怨詩，張蕾說：「棄婦怨與宮怨是特定女性群體因
不幸命運而產生的哀怨之情。他們由於身份不同而有不同的被棄途
徑，他們的歡怨同樣深重而無奈。《玉臺新詠》所錄棄婦詩遠承《詩
經》，將女性被棄的怨艾表現得更爲細膩，緣由交代的更爲清楚。」
〔註15〕《詩經》中可以確定的棄婦詩有《邶風·谷風》、《衛風·氓》、
《王風·中谷有蓷》、《鄭風·遵大路》、《谷風》、《白華》等 7 首。
〔註16〕《詩經》與《玉臺新詠》都有棄婦詩，主要是封建時代爲一
男權社會，女子地位低下，禮法上又有「七出」這樣堂而皇之的出
婦依據，女性自身地位缺乏保障，所以導致棄婦現象層出不窮。可
是，兩部書的棄婦形象之間卻有著很大的不同。簡言之，《詩經》的
棄婦詩是悲而有怨，《玉臺新詠》是傷而無怨。

《詩經》的棄婦詩，雖偶有難捨舊情的依依之辭：「宴爾新婚，
不我屑以。毋逝我梁，毋發我笱。我躬不閱，遑恤我後。」（《邶風·
谷風》）或像《鄭風·遵大路》那樣，女子沿著大路，牽著負心郎

〔註15〕張蕾《〈玉臺新詠〉論稿》，人民出版社 2007 年版，68 頁。
〔註16〕《詩經》中的棄婦詩，因主題理解之不同，意見不一。在此，我們
　　　　取基本上沒有爭議的作品。

的手，希望他不要拋棄自己的作品：「遵大路兮，摻執子之袪兮。
無我惡兮，不寁故也！遵大路兮，摻執子之手兮。無我魗兮，不寁
好也！」

　　但總體而言，《詩經》的棄婦詩充滿了對薄情郎的控訴和怨憤。
或是控訴前夫的薄情寡義及粗暴行爲，《邶風・谷風》：「不我能畜，
反以我爲仇。既阻我德，賈用不售。昔育恐育鞠，及爾顚覆。既生
既育，比予於毒。」「有洸有潰，既詒我肄。不念昔者，伊余來塈。」
或是憤怒於前夫的三心二意，《衛風・氓》：「女也不爽，士貳其行。
士也罔極，二三其德。」《小雅・白華》：「天步艱難，之子不猶。」
「念子懆懆，視我邁邁。」「之子無良，二三其德。」哀歎自己不逢
佳偶，《王風・中谷有蓷》：「條其歗矣，遇人之不淑矣。」或是揭露
前夫之冷酷《谷風》：「將安將樂，女轉棄予。」「將安將樂，棄予如
遺。」「忘我大德，思我小怨。」

　　《詩經》中的棄婦，面對不幸，有無奈的表現，《王風・中谷有
蓷》：「有女仳離，嘅其嘆矣。」「有女仳離，條其嘯矣。」「有女仳離，
啜其泣矣。」但它至少還能對前夫表現一下胸中的怨氣：「條其歗矣，
遇人之不淑矣。」到了《玉臺新詠》，情況爲之一變，怨憤之辭，降
到極少，除了《皚如山上雪》（《白頭吟》）寫卓文君看到丈夫異心，
要堅決離開丈夫，同時還要追尋自己的幸福外，全都是恭順無怨的棄
婦形象。我們所說的無怨是針對丈夫而言，甄后的《塘上行》、徐悱
妻劉氏的《和班婕妤》對讒言還是有怨的。

　　棄婦詩雖然在全部作品中所佔比重不大，但卻很好地詮釋和印
證了中國婦女忠貞的傳統美德，當然這美德之中包含著消極因素。
《玉臺新詠》中比重最大的作品是以相思爲主題的作品，大約占全
部作品三分之一。同時也是表現女性忠貞的主要方式。相思原本就
是鍾情之下產物，無鍾情也就不會有思念。相思作品多同古代的社
會生活實際也有密切關係。封建時代的各階層人士的夫妻之間分離
是一種經常的狀態。當時，作爲下層勞動人民有徭役和兵役，奔波

於仕途者，很多人要在京城與地方之間經常的流徙，妻室不在身邊是常有的事，即便是帝王，特別是開國之君，戎馬倥傯之際，妻子也不是總跟隨在身邊的。如梁武帝的長子蕭統在襄陽出生之時，中興元年九月（501 年），蕭衍尚在建康。〔註17〕《玉臺新詠》卷十收錄他的一首表達月下離思的《邊戎詩》：「秋月出中天，遠近無偏異。共照一光輝，各懷離別思。」頗有「海上生明月，天涯共此時」之意。很可能是寫給妻子的。

相思之際，最常見的莫過於用直接抒情的方式表達對愛情的矢志不渝。如傅玄《青青河邊草篇》：「生存會無期，要君黃泉下。」《朝時篇　怨歌行》：「魂神馳萬里，甘心要同穴。」張華《情詩》五首之四：「銜恩守篤義，萬里託微心。」謝惠連《代古》：「寫酒置井中，誰能辯斗升。合如杯中水，誰能判淄澠。」沈約《效古》：「豈云我無匹，寸心終不移。」鮑令暉《古意贈今人》：「容華一朝盡，惟餘心不變。」王僧孺《春怨》：「幾過度風霜，猶能保贇獨。」詩人有時也適當採用一些文學手法增強抒情效果，較爲常用的是比喻。如古詩《穆穆清風至》：

> 穆穆清風至，吹我羅裳裾。青袍似春草，長條隨風舒。
> 朝登津梁山，褰裳望所思。安得抱柱信，皎日以爲期。

方東樹說：「此詩詞恉俱未詳，不敢強通。以意測之，言此袍以望所思。中間刪去棄我不忠一段情事。古人文法筆力，得斬截處即斬斬截也。」〔註18〕最後四句以《莊子‧盜跖篇》裏尾生守信而死的故事和《詩經‧土風‧大車》：「謂予不信，有如皦日」之比，表示白己願得有情人與之生死相許。據此可知，這不是一首普通的表達相思之情的作品，因其既不是表現熱戀中的相思，也不是表現兩

〔註17〕《梁書‧昭明太子傳》：「太子以齊中興元年（501）九月生於襄陽」。中華書局 1973 年版，165 頁。蕭衍於永元三年二月（501）離開襄陽，九月忙於同東昏侯蕭寶卷作戰。《梁書‧高祖本紀中》，1973 年版，11～12 頁。

〔註18〕清‧方東樹《昭昧詹言》，人民文學出版社 1961 年版，61 頁。

地分離的夫婦之間的思念，而是一位女子登高望遠，思念從前的情人，同時希望能夠找到一位像尾生那樣守信的情郎，指日爲誓，不離不棄。江淹《張司空離情》：「羅綺爲君整，萬里贈所思。願垂湛露惠，信我皎日期。」也是化用《詩經・王風・大車》皦日爲誓之辭，表示自己對丈夫的忠貞。運用「皎日」意象表達貞情的作品還有蕭衍的《秋歌》四首之四：「當信抱梁期，莫聽回風音。鏡上兩入髻，分明無兩心。」《有所思》：「衣上芳猶在，握裏書未滅。腰中雙綺帶，夢爲同心結。」

詩人有時還用其他喻體，如浮萍：江淹《古別離》：「兔絲及水萍，所寄終不移。」松柏：吳歌九首之《冬歌》：「我心如松柏，君心復何似？」北晨星：何遜《閨怨》：「思君無轉移，何異北辰星。」蓮藕：蕭衍《夏歌》四首之一：「江南蓮花開，紅光覆碧水。色同心復同，藕異心無異。」此詩也同時運用了諧音雙關的手法。

在思念之際直接表達對愛的忠誠，已經列舉的主要是女性對男性，男方對女方表達專情的誓言的作品，《玉臺新詠》也有收錄。陸雲《爲顧彥先贈婦往返》四首之三：

翩翩飛蓬征，鬱鬱寒木榮。遊止固殊性，浮沉豈一情。
隆愛結在昔，信誓貫三靈。秉心金石固，豈從時俗傾。美目逝不顧，纖腰徒盈盈。何用結中款，仰指北辰星。

顧彥先，顧榮，字彥先。吳國吳人，爲南土著姓。「吳平，與陸機兄弟同入洛，時人號爲『三俊』。」〔註19〕陸機也做過《爲顧彥先贈婦》二首，實際上是爲顧彥先寫的夫婦之間的兩首贈答詩。陸機的兩首連同陸雲的四首，都收錄在《玉臺新詠》中。陸雲的四首，一、三是夫贈婦，二、四是婦答夫。第一首表達身在河洛的顧彥先日夜思念身在南方妻子：「目想清惠姿，耳存淑媚音。獨寐多遠念，寤言撫空衿。彼美同懷子，非爾誰爲心。」第二首寫妻子擔憂丈夫移情別戀，沒想到顧彥先會有這樣的情懷，「京室多妖冶，粲粲都人

〔註19〕唐・房玄齡等撰《晉書・顧榮傳》，中華書局 1974 年版，1811 頁。

子。」「佳麗良可羨，衰賤焉足紀。遠蒙眷顧言，銜恩非望始」。我們全文引述的是第二首，是顧彥先面對的妻子的憂慮，自我澄清的誓言。全詩共 12 句，前四句是說「我」如飛蓬，「你」若寒木，一在外，一守家，心情自然各異；中間四句表示，「你」「我」從前已有面對三靈的誓言，它像金石一樣牢固，豈會隨世俗變化；最後四句再次向妻子保證，美目、纖腰不會動搖「我」的心意，「我」可以指天向北辰星發誓。

第四首，妻子依然不相信顧彥先的話，認為「浮海難為水，遊林難為觀。容色貴及時，朝華忌日晏。」自己已到遲暮，勢必難逃被棄置的命運，這場對話在妻子的自怨自艾中結束，「棄置北辰星，問此玄龍煥。時暮勿復言，華落理必賤。」四首詩雖不是顧彥先夫妻間的真實對話，只是陸雲的想像之辭，但依然寫得情真意切，饒有餘味。

潘岳《內顧詩》二首之二：「不見山上松，隆冬不易故。不見陵間柏，歲寒守一度。無謂希是疏，在遠分彌固。」蕭衍《古意》二首之一：「寄言閨中愛，此心詎能知。不見松蘿上，葉落根不移。」也都是以松柏表達男性用情之專的思閨之作。

除了直接表達對愛的忠貞外，詩人著意更多是：女性離居之時，於苦苦相思之中所表現出的不同情態。

「為伊消得人憔悴」──表現思念之苦。《玉臺新詠》中漢代詩歌較有代表性的表現相思之苦的作品當屬古詩《行行重行行》了。

行行重行行，與君生別離。相去萬餘里，各在天一涯。道路阻且長，會面安可知。胡馬嘶北風，越鳥巢南枝。相去日已遠，衣帶日已緩。浮雲蔽白日，游子不顧反。思君令人老，歲月忽已晚。棄捐勿復道，努力加餐飯。

依照馬茂元先生的說法，這是一首思婦詞，此詩分兩個部分，前六句是追溯過往，寫別離；後十句寫相思，是訴說現在的心情。〔註20〕整首詩較為突出的便是它所塑造的飽受相思之苦折磨的女性

〔註20〕馬茂元《古詩十九首初探》，陝西人民出版社 1981 年版，107 頁。

形象。特別是「相去日已遠，衣帶日已緩。」這兩句原本也是樂府套句，樂府古歌有：「離家日趨遠，衣帶日趨緩。」〔註21〕寫女子因相思而衣帶日緩，暗示她勞神於思，無心茶飯以致消瘦。在後代逐漸成爲經典的表達方式，從而爲後世詩人一再傚仿、化用。此前提及的蕭驎《詠衱復》中：「纖腰非學楚，寬帶爲思君。」既是一個化用的實例。此外，像徐幹《室思》「不聊憂餐食，慊慊常饑空。」（第一章）陸機《周夫人贈車騎》一首：「對食不能餐，臨觴不能飯。」劉爍《代行行重行行》：「淚容曠不飭，幽鏡難復治。」吳邁遠《長相思》：「遣妾長憔悴，豈復歌笑顏。」劉緩《寒閨》：「纖腰轉無力，寒衣恐不勝。」劉邈《鼓吹曲　折楊柳》：「年年阻音信，月月減容儀。」蕭綱《秋閨照鏡》：「別來憔悴久，月月減容儀。」鮑照《擬古》：「宿昔衣帶改，且暮異容色。」等都是傚仿、化用此句，表現相思之苦。

「自伯之東，首如飛蓬。」——表現思念之深。明代陳玉父曾說《玉臺新詠》作品主題與「豈無膏沐，誰適爲容」（《衛風·伯兮》）、「終朝采綠，不盈一掬」（《詩經·小雅·采綠》）「語意未大異也。」〔註22〕對女性來說，容貌妝扮無異於她們的第二生命，否則，李夫人也不會在臨終之際，漢武帝來看望，她以被蒙面，不肯讓武帝看到自己花容不再，枯槁憔悴的樣子。〔註23〕既然妝扮對女性如此重要，如果她們無心於此，便從一個側面見出其用思之深。南朝像王融《古意》二首之二：「纖手廢裁縫，曲鬢罷膏沐。」王僧孺《春閨有怨》：「愁來不理鬢，春來更攢眉。」庾肩吾和湘東王《應令夕曉》：

〔註21〕 逯欽立《先秦漢魏南北朝詩》，中華書局 1983 年版，289 頁。
〔註22〕 徐陵編，清·吳兆宜注，程琰刪補，穆克宏點校《玉臺新詠箋注·附錄》中華書局 1985 年版，531 頁。
〔註23〕 班固《漢書·外戚傳》：「初，李夫人病篤，上自臨候之，夫人蒙被謝曰：『妾久寢病，形貌毀壞，不可以見帝。願以王及兄弟爲託。』上曰：『夫人病甚，殆將不起，一見我屬託王及兄弟，豈不快哉？』夫人曰：『婦人貌不修飾，不見君父。妾不敢以燕婧見帝。』」中華書局 1962 年版，3951 頁。

「縈鬟起照鏡，誰忍插花鈿。」等等都是以無意打扮表現女性思念之深切。顯然，比之「自伯之東，首如飛蓬。」王融、王僧孺等人筆下的女子，多了幾分優雅，不似《衛風・伯兮》裏那麼誇張。蕭綱的《秋閨夜思》：「故妝猶累日，新衣襞未成。」劉緩雜詠和湘東王三首之《寒閨》：「箱中剪刀冷，臺上面脂凝。」則是結合《衛風・伯兮》：「豈無膏沐，誰適爲容」和《小雅・采綠》「終朝采綠，不盈一掬」的雙重意境，表現相思之中的女子既無心裝束，也疏懶於女工。

「思君如流水，何有窮已時」——表現思念之永。作爲離別雙方，空間上的距離和時間的流逝，很容易觸動思念者的神經。在精神的煎熬之中，對時間的流逝比相聚的時候要敏感得多。古詩《行行重行行》：「思君令人老，歲月忽已晚。」曹丕《於清河見挽船士新婚與妻別》：「不悲身遷移，但惜歲月馳。歲月無窮極，會合安可知。」曹植雜詩五首之《西北有織婦》：「妾身守空房，良人行從軍。自期三年歸，今已歷九春。」《微陰翳陽景》：「眇眇客行士，遙役不得歸。始出嚴霜結，今來白露晞。」傅玄《青青河邊草篇》：「草生在春時，遠道還有期。春至草不生，期盡歎無聲。」《秋蘭篇》：「君期歷九秋，與妾同衣裳。」宋孝武《擬徐幹詩》：「思君如日月，回還晝夜生。」王融《代徐幹》：「思君如明燭，中宵空自煎。」吳均《與柳惲相贈答》六首之四：「歲去甚流煙，年來如轉軸。」蕭綱《擬沈隱侯夜夜曲》：「蘭膏盡更益，薰爐滅復香。但問愁多少，便知夜短長。」劉緩雜詠和湘東王三首之《冬宵》：「不堪寒夜久，夜夜守空床。衣裾逐坐褥，釵影近燈長。無憐凶幅錦，何須辟惡香。」

在時間的流逝中，作爲女性內心還有一種深深的憂慮，即韶華易逝的危機感及男子心變。吳邁遠《長別離》：「如何與君別，當我盛年時。蕙花每搖盪，妾心空自持。榮乏草木歡，悴極霜露悲。富貴身難老，貧賤顏易衰。」《長相思》：「簷隱千霜樹，庭枯十載蘭。經春不舉袖，秋落寧復看。一見願道意，君門已九關。虞卿棄相印，擔簦爲

同歡。閨陰欲早霜，何事空盤桓。」吳均擬古四首之《採蓮》：「願君早旋返，及此荷花鮮。」費昶《和蕭先馬畫屏風》二首之《秋夜涼風起》：「紅顏本暫時，君還詎相及。」蕭綱《擬落日窗中坐》：「空嗟千歲久，願得及陽春。」武陵王蕭紀《和湘東王夜夢應令》：「懸知君意薄，不著去時衣。」

　　從以上《玉臺新詠》作品解析可知，忠貞恭順是眾多的詩歌重要內涵，這種情感傾向主要地是通過詩歌主人公的情感抒發自然地表露出來的，極少刻板的說教。其背後其實就是人所共知的封建時代女子四德之首──貞順。《周禮・天官冢宰第一》：「九嬪掌婦學之法，以教九御婦德、婦言、婦容、婦功。」鄭玄注曰：「婦德謂貞順，婦言謂辭令，婦容謂婉娩，婦功謂絲枲。」以往我們總是將之視為封建糟粕予以批判，無意間忽視其積極層面的意義。

第二節　《玉臺新詠》作品主題的倫理內涵

　　《玉臺新詠》所錄作品的婚姻、倫理問題，此前無人關注。之所以如此，原因主要在以下幾個方面。首先從隋唐開始，封建時代通常是把《玉臺新詠》及其所代表的豔體詩作為封建禮教的對立物來看待的，什麼「不崇教義之本，偏尚淫麗之文」。(《陳書・後主紀》)「導靡啟濫，甘心為風雅罪人。」（明江元禧編《玉臺文苑序》）近現代以來，新文化運動的興起，禮教作為封建糟粕，受到批判，不過，《玉臺新詠》並未就此而翻身，而是成為「統治階級荒淫的生活和色情心理」〔註24〕的罪證繼續接受批判。少數肯定它的人多半又是站在唯美的立場去挖掘和肯定《玉臺新詠》的美學價值，避開了《玉臺新詠》的婚姻和倫理問題。所以，迄今為止，尚沒有人就《玉臺新詠》作品的倫理內涵的問題做過研究。說蕭綱「《娼婦怨情》、《和徐錄事見內人作臥具》、《戲贈麗人》、《和湘東王名士悅傾城》、《美

〔註24〕穆克宏《試論〈玉臺新詠〉》，《文學評論》1985 年 6 期。

人晨妝》、《美人觀畫》等，都是典型的宮體詩。蕭衍、蕭繹、蕭繹、蕭紀都有類似的作品，它們反映了當時統治階級荒淫的生活和色情心理。」〔註25〕事實上，蕭綱的《和徐錄事見內人作臥具》不像穆克宏所批評的那樣是一首反映色情心理的作品。在此穆克宏有點望文生義，很可能以為這是一首蕭綱和徐摛見到內人的坐臥之具所產生的色情聯想。詩題實際的涵義是，徐摛見妻子縫製臥具，寫了一首詩，蕭綱就此和了一首。它實際上是一首表達夫妻之間的真摯情愛的作品。詩歌寫內人縫製臥具時的姿態與精美工具：「龍刀橫膝上，畫尺墮衣前。熨斗金塗色，簪管白牙纏。」讚美妻子所作臥具的精巧：「衣裁合歡褠，文作鴛鴦連。縫用雙針縷，絮是八蠶綿。香和麗丘蜜，麝吐中臺煙。已入琉璃帳，兼雜泰華氈。」作品結尾：「且共雕爐暖，非同團扇捐」是表示自己不會讓妻子有班婕妤那樣的詠歎。可知這愛裏面包涵著濃厚的倫理意味。可見《玉臺新詠》作品的倫理內涵是一客觀存在，而且體現在一直受人詬病的南朝齊梁詩歌當中。還有，我們說忠貞不渝是《玉臺新詠》作品主題的情感特質，實際上，這既是個情感問題，同時也是封建時代對女性的倫理要求，而且即便在今天依然有它的生命力，不同的只是從對女子單方面的要求上升為對男女雙方共同遵守的社會規範。由此看來，劉孝威之詩所表現的是對男方情感專一的自我約束，這在當時無疑是一個不小的進步。

　　漢代是中國封建禮法逐步確立和定型的時期，這一點在《玉臺新詠》收錄的漢魏作品便有體現，最明顯的例證莫過於那首著名的《日出東南隅行》了，它是一個愛情喜劇，〔註26〕但它同時也是用「調戲」與「守禮」的結構形式，表現秦羅敷堅貞守禮的讚歌。〔註27〕鍾惺《古

〔註25〕穆克宏《試論〈玉臺新詠〉》，《文學評論》1985年6期。
〔註26〕趙敏俐《漢樂府〈陌上桑〉新探》，《江西社會科學》1987年3期。
〔註27〕姚道生《〈陌上桑〉羅敷「以禮自防」探微》，鄺健行、吳淑鈿編選《香港古典文學研究論文選萃》江蘇古籍出版社2002年版。

詩歸》說此詩：「妙在貞靜之情，即以風流豔詞發之，豔亦何妨於正也。」清人朱嘉徵在《樂府廣序》卷一曾指出：

　　《陌上桑》歌「日出東南隅」，婦人以禮自防也。漢遊女之情正，但令不可求而止，《陌上桑》之情亦正，惟言羅敷自有夫而止，皆正風也。〔註28〕

《玉臺新詠》在同卷還選了辛延年的《羽林郎》，《羽林郎》與《日出東南隅行》極其相似。

　　昔有霍家奴，姓馮名子都。依倚將軍勢，調笑酒家胡。胡姬年十五，春日獨當爐。長裾連理帶，廣袖合歡襦。頭上藍田玉，耳後大秦珠。兩鬟何窈窕，一世良所無。一鬟五百萬，兩鬟千萬餘。不意金吾子，娉婷過我廬。銀鞍何昱爚，翠蓋空踟躕。就我求清酒，絲繩提玉壺。就我求珍肴，金盤膾鯉魚。貽我青銅鏡，結我紅羅裾。不惜紅羅裂，何論輕賤軀。男兒愛後婦，女子重前夫。人生有新故，貴賤不相逾。多謝金吾子，私愛徒區區。

　　清朱乾《樂府正義》曰：「後漢和帝永元元年，以竇憲為大將軍，竇氏兄弟驕縱，而執金吾景尤甚。奴客緹騎強多財貨，篡取人妻，略婦女，商賈閉塞，如避寇讎。此詩疑為竇景而作，蓋託往事以諷今也。」依朱氏之意，竇景官居執金吾，其家奴仗勢欺人，又多為不法之事，所以此詩可能是諷刺竇景家奴。這種說法為不少學者所採信，〔註29〕史上竇景的確有劣跡，〔註30〕閻步克認為金吾是

〔註28〕朱嘉徵《樂府廣序》，《四庫全書存目叢書》，《四庫全書存目叢書》編委會，臺南：莊嚴文化事業有限公司，1997年，385冊，684頁。

〔註29〕如蕭滌非：《漢魏六朝樂府文學史》，人民文學出版社1984年版，第108頁；王汝弼：《樂府散論》，陝西人民出版社1984年版，第142頁；王柏、楊偉禎、陳饒：《大地之歌——樂府》中國三環出版社1992年版，第305頁以下。

〔註30〕南朝宋·范曄《後漢書》卷二三《竇融傳》：「權貴顯赫，傾動京都。雖俱驕縱，而景為尤甚，奴客、緹騎依倚形勢，侵陵小人，強奪財貨，篡取罪人，妻略婦女。商賈閉塞，如避寇讎。有司畏懦，莫敢舉奏。」

漢代天子出行時，作儀仗防護之用的飾金銅棒。御史大夫、司隸校尉也可以執，御史、司隸、郡守、都尉、縣長所執則是木吾。詩中的馮子都是霍家親信，稱其爲金吾子，不過是執棒家奴之稱，與主人是不是官居執金吾沒有必然關係。此詩如有影射，並不能就此斷定是東漢的竇景。〔註31〕實際上，作品本身已經說得很清楚，「金吾子」只是胡姬對有豪門家奴的一種敬畏的稱呼。〔註32〕

《羽林郎》與《日出東南隅行》的結構基本相同，同樣採用「調戲」與「守禮」的模式，但「守禮」的情節，二者差異較大。《日出東南隅行》裏，當使君說：「寧可共載不？」秦羅敷說的是：「使君自有婦，羅敷自有夫。」此處是「以禮自防」，但接下來，羅敷花了大量的筆墨形容自己丈夫的高貴，體現了一個「富貴女子的自誇與白傲」。〔註33〕吳兢《樂府古題要解》：「羅敷採桑陌上，爲使君所邀，羅敷盛誇其夫爲侍中郎以拒之。」可見，秦羅敷拒絕使君，除了倫理層面上的原因外，還因爲追求她的使君無論身份還是地位上都無法與自己的丈夫相比，即：她拒絕使君的緣由不全在禮教層面。相比之下，《羽林郎》中的胡姬就沒有對自己丈夫的描述與誇耀。她的拒絕完全出於倫理道德上的考慮：「男兒愛後婦，女子重前夫。人生有新故，貴賤不相逾。」更難得的是，她還扯下金吾子繫在她衣襟上的銅鏡，表示不惜以死相抗。「不惜紅羅裂，何論輕賤軀。」〔註34〕清人

〔註31〕閻步克《也談辛延年〈羽林郎〉中的金吾子》，《中國文化研究》2004年春之卷。

〔註32〕余冠英：「馮子都的身份並不是執金吾而『胡姬』稱他爲『金吾子』，正和解放前老百姓稱反動軍隊的士共爲『老總』，軍官爲『大人』相似。」《樂府詩選》，人民文學出版社1953年版，第151頁。

〔註33〕趙敏俐《漢樂府〈陌上桑〉新探》，《江西社會科學》1987年3期。

〔註34〕「不惜紅羅裂，何論輕賤軀。」兩句有不同解釋，余冠英《樂府詩選》：「是對霍家奴贈鏡結裾，既不惜絕裾相抗，如進一步侵犯身體，當然更會自己尊重，還用說嗎？」（人民文學出版社1953年版）北大中文系《兩漢文學史參考資料》：「你想贈鏡結裾，我都不惜裂裾以抗拒，更不必說你對我這輕微低賤的身軀隨意加以侮辱了。」（《兩漢文學史參考資料》，中華書局1962年新1版，539頁。）張慧博認

王堯衢評云：「貞女爲婉辭以決絕之。言以紅羅之美，裂之不惜，何論微軀而肯改志！若男兒之所愛無定，女則豈不重前夫，從一而終，婦之道也，何得於新故之際而貴賤踰節乎？若曰雖以子之私心相愛，抱此區區，亦徒然耳。辭婉而意嚴矣。」〔註35〕張玉穀說胡姬：「惟知新不易故，豈以貴賤踰盟。申說何等決裂。」〔註36〕都看到了胡姬的決絕與貞烈。借助以上對比不難發現，漢樂府《日出東南隅行》的倫理成分是不及《羽林郎》濃厚的。《羽林郎》一詩《文選》未收，全賴選入《玉臺新詠》而得以保存，可知徐陵是認同和贊許胡姬的行爲的，不然，他不會選錄此詩。

　　《羽林郎》的知名度顯然不及《日出東南隅行》，這從《玉臺新詠》選錄的後世作品中只有《日出東南隅行》的擬作便可以知道。沈約《少年新婚爲之詠》、蕭子顯《日出東南隅行》均是模擬漢樂府《日出東南隅行》。二者相比，蕭子顯詩幾乎完全傚仿漢樂府《日出東南隅行》。也是寫一位美貌、華貴的採桑女，同樣遇到碰到一位「車馬客」，女子拒絕追求者的方式與羅敷相似，但沒有說類似「使君自有婦，羅敷自有夫」的話，更沒有誇耀自己的丈夫如何出眾。沈約《少年新婚爲之詠》：

　　　　山陰柳家女，莫言出田墅。豐容好姿顏，便儇工言語。
　　腰肢既軟弱，衣服亦華楚。紅輪映早寒，畫扇迎初暑。錦

　　爲這是仗勢家奴的話：「我不惜把這貴重的紅羅割捨給你，你這輕賤的身子供我快樂一下又有什麼捨不得呢？」（《〈羽林郎〉新探》，《天津師院學報》1981 年 5 期）張葆全：「我不惜紅錦衣襟被撕裂，更不惜微賤的身軀而以死相抗。」（《〈玉臺新詠〉譯注》，廣西師範大學出版社 2007 年版，22 頁）。我們認爲這兩句是胡姬對霍家奴義正詞嚴的拒絕，我們採納冠英和張葆全的解釋。另外，作家出版社編輯部 1957 年編的《樂府詩研究論文集》收錄了一組《羽林郎》的研究討論文章，其中也有對這兩句的討論，可以參看。

〔註35〕北京大學中國文學史教研室選注《兩漢文學史參考資料》，中華書局 1962 年新 1 版，539 頁。

〔註36〕張玉穀著，許逸民點校《古詩賞析》上海古籍出版社 2000 年版，144 頁。

履並花紋，繡帶同心苣。羅襦金薄廁，雲鬢花釵舉。我情已鬱紆，何用表崎嶇。託意眉間黛，中心口上朱。莫爭三春價，坐喪千金軀。盈尺青銅鏡，徑寸合浦珠。無因達往意，欲寄雙飛鳧。裾開見玉趾，衫薄映凝膚。羞言趙飛燕，笑殺秦羅敷。自顧雖悴薄，冠蓋曜城隅。高門列騶駕，廣路從驪駒。何慚鹿盧劍，詎減府中趨。還家問鄉里，詎堪持作夫。

康正果評論道：「詩人的意圖並非為了再現婚禮的場景，也不是祝賀柳家少女的新婚，他只是為了作詩，為了把《陌上桑》的基本要素體現在一首獨出心裁的新詩中。簡單地說，他的創作意圖就是用《陌上桑》的結構套一首詠新婚的詩。因此，我們不妨把詩中的一對男女都視為虛擬的人物，所為『柳家女』和『少年』，全都是代號，根本不是真正意義的人物，詩人不過通過他們的相互關係翻新一下『詠』的文字遊戲罷了」〔註37〕張葆全也認為：「全詩襲用古樂府詩《日出東南隅行》的意旨，盛讚新娘的美麗和堅貞。」依張先生的理解全詩分為三部分，其中「我情已鬱紆」至「欲寄雙飛鳧。」十句是第二部分，寫一位第三者向女子示愛。這樣的理解我們贊同，但他說「託意眉間黛，中心口上朱」是第三者的話，「我只求能在眉目間傳達彼此的情意，從口中吐露出心中的愁悶。」〔註38〕略有問題。我們認為這是第三者的話，但他表達的是女方能夠回應的願望，希冀她能以眉目向他傳情，言語向他表意。「眉間黛」和「口上朱」都是明顯的女性特徵，南朝某些士族有柔弱、女性化的特徵，像顏之推嘲弄士族「薰衣剃面」，但日常似乎還沒到塗脂抹粉，點黛眉間的地步。

沈約和蕭子顯的因襲成分非常濃厚，這一點徐陵不會看不見。所以，他選錄這兩首詩，恐怕不在說明它們比漢樂府《日出東南隅行》和《羽林郎》有什麼突破，也不會是只為告訴我們，當時的詩

〔註37〕康正果《風騷與豔情》河南人民出版社1988年版，150頁。
〔註38〕張葆全《玉臺新詠譯注》，廣西師範大學出版社2007年版，159頁。

人有模擬古詩作爲練筆，或者純粹爲文字遊戲的癖好。他應該也是想向世人傳達一個事實，即：當時模擬漢樂府的作品沒有失掉原詩所包孕的「以禮自防」的倫理內涵。

齊梁人對「以禮自防」主題的表現，其成就主要不是體現在對漢樂府《日出東南隅行》和《羽林郎》的因襲上，而是體現在守禮角色的變換和內涵意義提升上。如劉孝威《鄀縣遇見人織率爾寄婦》，此詩曾被聞一多點名批判：「對姬妾娼妓如此，對自己的髮妻亦然。（劉孝威《鄀縣遇見人織率爾寄婦》便是一例）」〔註39〕劉孝威此詩事實上是表現自己在面對美麗女子的誘惑之時，對家妻用心不移的一篇愛情宣言。全詩如下：

> 妖姬含怨情，織素起秋聲。度梭環玉動，踏躡佩珠鳴。經稀疑杼澀，緯斷恨絲輕。蒲桃始欲罷，鴛鴦猶未成。雲棟共徘徊，紗窗相向開。窗疏眉語度，紗輕眼笑來。曨曨隔淺紗，的的見妝華。鏤玉同心藕，列寶連枝花。紅衫向後結，金簪臨鬢斜。機頂掛流蘇，機傍垂結珠。青絲引伏兔，黃金繞鹿盧。豔彩裾邊出，芳脂口上渝。百城交問道，五馬共踟躕。直爲閨中人，守故不要新。夢啼漬花枕，覺淚濕羅巾。獨眠眞自難，重衾猶覺寒。逾憶凝脂暖，彌想橫陳歡。行驅金絡騎，歸就城南端。城南稍有期，想子亦勞思。羅襦久應罷，花釵堪更治。新妝莫點黛，余還自畫眉。

全詩共 42 句，分兩部分，第一部分 24 句，寫所遇女子之美；餘下爲第二部分，言對家中妻子之思與愛。開頭 24 句又分兩個小段，先說這位鄀縣女子滿懷愁怨織布，做事心不在焉，無端發脾氣。當從紗窗看到詩人，便笑逐顏開，眉目傳情。然後寫這位織女飾玉、繡花、紅簪、衣裾、口紅等華麗的服飾和豔妝。接下來言自己的對家中之妻的鍾情。「百城交問道，五馬共踟躕。」仿傚《日出東南隅行》「使君從南來，五馬立踟躕」之語，意謂：她的美貌像秦羅敷那

〔註39〕聞一多《宮體詩自贖》，《唐詩雜論》上海古籍出版社 1998 年版。

樣能讓使君徘徊不行。「直為閨中人，守故不要新。」表白自己為了家中之妻，不會棄故迎新。「夢啼漬花枕，覺淚濕羅巾。獨眠真自難，重衾猶覺寒。」是說自己夢中因思而淚濕羅巾，獨眠雖層層包裹亦覺寒冷。作者越加思念與妻子之間的溫存，快馬加鞭盡快回到妻子身邊。給妻子更換新衣，置備新的花釵。新妝之後，等「我」歸來親手給你點畫眉妝。這是一首難得的佳作，有面對誘惑時的猶疑，更有對妻子的摯愛，寫出夫妻之間溫存與情調。

　　劉孝威此詩傚仿《陌上桑》的結構，不過把「調戲」與「守禮」結構模式中的「調戲」，換成了「誘惑」，而且從前結構模式中的性別次序也發生了變化，「誘惑」者是一位女子，守禮者變成了男性——作者自己。「逾憶凝脂暖，彌想橫陳歡。」單看語句有色情的嫌疑，但此處劉孝威意念所指是他的妻子，因而嫌疑也就自然消失。所以，我們說這首詩是在表現劉孝威自己面對誘惑，用心不移。

　　這首詩守禮的主體從女方轉到了男性，在封建男權社會，男、女不平等的歷史背景下，這是非常難得的。還有，如果說沈約和蕭子顯的作品帶有文字遊戲性質的話，劉孝威的作品所體現的卻是一種基於倫理的、現實的自我約束。沈約、蕭子顯等人只是在寫詩，而且是因襲模傚的，漢樂府《日出東南隅行》與《羽林郎》也不過是頌揚守禮的行為，劉孝威記述的則是他自己現實的行為。簡言之，他是用實踐來表達對倫理的認同，而知行合一的倫理認同，顯然超越那些僅僅停留在言語層面的動人說教。所以劉孝威的作品與《日出東南隅行》與《羽林郎》相比，是一個重大的進步。類似的作品還有王樞的《至烏林村見採桑者聊以贈之》和劉孝綽《遙見鄰舟主人投一物眾姬爭之有客請余為詠》，王樞詩：

　　　　遙見提筐下，翩妍實端妙。將去復回身，欲語先為笑。
　　　閨中初別離，不許見新知。空結茱萸帶，敢報木蘭枝。

　　全詩共八句，寫詩人行路見到一位美麗的採桑女，因為剛同妻子分別，面對採桑女也只能空結同心帶，卻不能投桃報李，回報採桑女

的好意。王樞此詩與劉孝威相似，也是將倫理要求轉換成一種現實的
自我約束。這讓我們想起唐代張籍的《節婦吟》：

> 君知妾有夫，贈妾雙明珠。感君纏綿意，在紅羅襦。
> 妾家高樓連苑起，良人執戟明光裏。知君用心如日月，事
> 夫誓擬同生死。還君明珠雙淚垂，恨不相逢未嫁時。

一位男子愛上一個已婚女子，贈給她一對明珠。這個女子對男
子也有感情，所以把男子贈送的明珠繫在羅襦之上。但終究不能離
棄丈夫，最後把明珠還給了那個男子。北宋姚鉉所編《唐文萃》將
此詩編在「貞節」類目下。據此，施蟄存先生說：「可知唐宋人都認
爲一個女人可以接受別的一個男子的愛情，也可以對他表示自己的
『感』，只要不拋棄丈夫私奔或改嫁給那個男子。這樣一個女人還沒
有逾越禮教，她可以算是一個『節婦』。」〔註40〕張籍此詩的結構與
劉孝威和王樞很相似，只是一個是寫女子對情之貞，一個是寫男子
對妻之忠。張籍很有可能借鑒了劉或王，但從禮教的角度上講，劉
孝威和王樞的詩更爲難得。因爲封建禮教在婚姻上對女子的約束比
男子要嚴苛得多，女子有七出，男子就沒有。在婚姻上，男子可以
納妾，休妻另娶。女方卻沒有同等的權利。從中可以看出劉孝綽對
情之專。還有，張籍寫節婦不是紀實，詩全稱是《節婦吟寄東平李
司空師道》，是張籍運用比興手法婉辭當時的緇青節度副大使李師道
的禮聘，因爲，張籍已經接受他人的禮聘，所以用節婦做比委婉地
表示無法接受李師道的好意。而劉孝威和王樞的作品則有強烈的紀
實色彩。徐陵選錄此詩從某種程度上也可以回敬那些，從禮教立場
質疑宮體詩的人。

劉孝綽《遙見鄰舟主人投一物眾姬爭之有客請余爲詠》已在之前
略有論述。

> 河流既浼浼，河鳥復關關。落花浮浦出，飛雉度洲還。
> 此日倡家女，競嬌桃李顏。良人惜美珥，欲以代芳菅。新

〔註40〕施蟄存《唐詩百話》上海古籍出版社 1987 年版，398～399 頁。

縑疑故素，盛趙蔑衰班。曳綃事掩穀，搖佩奪鳴環。客心
空振盪，高枝不可攀。

　　也是一個類似《日出東南隅行》的場景，只是此處的女子不再是
採桑女，而是一位貴者的眾多姬妾。旁觀者並沒有機會像使君那樣表
達心意，其中一位客人記述了這一場景。「客心空振盪，高枝不可攀。」
明顯模倣秦羅敷誇夫回絕的情節，明白地告訴客人，心意振盪也只能
是枉自徒勞。庾肩吾《南苑還看人》講述的也是一個類似的場景，詩
人從皇家苑囿南苑歸來，看到街上眾多與春花竟容的女子，妝扮妖
嬈，「細腰宜窄衣，長釵巧挾鬢。」日色已晚，上客們對此可不要動
意，家中正有人在等待她們呢。「中人應有望，上客莫前還。」紀少
瑜《擬吳均體應教》寫春日遊玩的女子，搖動歌扇、身著舞衣，流連
不還。最後詩人說：「自有專城居，空持迷上客」。意謂：她們自有像
秦羅敷丈夫那樣的顯達夫君，外人只能空自癡迷。王樞與劉孝威、劉
孝綽、庾肩吾、紀少瑜等人的作品，能夠體現出南北朝時期，南朝士
人在婚姻倫理問題上的一些進步傾向：有的士人主動接受原本是針對
女性的禮法約束。

　　《玉臺新詠》中體現婚姻倫理問題的作品除以「以禮自防」爲主
題的作品，著名的頌揚潔婦的「秋胡詩」，傅玄的《和班氏詩》、顏延
之《秋胡行》也都被徐陵收錄，此外，還收錄了蕭綱的《代秋胡婦閨
怨》。蕭綱詩同傅玄和顏延之完整展現秋胡故事的全過程不同，如題
所示，他所表現的是秋胡妻對秋胡的思念之情。蕭綱沒有去表現秋胡
戲妻那一經典場景，但依然通過秋胡妻對秋胡移情的疑慮，「若非新
有悅，何事久西東。」點出秋胡的用情不專，同時「知人相憶否，淚
盡夢啼中」也表現出秋胡妻的鍾情。

　　以上倫理要求都是以婚姻關係的建立和存續爲前提的，男女建
立婚姻關係的主要標誌便是婚禮。婚禮，《禮記・昏義》說：「昏禮
者，將合二姓之好，上以事宗廟，下以繼後世也，故君子重之。是
以昏禮納采、問名、納吉、納徵、請期，皆主人筵幾於廟，而拜迎

與門外。入，揖讓而升，聽命於廟，所以敬慎重正昏禮也。」還說：「敬慎重正而後親之，禮之大體，而所以成男女之別，而立夫婦之義也。男女有別，而後夫婦有義；夫婦有義，而後父子有親；父子有親，而後君臣有正；故昏禮者，禮之本也。」東晉孔坦甚至說：「婚禮之重，重於救日蝕」。〔註41〕

可見婚禮在中國傳統禮儀中佔據著非常重要的地位，認爲是「禮之本」，而且，有著極其繁瑣的程序以示鄭重。對婚姻禮儀的看重，在《玉臺新詠》的作品中就是明顯的體現。我們認爲繁欽的《定情詩》便是一首從反面體現婚姻禮法的作品。全詩如下：

> 我出東門遊，邂逅承清塵。思君即幽房，侍寢執衣巾。時無桑中契，迫此路側人。我既媚君姿，君亦悦我顏。何以致拳拳？綰臂雙金環。何以致殷勤？約指一雙銀。何以致區區？耳中雙明珠。何以致叩叩？香囊繫肘後。何以致契闊？繞腕雙跳脫。何以結恩情？佩玉綴羅纓。何以結中心？素縷連雙針。何以結相於？金薄畫搔頭。何以慰別離？耳後玳瑁釵。何以答歡悦？紈素三條裾。何以結愁悲？白絹雙中衣。與我期何所？乃期東山隅。日旰兮不至，谷風吹我襦。遠望無所見，涕泣起踟躕。與我期何所？乃期山南陽。日中兮不來，凱風吹我裳。逍遙莫誰睹，望君愁我腸。與我期何所？乃期西山側。日夕兮不來，躑躅長歎息。遠望涼風至，俯仰正衣服。與我期何所？乃期山北岑。日暮兮不來，淒風吹我衿。望君不能坐，悲苦愁我心。愛身以何爲，惜我華色時。中情既款款，然後克密期。褰衣躡茂草，謂君不我欺。厠此醜陋質，徒倚無所之。自傷失所欲，淚下如連絲。

全詩較長共 64 句。蕭統《文選》卷十八《洛神賦》引文：「何以消滯憂，足下雙遠遊。」《玉臺新詠》無此兩句，說明徐陵選錄的時候有刪節。

〔註41〕唐・房玄齡等《晉書・王坦傳》中華書局 1974 年版，2085 頁。

作品可以分兩部分，「我出東門遊」至「白絹雙中衣」為第一部分，言女主人公同男子邂逅相逢，兩廂愉悅，女主人公一口氣用縮臂金環、指環、耳墜、肘後香囊、跳脫（即手鐲）、佩玉羅纓（絲帶）、雙針、搔頭、玳瑁釵、裙子、中衣等 11 件隨身衣飾來表示對男方的愛慕；「與我期何所」以下為第二部分，言女主人公與男子相約東山一隅，最終待而不得獨自傷情。《樂府解題》說此詩：「言婦人不能以禮從人，而自相悅媚。乃解衣服玩好致之，以結綢繆之志。若臂環致拳拳，指環致殷勤，耳珠致區區，香囊致扣扣，跳脫致契闊，佩玉結恩情，自以為志而期於山隅、山陽、山西、山北。終而不答，乃自傷悔焉。」有人認為《樂府解題》的說法是「帶著封建時代男尊女卑的有色眼鏡」的一種曲解。〔註42〕還有人說這是一首女子失戀的哀歌。〔註43〕也有人指出失戀詩，只是其表面，這篇詩作「是作者晚年對一生經歷的回憶，是作者有志不得施展的沉憤哀唱。」〔註44〕繁欽有所寓意不是不可能，立足作品本身，我們認為《樂府解題》的說法更為合理。如「時無桑中契，迫此路側人。」說二人只是邂逅相遇，不是在男女特定的幽會場所——桑林見到的，而且桑林幽會一般限於仲春，非是，便有違禮法。還有，他們互相欣賞不過只是雙方的外表：「我既媚君姿，君亦悅我顏」。既無媒妁之言，更非仲春會男女時節，僅憑偶然的相逢，外在吸引，一時欣悅之下，便傾盡身上衣飾，其中還包括絲帶、裙子、中衣，去表白情愛，臨了還約定再次見面的時間，這種做法在今天都不能算做理智的行為，更何況在禮法森嚴的封建社會。《紅樓夢》第五十四回《史太君破陳腐舊套　王熙鳳效戲彩斑衣》，說賈母看戲批評才子佳人戲的落俗說：戲中女子必是知書達禮，風華絕代，「只一見了一個清俊的男人，不管是親是友，便想起終身大事來，父母也忘了，書禮也忘了，鬼不成鬼，賊不成賊，

〔註42〕吳小如、王運熙等撰《漢魏六朝詩鑒賞辭典》，上海辭書出版社 1992 年版，234 頁。

〔註43〕李寶均《曹氏父子與建安文學》上海古籍出版社 1978 年，79 頁。

〔註44〕馬寶記《繁欽及其〈定情詩〉》，《許昌師專學報》1990 年 1 期。

那一點兒是佳人？便是滿腹文章，做出這些事來，也算不得是佳人了。比如男人滿腹文章去作賊，難道那王法就說他是才子，就不入賊情一案不成？」雖是小說中語，但卻一語中的，點中了那些低劣才子佳人小說的要害。繁欽《定情詩》中的女主人公，就很像賈母批評的才子佳人小說中的「僞佳人」。女主人公不也是看到了一個「清俊的男人」嗎，然後這位「佳人」便把身上之物，一件件地獻出來，向這位男子致其「拳拳」之意。這樣的一個愛情故事，理智健全的人恐怕都不會給以肯定。詩中人只是藝術形象，但藝術既然源於生活，其主人公同現實中人一樣，基本的廉恥和約束還是需要的，大概這也是女主人公在詩中最後以悲劇收場的原因。當然，詩中的男主人公也不是什麼良善之人。如果說《詩經》中被定爲「淫奔」的作品多有附會不實成分的話，繁欽此詩卻是地道的「淫奔」之詩。所以，從倫理角度去看，繁欽《定情詩》就是包含著對背禮法，濫私情的批評，即便繁欽主觀上無此意願，作品內容已足以揭露這一客觀事實。其警示意義是不可忽視的。

傅玄《有女篇‧豔歌行》敘述的也是一位待嫁之女，只是不再像繁欽《定情詩》中的女子只有華美的衣飾，建立在外在吸引與邂逅相遇的基礎之上的單一愛慕。這位女子可不一般，她有著嬌美的容貌，華麗的衣飾，而且她還擁有像秋霜一樣高潔的志節，「容華既以豔，志節擬秋霜。」四方都知道她的聲名：「徽音冠青雲，聲響流四方。」像她這般美麗且有德行的淑女，只合嫁王配侯。「妙哉英媛德，宜配侯與王。」她出閣，先有媒人代人送來「束帛」、「羔雁」等聘禮，後有百輛盈路車馬，車馬迎娶之時像飛翔的鸞鳳：「媒氏陳束帛，羔雁鳴前堂。百兩盈中路，起若鸞鳳翔。」凡夫俗子只能空自豔羨，「凡夫徒踊躍，望絕殊參商。」

張衡的《同聲歌》是從正面，寫了新婚之夜妻子面對丈夫所作的婚後諾言：

邂逅承際會，遇得充後房。情好新交接，恐慄若探湯。

不才勉自竭，賤妾職所當。綢繆主中饋，奉禮助蒸嘗。思
爲莞蒻席，在下蔽匡床。願爲羅衾幬，在上衛風霜。灑掃
清枕席，鞮芬以狄香。重戶結金扃，高下華燈光。衣解巾
粉御，列圖陳枕張。素女爲我師，儀態盈萬方。眾夫所希
見，天老教軒皇。樂莫斯夜樂，沒齒焉可忘。

《樂府解題》曰：「《同聲歌》，漢張衡所作也。言婦人自謂幸得
充閨房，願勉供婦職，不離君子。思爲莞簟，在下以蔽匡床；衾裯，
在上以護霜露。繡綣枕席，沒齒不忘焉。以喻臣子之事君也。」梁啓
超認爲：「玩語意當是初遷侍中時所作，自述初承恩感激圖報之意。」
還說，「此詩若作賦體讀之，認爲男女新婚愛戀之詞，便索然寡味。」
〔註45〕用妻妾對夫比喻臣對君的「感激圖報」就「欣然有味」嗎？詩
歌本身並未提供什麼線索指向君臣之義，再者，作品寫到了男女歡
愛，用此來比喻君臣之義，有些不倫不類。我們認爲它就是在借助詩
歌宣揚一種夫婦之間的責任與義務，而這種責任與義務正是建立在婚
姻基礎之上的，婚姻得以成立的最終標誌便是婚禮。之前引述的繁欽
《同聲歌》中，女子用以表露情意的 11 件衣飾，很有可能是在寫性
愛。二者都言及與此，不過，兩者性質迥然有別。一個在禮法之外，
一個在禮法之內。一個不被允許，一個卻可以寫出溫情。

與新婚有關的詩，還有何遜《看新婚》〔註 46〕、王僧孺《月夜
詠陳南康新有所納》、《見貴者初迎盛姬聊爲之詠》等三首。何遜主要
給我們描繪了婚禮上的兩位新人：

> 霧夕蓮出水，霞朝日照梁。何如花燭夜，輕扇掩紅妝。
> 良人復灼灼，席上自生光。所悲高駕動，環佩出長廊。

夕霧中出水的荷花，朝霞映襯下的棟樑，哪裏比得上洞房之夜，
輕扇掩映下身著紅妝的新娘。新郎也在席上灼灼生輝，但車駕離開的
時候，新娘傷心地搖動環佩移出長廊。李伯奇認爲最後兩句是說：「可

〔註45〕梁啓超《中國之美文及其歷史》，東方出版社 1996 年版，142 頁。
〔註46〕梁·何遜著，李伯齊校注《何遜集校注》作《看伏郎新婚》，齊魯書
　　　社 1988 年版，76 頁。

惜婚宴結束，大家都要離去。」〔註47〕我們認爲還是在說新人，未及看客。王僧孺的《見貴者初迎盛姬聊爲之詠》是說一位權貴迎娶自己，多方尋覓才找尋到的美貌女子，「久想專房麗，未見傾城者。千金訪繁華，一朝遇容冶。」頗有《長恨歌》:「漢皇重色思傾國，御宇多年求不得」之意。他的《月夜詠陳南康新有所納》，當不是正式迎娶妻子，從「新有所納」判斷，已經不是第一次納娶新人了。「二八人如花，三五月如鏡。開簾一種色，當戶兩相映。」是說貌美，「重價出秦韓，高名入燕鄭。十城屢請易，千金幾爭聘。」可知這位女子不止貌美，而且舞藝高超，陳南康爲此付出了不少代價。

與張衡《同聲歌》相比，他們不再用直敘的方式宣揚封建倫理，均將不少筆墨用於描摹女子之美，那麼可否就此認定上述作品同政教的關係「淡化以至於消失」〔註48〕呢？在我們看來，這種說法是值得商榷的，雖然這種觀點很流行。類似的說法，很容易引起誤解，認爲南朝文學以致南朝士人不再受禮教約束。研究界通常認爲南北朝時代儒家倫理對社會行爲的掌控在弱化，士大夫們放蕩不羈，使得南朝文學極情於聲色，所以才有其時文學同儒家政教關係「淡化以至於消失」的判斷。可是，陳寅恪說過:「兩千年來華夏民族所受儒家學說之影響，最深最巨者，實在制度法律公私生活之方面，」「六朝士大夫號稱曠遠，而夷考其實，往往篤孝義之行，嚴家諱之禁。此皆儒家之教訓，固無預於佛老之玄風者也。」〔註49〕徐震堮談到晉人的蔑棄禮法、遺落世事，說這些都是些「表面的現象，其實晉人最計較那些禮文上的細節」。〔註50〕政教有效實施的標誌，主要在它是否成爲多數人的日常行爲準則，以此爲標準，南朝士人群體，就整體而言並沒有走向儒家倫理的反面。（南朝社會的儒家倫理

〔註47〕梁・何遜著，李伯齊校注《何遜集校注》作《看伏郎新婚》，齊魯書社 1988 年版，77 頁。
〔註48〕羅宗強《隋唐五代文學思想史・引言》，中華書局 2003 年版，2 頁。
〔註49〕陳寅恪《馮友蘭中國哲學史下冊審查報告》，《金明館叢稿二編》三聯書店出版社 2000 年版。
〔註50〕徐震堮著《世說新語校箋・前言》，中華書局 1984 年版，4 頁。

問題及其與文學的關係，我們還會在以後談及。）所以，前提既然不能成立，那南朝詩歌同政教關係的「淡化以至於消失」的說法，就需重新審視。雖然何遜、王僧孺的「新婚詩」沒有張衡《同聲歌》中那樣宣揚倫理道德語句，但我們卻不能從詩歌跟政教關係弱化的角度去理解。因為封建倫理作為士大夫的日常行為規範並未被擯棄。像婚禮的倫理意義作為士人的常識在詩歌作品中實在沒有重複的必要。如不能在司空見慣的東西中見出新奇，那就不必把慣常的東西勉強寫入文學。從某種程度上說，反而是一種進步。需要說明的是王僧孺《月夜詠陳南康新有所納》反映的是封建時代權貴的納妾，這在今天看來當然屬於糟粕，不過，在封建時代這種行為本身並不違背禮法。

左思的《嬌女詩》：

> 吾家有嬌女，皎皎頗白皙。小字為紈素，口齒自清歷。鬢髮覆廣額，雙耳似連璧。明朝弄梳臺，黛眉類掃跡。濃朱衍丹唇，黃吻瀾漫赤。嬌語若連瑣，忿速乃明卜畫。握筆利彤管，篆刻未期益。執書愛綈素，誦習矜所獲。其姊字惠芳，面目燦如畫。輕妝喜樓邊，臨鏡忘紡績。舉觶擬京兆，立的成復易。玩弄眉頰間，劇兼機杼役。從容好趙舞，延袖像飛翮。上下弦柱際，文史輒卷襞。顧眄屏風畫，如見已指擿。丹青日塵暗，明義為隱賾。馳騖翔園林，果下皆生摘。紅葩綴紫蒂，萍實驟抵擲。貪華風雨中，倏忽數百適。務躡霜雪戲，重綦常累積。並心注肴饌，端坐理盤槅。翰墨戢函按，相與數離逖。動為壚鉦屈，屣履任之適。止為荼菽據，吹籲對鼎鑼。脂膩漫白袖，煙薰染阿錫。衣被皆重池，難與沉水碧。任其孺子意，羞受長者責。瞥聞當與杖，掩淚俱向壁。

左思在文學史上的聲名主要是靠令「洛陽紙貴」的《三都賦》和詠史詩發展歷程中的里程碑式的《詠史》八首，二者皆為《文選》收錄。這首《嬌女詩》《文選》不載，《玉臺新詠》別具隻眼，選錄了這樣一首表現天倫之樂的詩篇。作品分兩部分，「吾家有嬌女」至「明義

爲隱賾」爲第一部分，描述兩位乖巧女兒紈素、慧芳的嬌美可愛與各自特徵。她們都喜歡弄妝打扮，紈素黛眉類掃，濃朱衍唇，慧芳喜歡樓邊弄妝，傚仿宣帝時的京兆尹張敞畫眉，反覆點畫的妝，成而復易，爲臨鏡忘織；二者也有不同，如妹妹喜歡習字讀書，「握筆利彤管，篆刻未期益。執書愛綈素，誦習矜所獲。」姐姐愛好歌舞不喜文墨，「從容好趙舞，延袖像飛翮。上下弦柱際，文史輒卷襞。」「馳騖翔園林」以下爲第二部分，寫姊妹二人的童趣。兩個人在在園林裏生摘果子，折下帶蒂的花和萍實扔來扔去，雨雪不輟。吃飯時能夠並心端坐，日常卻常常貪玩廢學。聽到賣零食的小販，每每踏著鞋跑出。爲煮茶菽，對著爐子吹息。油脂彌漫白色的袖子，煙薰黑了她們的額頭。衣被污髒已經難以用水洗淨。任性的時候不願接受長者的責罰，一旦瞥見將要給她們施加的責杖，她們立即掩淚嚮壁。左思把筆墨都傾注在她們二人童眞爛漫之上，字裏行間充溢著作爲一個父親的慈愛之情。

魏晉南朝述及天倫之情的作品，較著名的當推的陶淵明的《責子詩》。他在詩中埋怨自己的五個兒子不好紙筆。長子「懶惰故無匹」，次子宣馬上就要到十五歲，孔子有志於學的年齡，但「不愛文術」，雍、端二人十三歲了，「不識六與七」，末子「通」九歲，「但覓梨與栗」。自己的兒子如此不成器，這位靖節先生卻處之泰然，「天運苟如此，且進杯中物。」至於鮑照《擬行路難》十八首之六的「弄兒床前戲。」不過是有志難逞下的一種無聲抗議，意並不在表達對天倫之樂的享受。左思的《嬌女詩》專意寫自己的兩個女兒的天眞可愛，在重男輕女的封建時代，像左思著意表現女兒憐愛的作品實屬鳳毛麟角。張蕾將之歸入所謂的別調，我們認爲並不合適，主要的原因是以往的研究者沒有留意到《玉臺新詠》也有相當的作品以家庭倫理爲中心內容，左思的《嬌女詩》從倫理角度著眼就是一首以女兒爲情感依託，表現天倫之樂的優秀詩篇，看似另類，在質上與張衡《同聲歌》一樣，都是基於婚姻家庭、社會倫理的。

類似的表現家庭倫理的作品，《玉臺新詠》所錄還有《隴西行》、

《豔歌行》、古樂府《相逢狹路間》及其後世荀昶《擬相逢狹路間》、張率《相逢行》、蕭衍《擬長安有狹邪十韻》和沈約《擬三婦》等四首擬作。《隴西行》講述一位家庭主婦在家待客的過程，讚揚她明禮能幹、持家有方。《樂府解題》曰：「始言婦有容色，能應門承賓。次言善於主饋，終言送迎有禮。」詩人最後說這樣的婦人即便是美麗高貴的齊姜也不如，有她持家勝過大丈夫。《豔歌行》是說一位賢惠的主婦給他鄉流蕩的幾位弟兄縫補舊衣，製作新裳。他的丈夫見狀起疑，妻子坦蕩面對，讓丈夫不必懷疑，「水清石自見」，同時也希望流蕩的人早日歸家。古樂府《相逢狹路間》講述一個富貴家庭的和睦生活，先用兩少年引出家之所在，再說屋宇之華美豪奢，進而說家中兄弟地位高貴，最後講家中三位兒媳的勤謹與安樂。荀昶等人的擬作，都是承襲之作，緊扣古樂府原題。不同的只是沈約的《擬三婦》模擬古樂府《相逢狹路間》最後三位婦人的描摹文字。由於沒有了前面的鋪墊，使得《擬三婦》成了「良人」妻妾成群的享樂場景。〔註51〕《擬三婦》又稱《三婦豔》，《中婦織流黃》也屬同一系列，是南朝人常擬的題材之一。雖然如此，從徐陵《相逢狹路間》及其擬作選 4 首，「三婦豔」一類的只選 1 首，足以見出《玉臺新詠》編纂上的取捨傾向。就《相逢狹路間》而言，他更看重那些意在突出倫理的篇目。

綜上，《玉臺新詠》直接表現倫理內容的詩歌，所佔比重雖不大，但內容卻比較豐富，幾乎涵蓋了婚姻倫理的各個層面。有定情、有婚儀、有婚後生活的和美、有主婦持家的幹練、也有表現妻子賢惠卻受猜疑這樣反應大婦間暫時矛盾的篇章，更有體現女性操守的「以禮自防」的讚歌，更為難得的是那些表現男子堅守貞一立場的篇什。而且，這種倫理內容不只限於那些漢魏作品，南朝作品也有，且有倫理內涵的提升。其實，之前論及的表現情感專一的作品，也

〔註51〕郭傑《從〈長安有狹斜行〉到〈三婦豔〉的演變》，《文學遺產》2007年 5 期。

屬於廣義的倫理層面。應當承認，南朝直接宣揚倫理內容的詩歌，比之漢魏的確有所減少，但這並不表示，南朝人在日常生活中擯棄了倫理綱常。南朝人只不過不再以直接的方式宣揚倫理，而是以基本的倫理要求作爲基礎，去表現建立在封建倫理基礎上的男女情感。所以，我們應當重新審視《玉臺新詠》這部詩歌總集，改變過去立足於誤解的偏見。

第三節　《玉臺新詠》作品選錄中寄寓的現實關懷

　　《玉臺新詠》中的現實關懷問題，之前從未有人留意。因爲一直以來，《玉臺新詠》的主題內涵問題上，研究者關注的重點集中在它的女性題材特徵，及她們是否是「靡靡之音」上。清人紀容舒：「按此書之例，非詞關閨闥者不收」〔註52〕唐高仲武《中興間氣集序》：「《玉臺》陷於淫靡」。〔註53〕宋代劉克莊《後村詩話》：「賞好不出月露，氣骨不脫脂粉，雅人莊士見之廢卷」。〔註54〕清王士禎《帶經堂詩話》說《玉臺新詠》「所錄皆靡靡之音。」〔註55〕但也有個別不同的意見，認爲它沒有失卻儒家詩教的溫柔敦厚之旨，如《四庫全書總目》就說這部書：「雖皆取綺羅脂粉之詞，而去古未遠，猶有講於溫柔敦厚之遺，未可概以淫豔斥之。」同時的許槤在《六朝文絜》中也承襲這一看法。〔註56〕袁枚也說：「《玉臺新詠》實國風之正宗」。〔註57〕今人穆克宏雖然認同許槤的意見，但對於蕭衍、蕭綱和蕭綸等人的在他看

〔註52〕紀容舒《〈玉臺新詠〉考異》卷九沈約古詩題六首注，中華書局1985年版，142頁。

〔註53〕《唐人選唐詩》，上海古籍出版社1978年版，302頁。

〔註54〕劉克莊《後村詩話》，中華書局1983年版，6頁。

〔註55〕王士禎《帶經堂詩話》卷四，人民文學出版社1963年版，101頁。

〔註56〕許槤在《玉臺新詠序》評語中說：「雖皆綺麗之作，尚不失溫柔敦厚之旨，未可概以淫豔斥之。或以爲選錄多閨閣之詩，則是未睹是書，而妄爲擬議矣。」清·許槤編選，民國江陰香，句解《白話六朝文絜》卷四，上海大達圖書供應社1935年版，77頁。

〔註57〕清·袁枚《隨園詩話》卷九，人民文學出版社1982年版，302頁。

來屬於宮體詩的作品，仍舊認爲是「以華美雕琢的形式，掩蓋淫靡、放蕩的內容，實在是詩歌的墮落。」〔註58〕而主張從整體上肯定《玉臺新詠》的研究者，主要是通過轉換視角，對同樣的內容採取與以往的不同的關照方式實現的，他們多半致力於挖掘其藝術審美價值。如陳良運：「宮體詩的出現和《玉臺新詠》的編選，不但在詩歌史上，而且在美學史上也有重要意義。」「破除儒家戒律，對人類自身進行酣暢淋漓的審美觀照，應該說是宮體詩的一大功勞。」〔註59〕因而，張葆全說《玉臺新詠》是一部唯美的詩集。〔註60〕可見，不管是肯定也好，否定也罷，《玉臺新詠》同南朝現實政治的關係問題是以往研究的一個盲點。這種狀況同《玉臺新詠》作品的主體構成是相適應的，畢竟那些描摹女性的作品占去了全部660首作品的90%以上。但同時我們也要看到，《玉臺新詠》畢竟也收錄了《漢時童謠歌》等6首帶有濃厚現實意味的童謠作品，並且同樣是《玉臺新詠》有機組成部分。雖然上述作品產生於是漢代的，但我們卻不能不考慮編選者徐陵自己的意圖。這一點目前就筆者所見，尚未有人結合《玉臺新詠》的產生背景及與其他主題作品的關係，進行細緻考察。〔註61〕

　　所以，我們準備從上述童謠歌入手，連類而及其他我們認爲同南朝政治現實有聯繫的作品，考察其與南朝現實之間的關聯。這對我們全面認識《玉臺新詠》的主題特徵，客觀認識徐陵的編選初衷與宗旨，澄清從前的某些偏見和誤解，當有所裨益。

一、對淫逸的警覺與批判

　　女性美是　個客觀存在，中國文學史爲我們留下了眾多呈現女

〔註58〕穆克宏《詩論〈玉臺新詠〉》，《文學評論》1985 年 6 期。
〔註59〕陳良運《中國詩學批評史》，江西人民出版社 1995 年版，183 頁。
〔註60〕張葆全《玉臺新詠譯注・前言》，廣西師範大學出版社 2007 年版。
〔註61〕迄今爲止只有張蕾對此進行過闡述：「幾首童謠頗爲眞切地反映了當時的風俗世態，」收錄它們表明徐陵「收詩不拒俚俗，所錄童謠或許已在民間廣爲流傳，它們從多種角度表現了下層民眾對時政的看法」。《〈玉臺新詠〉論稿》人民出版社 2007 年版，90 頁。

性麗質的名篇佳什，從《詩經・衛風・碩人》中的莊姜夫人，到宋玉筆下的東家之子，以至曹植的《洛神賦》中的洛神即是其中的典範。另一方面，亡國之君的身邊又常常少不了女性的身影，不管是暴虐的商紂王，還是烽火戲諸侯的周幽王，他們身邊都有一個妖媚的女子。我們雖然反對把亡國的罪責一股腦推到女性身上的做法，但歷史上不恤政事的昏聵君主，往往都沉湎女色，也是一個不爭的事實。同時，重視詩歌的政治教化功能，是中國儒家詩學的核心主張，而且其觀點也一直佔據著中國詩學的主流。雖然政教只是文學諸多功能中的一個，但其他功能的強調與實現卻以不妨礙政教功能為限，妨礙了，就必須讓位於政教，接受批評與改正。這一點在階級社會的任何時代都是適用的。還有，徐陵編選《玉臺新詠》也不是一件普通的行為，他是得自蕭綱授意，供給的對象又是後宮。蕭綱身為太子，是未來的皇位繼承人，後宮是封建時代所有家庭的楷模。所以，從政教的立場去審視這部書，是再自然不過的事，所以如果研究者只看到《玉臺新詠》作品的女性化特徵這一點，對《玉臺新詠》大加鞭撻也便順理成章。另外，像陳良運那樣從「破除儒家戒律」立場上去肯定《玉臺新詠》和宮體詩也不是沒有問題。因為我們還要看它破除的什麼樣的戒律，這個戒律在當時是否符合當時歷史需要，脫離具體的歷史條件，抽象談「破除儒家戒律」，是很難為《玉臺新詠》找到一個合理的立足點的。

回到《玉臺新詠》的主題，我們想要知道的是，《玉臺新詠》否真得把儒家詩教拋在一邊，只在那裡一味表現對女色的玩賞與讚美。若事實真是如此，那歷代對《玉臺新詠》的批評及其所得的尷尬地位都是徐陵咎由自取，一點也不值得同情。通過我們的考查，事實並不是如此。徐陵在大量選錄了描摹、讚美女性作品的同時，也選入了少量諷刺、批判沉湎女色行為的詩篇。雖然數量不多，但卻是《玉臺新詠》作品整體構成中不可忽略的部分。比較典型的作品當屬卷九的《漢成帝時童謠歌》二首，原作如下：

《漢成帝時童謠歌》二首（並序）：

　　漢成帝趙皇后名飛燕，寵幸冠於後宮，常從帝出入。時富平侯張放亦稱佞倖，爲期門之遊。故歌云：「張公子時相見」也。飛燕嬌妒，成帝無子，故云：「啄皇孫」、「華而不實」。王莽自云：代漢者德土，色尚黃，故云：「黃雀。」飛燕竟以廢死，故「爲人所憐」者也。

　　燕燕尾殿殿，張公子，時相見。木門蒼狼根，燕飛來，啄皇孫。

　　桂樹華不實，黃雀巢其顛。昔爲人所羨，今爲人所憐。

　　這是兩首帶有讖語性質的童謠，均出自《漢書・五行志》。小序的文字原是《五行志》對童謠歌的說明。歌謠和說明文字，徐陵選入時均有改動。「殿殿」，《漢書》作「涎涎」。第一首童謠歌刪去「皇孫死，燕啄矢」；第二首刪去「邪徑敗良田，讒口亂善人」。第一首依《漢書・五行志》的說法，「燕燕尾涎涎」是指漢成帝過陽阿公主，見幸趙飛燕一事，「木門蒼狼根」，是指宮門的銅環，指趙飛燕得寵。〔註62〕趙飛燕施虐後宮，使漢成帝無子，爲後來王莽篡漢創造了條件。

　　這兩首童謠同《玉臺新詠》其他作品的主題和趣味迥然有別。趙飛燕和她的妹妹趙合德一起，使漢成帝耽於女色，廢掉許皇后，立趙飛燕爲后。趙氏姐妹不孕，她們想盡辦法殺死成帝的子嗣，成帝也成爲她們的幫凶，親手殺死自己的兒子。在中國歷史上耽於酒色的荒唐君主中，漢成帝絕對是首屈一指。在倡導爲尊者諱的封建時代，連班固也忍不住說成帝：「湛於酒色，趙氏亂內，外家擅朝，言之可爲於邑。建始以來，王氏始執國命，哀、平短祚，莽遂篡位，

〔註62〕班固《漢書・五行志第七中之上》：帝爲微行出遊，常與富平侯張放俱稱富平侯家人，過陽阿主作樂，見舞者趙飛燕而幸之，故曰「燕燕尾涎涎」，美好貌也。「張公子」，謂富平侯也。「木門倉琅根」，謂宮門銅鍰，言將尊貴也。後遂立爲皇后。弟昭儀賊害後宮皇子，卒皆伏辜，所謂「燕飛來，啄皇孫，皇孫死，燕啄矢」者也。中華書局1962年，1395頁。

蓋其威福所由來者漸矣！」（《漢書・成帝紀》）沉湎女色一直中國封
建時代治國理念中的大忌，且一向被視爲亡國之兆。徐陵在撰錄大
量讚美豔歌的同時，選入這兩首童謠絕非無意之舉，而是有意爲之
的。我們知道《玉臺新詠》選入了大量的描摹、欣賞女色的詩篇，
詩人有時爲了凸顯女性之美，會拿傳說中的美女或神女來作比對。
蕭綱《絕句賜麗人》：「腰肢本獨絕，眉眼特驚人。判自無相比，還
來有洛神。」劉緩《敬酬劉長史詠名士悅傾城》：「經共陳王戲，曾
與宋家鄰。」分別用到曹植《洛神賦》中的洛神與宋玉《登徒子
好色賦》裏的東家之子。如此處理，無可指謫。但有的詩篇，就提
及了漢成帝寵幸的趙飛燕。如蕭綱《和湘東王名士悅傾城》：「教歌
公主第，學舞漢成宮。」前指衛子夫，後說漢成帝皇后趙飛燕。簡
文帝形容佳麗的歌舞之美，歌可比衛子夫，舞可匹趙飛燕。還有他
的《率爾成詠》：「借問仙將畫，詎有此佳人。傾城且傾國，如雨復
如神。漢后憐名燕，周王重姓申。」蕭綱在詩中驚歎佳人的美麗，
連用楚王夢中所幸之高唐神女，趙飛燕和周幽王最先立的申后。周
幽王先娶申侯之女，但他後來廢申侯之女，娶褒姒，最終身死國滅。
此詩，依其題目不過是蕭綱一時的率性的隨意之作，但身爲太子，
將來的一國之君，用兩位好色，不得善終之君的女人作比對映襯，
終非允當之辭。如果當時有人以此來批評蕭綱，他恐怕很難給出一
個合理的解釋。因爲趙飛燕、褒姒本就不是一般的美貌女子，她們
能在歷史上留下印記，依靠的主要是二人的政治身份，她們自身承
載的政治意義要遠遠大於她們二人自身的美貌與才藝，雖然二人政
治身份的獲取得益於她們的色藝。因而從純粹的外在，去讚賞她們
是不合適的。我們認爲徐陵選入這兩首歌謠，算是對《玉臺新詠》
中那些一味玩賞美色的態度的一種委婉的提醒，同時希望能夠發揮
其勸誡效用：不要走上一條無節制的欲望之路。當然，這只是我們
的一種推測，但這種可能性，我們認爲是存在的。

　　另外一首《晉惠帝時童謠歌》也是一首與耽色有關，且帶有讖語

色彩的童謠歌。與《漢成帝時童謠歌》批判帝王淫逸不同的是，此首童謠是批評當時社會的淫靡風氣：

>鄴中女子莫千妖，前至三月抱胡腰。

「千妖」，徐仁甫《古詩別解》說是「妍妖」。〔註63〕當即妖豔嫵媚之意。童謠說鄴中女子不要再一味百媚千妖了，再過三個月你們就會抱著胡人的腰肢了。沈德潛《古詩源》說：「風俗奢淫過甚，必有兵戈之慘繼之。千秋炯戒也。」〔註64〕這首童謠所指的史實，宋代郭茂倩的《樂府詩集》題解說：「《晉書》曰：『惠帝時洛陽童謠，明年而胡賊石勒、劉羽反』」。〔註65〕事實上今本房玄齡等編撰的《晉書》中並沒有這樣一首童謠，所以清代杜文瀾《古謠諺》引此童謠，標上了「《晉書》逸文」的字樣。〔註66〕唐以前寫成的晉史有二十多種，〔註67〕五代劉昫主持修撰《舊唐書》時，尚存王隱《晉書》八十九卷（《舊唐書·經籍志上》），成書於北宋初年的《太平御覽》還曾引用過。這首童謠也可能見於現在已經亡佚的《晉書》。只是即便這段話出自己經亡佚的晉書，我們認為它的說解難以成立。語句中的「劉羽」有人引作「劉曜」，我們認為當是指匈奴貴族劉淵。然而不管是還是劉曜還是劉淵，這句話都難以成立，若是劉淵，他稱王的時候，石勒尚未成勢，二人並不是同時起事。而劉曜是劉淵的族子，西晉末年匈奴族崛起之初，首倡者並不是劉曜。另外，劉淵和石勒起兵也不能簡單地歸結為「反」，因為他們二人最初都是八王之亂的直接參與者，在八王之亂中逐漸發展壯大最後推翻西晉王朝。而八王之亂這一西晉王朝的大內訌，也分不清倒底誰是王朝正統，誰是亂臣賊子。

所以，這首後人所加的說解，我們認為沒能恰當地說明童謠的

〔註63〕徐仁甫《古詩別解》，上海古籍出版社 1984 年版，192 頁。
〔註64〕清·沈德潛編《古詩源》，中華書局 1963 年，220 頁。
〔註65〕宋·郭茂倩《樂府詩集》中華書局 1979 年版，1243 頁。
〔註66〕清·杜文瀾輯，周紹良校點《古謠諺》中華書局 1958 年版，149 頁。
〔註67〕唐·房玄齡等撰《晉書·前言》，中華書局 1974 年版，1 頁。

涵義。據童謠文句，聯繫當時史實，我們認為這首童謠很可能是指八王之亂（291～306）時，鄴城在成都王司馬穎於304年做宰相後，成為一時的政治中心，但旋即為幽州刺史王浚和并州刺史東嬴公司馬騰聯兵攻破一事。因為王浚進攻鄴城時，兵員主要是鮮卑人，〔註68〕城破之時，史載：「士眾暴掠，死者甚多。」其中「鮮卑大略婦女，濬命敢有挾藏者斬，」於是鮮卑士兵又把掠到的婦女投入易水，眾有八千，從此普通百姓的黑暗日子開始了，所謂：「黔庶荼毒，自此始也。」〔註69〕胡族劫掠、百姓（主要是婦女）荼毒，發生地又是鄴城，這三點可以基本認定就是這首童謠所指的歷史事實。令人感慨的是，歷史往往驚人的相似，10多年後的太清二年（548年），在蕭衍眼中「承平若此」〔註70〕的梁王朝，正是在五胡之一的羯人侯景引起的動亂中土崩瓦解。此前，賀琛給梁武帝的長篇奏疏中也恰好提及了蕭梁時代的淫逸之風：「歌姬儛女，本有品制，二八之錫，良待和戎。今畜妓之夫，無有等秩，雖復庶賤微人，皆盛姬姜，務在貪污，爭飾羅綺。」〔註71〕可見這一風氣不止限於上層，而是彌漫於當時社會。徐陵選取這一童謠，後來不幸一語成讖，同樣應驗在了蕭梁王朝身上。

還有，《玉臺新詠》中有不少讚美女色的作品，蕭綱的《詠美人晨妝》、《詠美人觀畫》、劉緩《敬酬劉長史名士悅傾城》等等，然而，著同樣也不是《玉臺新詠》類似的唯一傾向。卷一選入了揭示「上有所好，下必甚焉」道理的《漢時童謠歌》：「城中好高髻，四方高一尺。城中好大眉，四方眉半額。城中好廣袖，四方用匹帛。」這

〔註68〕唐・房玄齡等撰《晉書・石勒載記》：「及成都王穎敗乘輿於蕩陰，逼帝如鄴宮，王浚以穎凌辱天子，使鮮卑擊之」。中華書局 1974 年版，2709 頁。

〔註69〕唐・房玄齡等撰《晉書・王沈傳附王浚傳》，中華書局 1974 年版，1147 頁。同時參考王仲犖《魏晉南北朝史》，上海人民出版社 2003 年版，198～205 頁。

〔註70〕唐・姚思廉《梁書・朱異傳》，中華書局 1973 年版，539 頁。

〔註71〕唐・姚思廉《梁書・賀琛傳》，中華書局 1973 年版，544 頁。

首童謠出自馬援之子馬廖給當時的皇太后明德馬皇后的奏疏。當時馬皇后「躬履節儉，事從簡約」，〔註72〕馬廖擔心有始無終，希望能夠藉此機會轉變社會的奢華風氣，所以上了一道奏疏。在奏疏中引了這首童謠，此外，還引了「吳王好劍客，百姓多創瘢；楚王好細腰，宮中多餓死」共同說明，「改政移風，必有其本」和「百姓從行不從言」的道理，希望上層統治者能在引導社會風氣上起一個示範和引導作用。陸機的《陌上桑》在展示了一番佳麗的形貌姿態之美，最後說：「冶容不足詠，春遊良可歎。」張葆全認爲：「冶容不足詠」指：「她們美麗的容貌怎樣也歌不盡」。〔註73〕「冶容」，李善引《周易》：「慢藏誨盜，冶容誨淫。」〔註74〕孔穎達疏曰：「女子妖冶其容，身不精慤，是教誨淫者，使來淫己也。」可知，以「冶容」稱之，是一個否定性的說法。「冶容不足詠」的意思當是：女子的妖冶美貌不值歌詠。可見徐陵對美色是有著清醒的認識的，他並不像以往研究者所說的是在那裡一味崇尚美色，倡導淫靡。

上述幾首作品數量有限，但其價值與意義卻不能忽視。因爲這可以比較全面地說明徐陵自己對待女色的態度：女性是美的，但不能沉湎，一旦沉湎，上行下效，淫逸便會誤政亡國。

二、胡漢矛盾與遠嫁之悲

上一節談到的《晉惠帝時童謠歌》只有兩句，但卻至少揭示了兩個層面的問題，一是沈德潛《古詩源》中所說的「風俗奢淫過甚」問題，再就是胡漢矛盾問題。因爲這首童謠反映的並不只是漢民族內部奢淫，更主要的是暴露胡漢矛盾，胡族侵入中原對漢民族的血腥屠殺。《晉惠帝時童謠歌》所揭示的胡漢民族矛盾，在《玉臺新詠》中並不是一個孤立現象。在其他作品也有反映，《漢桓帝時童謠歌》二

〔註72〕宋・范曄著，唐・李賢等注《後漢書》2005 年版，570 頁。
〔註73〕張葆全《玉臺新詠譯注》，廣西師範大學出版社 2007 年版，89 頁。
〔註74〕梁・蕭統編，唐・李善注《文選》，上海古籍出版社 1986 年版，1313 頁。

首便是其中較典型的作品。

> 大麥青青小麥枯，誰當獲者婦與姑，丈夫何在西擊胡。
> 吏買馬，君具車，請爲諸君鼓嚨胡。（之一）

> 城上鳥，尾畢逋。公爲吏，兒爲徒。一徒死，百乘車。
> 車班班，至河間。至河間，姹女能數錢。錢爲室，金爲堂，
> 戶上春瞧梁，瞧梁之下有懸鼓，我欲擊之丞相怒。（之二）

上述兩首童謠均出自《後漢書·五行志》，第一首依照《五行志》說法，元嘉年間（151～153 年 5 月），涼州諸羌作亂，南至蜀地、漢中地區，東至長安附近，蔓延至今山西、河北地區，百姓身受其害。將領受命出戰，常吃敗仗。〔註75〕童謠描述便是戰亂之下，鄉村的窘境。大麥還是青青的小麥已經枯黃，丈夫從軍征胡去了，只有妻子和婆婆在田中勞作收割。那些吃皇糧的人也要買車、購馬接受徵調，雖有不滿，也只能私下發發牢騷。《五行志》的說法不盡準確，因爲桓帝時期，諸羌作亂主要在延熹年間（158～167），〔註76〕元嘉時期雖不太平，但諸羌沒有大的變亂。不過，將之置於整個桓帝時期，還是能夠部分地反映當時的現實狀況的。

第二首，《五行志》也有解說，依照其說解，〔註77〕整首童謠

〔註75〕宋·范曄著，唐·李賢等注《後漢書·五行志一》：案元嘉中涼州諸羌一時俱反，南入蜀、漢，東抄三輔，延及并、冀，大爲民害。命將出眾，每戰常負，中國益發甲卒，麥多委棄，但有婦女獲刈之也。吏買馬，君具車者，言調發重及有秩者也。請爲諸君鼓嚨胡者，不敢公言，私咽語。中華書局 2005 年版，2233 頁。

〔註76〕據《後漢書·桓帝紀》，元嘉年間西域大的事變，只有元嘉二年（152）西域長史王敬爲于寘國所殺一事。延熹（158～167）年間，僅見諸《桓帝紀》的就有延熹二年（159）「春二月鮮卑寇雁門」，「蜀郡夷寇蠶陵，殺縣令。」「六月鮮卑寇遼東。」「十二月燒當等八種羌叛，寇隴右，護羌校尉段熲追擊於羅亭，破之。」三年（160）「閏月，燒何羌叛，寇張掖，護羌校尉段熲追擊於積石，大破之。」「冬十一月勒姐羌圍允街，段熲擊破之。」等共十八次之多。

〔註77〕宋·范曄著，唐·李賢等注《後漢書·五行志一》：案此皆謂爲政貪也。城上鳥，尾畢逋者，處高利獨食，不與下共，謂人主多聚斂也。公爲吏，子爲徒者，言蠻夷將叛逆，父既爲軍吏，其子又爲卒徒往擊之也。一徒死，百乘車者，言前一人往討胡既死矣，後又遣百乘

是在諷刺統治者在蠻夷動盪行將爆發之際，仍舊貪婪不已。「城上烏，尾畢逋」是用居住城上的吃獨食的禿尾巴烏鴉，比喻人主好聚斂；「公為吏，兒為徒。一徒死，百乘車。」言蠻夷將作亂，父子前仆後繼去征討；「車班班，至河間。至河間，姹女能數錢。」言漢靈帝母親貪婪無比。漢桓帝崩，無子，群臣因而迎河間孝王劉開的曾孫劉宏為帝，是為漢靈帝。他的母親永樂太后「竇太后崩，始與朝政，使帝賣官求貨，自納金錢，盈滿堂室。」〔註78〕「錢為室，金為堂，戶上春膴梁，膴梁之下有懸鼓，我欲擊之丞相怒。」〔註79〕是說永樂太后，貪得無厭，在家中讓人春黃粱而食。群下怨憤，希望擊鼓見靈帝，但擔心丞相生氣制止。

這兩首作品都包含民族衝突的內容，不同的是第二首以民族矛盾衝突為背景，暴露了統治者的貪婪。它們所反映的問題：與異族軍事鬥爭的不利及統治者的貪得無厭，在蕭梁時代也一樣存在。

首先說軍事。蕭梁時期對北魏的大規模北伐共有三次，其中有兩次是在《玉臺新詠》成書之前。〔註80〕第一次是天監四年（505），蕭衍命其六弟，懦弱不堪的臨川王蕭宏領兵大舉伐魏，最初「所領皆器械精新，軍容甚盛，北人以為百數十年所未之有。軍次洛口，前軍克梁城。」此時，蕭宏聽說北魏援軍迫近，便「畏懦不敢進」，

車往。車班班，入河間者，言上將崩，乘輿班班入河間迎靈帝也。河間姹女工數錢，以錢為室金為堂者，靈帝既立，其母永樂太后好聚金以為堂也。石上慊慊春黃梁者，言永樂雖積金錢，慊慊常苦不足，使人春黃梁而食之也。梁下有懸鼓，我欲擊之丞卿怒者，言永樂主教靈帝，使賣官受錢，所祿非其人，天下忠篤之士怨望，欲擊懸鼓以求見，丞卿主鼓者，小復諂順，怒而止我也。中華書局 2005 年版，2233 頁。

〔註78〕宋‧范曄著，唐‧李賢等注《後漢書‧皇后紀》，中華書局 2005 年版，297 頁。

〔註79〕此五句《後漢書‧五行志一》作「以錢為室金為堂。石上慊慊春黃梁。梁下有懸鼓，我欲擊之丞卿怒。」，中華書局 2005 年版，2233 頁。

〔註80〕《玉臺新詠》的成書我們採信傅剛的觀點，即成書於中大通四年至大同元年（532～535）之間。見傅剛《〈玉臺新詠〉編纂時間再探討》，北京大學學報 2002 年 3 期。

並在一個雨夜，撇下大軍不顧，「與數騎逃亡。」「諸將求宏不得，眾散而歸。棄甲投戈，填滿水陸，捐棄病者，強壯僅得脫身。」（《南史・臨川王宏傳》）翌年魏將元英進攻鍾離，守將昌義之在曹景宗、韋叡救援下，出擊元英，「生擒五萬餘人，收其軍糧器械，積如山嶽，牛馬驢騾，不可勝計。」（《梁書・曹景宗傳》）才扭轉了這次北伐的大敗局面。第二次是在普通六年（525 年）至大通二年（528）間的北伐。先是，蕭綱在 525 年於襄陽派柳津、曹義宗等，攻佔南陽、新野等郡，「拓地千餘里」。（《梁書・簡文帝紀》）但由於豫章王蕭綜投敵，使彭城得而復失，蕭梁遭遇重大損失。三年後的 528 年蕭衍派大將陳慶之率眾七千護送元顥北還，陳慶之在 140 天內，大小四十七戰，克三十二城，所向無前。然而克平洛陽後，蕭衍並未派人援助，陳慶之在南返途中遭遇洪水全軍覆沒。他自己化妝成僧人隻身逃回。（《梁書・陳慶之傳》）不難知道，蕭梁時期雖然名將輩出，但由於蕭衍用人不當，常常任人唯親，先是用蕭宏作統帥，又是讓二子蕭綜守彭城，都是敗筆，總不能在戰爭中把局部的成功轉換成全面的勝利，最後總是亡人失地。

再說蕭梁的內政。蕭梁政權中有很多貪婪之徒。北伐中不戰而逃的蕭宏就是個斂財能手。史書說他以宗室身份顯貴，卻沒別的本事，只知恣意斂財，堆放財物的庫房有百間之多。錢有「三億餘萬，餘屋貯布、絹、絲、綿、漆、蜜、紵、蠟、朱砂、黃屑雜貨，但見滿庫，不知多少。」蕭衍起初懷疑庫房堆的是武器，當看到只是財物之後，不加嗔怪不說，還誇蕭宏會過日子。（《南史・臨川王宏傳》）這種貪婪行為，連宗室內部的人都看不下去，蕭綜就為此寫過一篇《錢愚論》諷刺蕭宏的貪吝，蕭衍得知後，不是去制止蕭宏斂財，而是下令銷毀阻止文章流佈。還有蕭梁時代歷任南譙、盱眙、竟陵太守的魚弘，更是無恥到幾點，他曾不無得意地說：「我為郡，所謂四盡：水中魚鱉盡，山中獐鹿盡，田中米穀盡，村裏民庶盡。」〔註

〔註81〕唐・姚思廉《梁書・魚弘傳》，中華書局 1973 年版，422 頁。

81）這種竭澤而漁式的搜刮方式，勢必會激化社會矛盾。

如果說《漢成帝時童謠》二首和《晉惠帝時童謠》的入選涉及到女性美的話，《漢桓帝時童謠歌》二首則是兩首完全的批判現實作品。徐陵爲什麼要選錄它們？僅僅是爲了展示雜言詩的歷史演變？如果只是爲了說明雜言詩久已存在，不選它們並不妨礙我們對這一問題的認知。兩首作品比之《玉臺新詠》所選的其他作品尤其顯得突兀和不協調，聯繫到兩首童謠所揭示的問題同蕭梁現實之間的相似性，我們完全有理由認定徐陵選錄它們包含著明顯的主觀故意：擔憂外族的侵擾同時憂慮上層的橫征暴斂。比之內部的聚斂，徐陵似乎更擔憂異族的軍事威脅，因爲胡漢民族矛盾是《晉惠帝時童謠歌》和《漢桓帝時童謠歌》二首共同的主題，上層聚斂問題只是部分地提及。

胡漢民族矛盾問題不止體現在上述幾首童謠身上，《玉臺新詠》還選了《烏孫公主歌詩》一首和六首《昭君詩》，凸顯遠嫁之悲與漢土之思是上述作品的共同主題，這種悲傷的背後除了胡地生活本身的苦辛外，如《烏孫公主歌詩》序中說的：「至國而自治宮室，歲時一再會，言語不通」，主要是當時胡漢民族對立的歷史現實。其中最能體現這種傾向的莫過於 6 首昭君詩，特別是石崇的《王昭君辭》。原文如下：

我本漢家子，將適單于庭。辭訣未及終，前驅已抗旌。僕御涕流離，轅馬爲悲鳴。哀鬱傷五內，泣淚沾珠瓔。行行日已遠，乃造匈奴城。延我於穹廬，加我閼氏名。殊類非所安，雖貴非所榮。父子見陵辱，對之慚且驚。殺身良未易，默默以苟生。苟生亦何聊，積思常憤盈。願假飛鴻翼，棄之以遐征。飛鴻不我顧，佇立以屏營。昔爲匣中玉，今爲糞上英。朝華不足歡，甘爲秋草並。傳語後世人，遠嫁難爲情。

詩可分三個組成部分，前八句寫昭君出塞時的依依難捨之意；「行行日已遠」以下十六句爲第二部分，寫昭君嫁至塞外後的日常生活與內心世界，道出了昭君內心的怨憤和欲歸而不得的鄉愁；最

後六句寫她一心只待生命的終結及對遠嫁的否定。石崇此詩，用第一人稱爲我們描述了意想中的昭君出塞的過程、塞外生活及內心世界，即它記述的不是昭君出塞一事的某個歷史斷面，而是描述了整個事件過程。蕭滌非說：「既云『將適單于庭』，此乃出塞，而下文所云皆至匈奴以後事，未免自相矛盾。」〔註82〕其實是沒有把握此詩順序的敘事特點及其表現內容。但他說：「自東漢以諸羌氏實邊，華夷雜處，下迄西晉，遂成心腹之患，觀江統《徙戎論》上不十年而五胡亂華，亦足見其危機，故季倫有《明君》之辭，以激揚國恥之心。是以其事雖古，而其意則新，推原所以，亦足爲論世之資」。〔註83〕雖然所謂的「五胡亂華」之前首先是西晉王朝的自亂，但漢民族與胡族之間的激烈衝突，始終是東晉南朝期間的突出矛盾之一，所以，蕭滌非先生的論述是有道理的。

這種說法有人表示異議，認爲「這種因素可能會有，但不可能很明確」，還說南北朝時代寫昭君詩的多爲帝王貴族，「與其說這些人寫詩有著政治上的動機，毋寧說爲了滿足其娛情的需要更爲恰當。」〔註84〕從藝術生產與消費的角度來說，說它的確是爲娛樂而作，是「爲滿足娛情的需要」沒錯，但這並不表示詩歌本身不能含有政治上的蘊義。況且，石崇整首詩從「我本漢家子」強調漢族民族身份，到身處匈奴「殊類非所安，雖貴非所榮」，視匈奴爲異類，不願與之同居，不戀慕所得的富貴；以至後來直接把嫁給匈奴看成是插鮮花於糞上，自始至終都在否定昭君遠嫁，其所包含糊漢對立的政治傾向已經再鮮明不過了。

《玉臺新詠》選錄的另外五首昭君詩，對遠嫁胡地的否定，雖不像石崇詩那麼鮮明直接，但胡漢對立仍舊是它們的重要內容之一。如沈約《昭君辭》：「朝發披香殿，夕濟汾陰河。於茲懷九逝，自此斂雙

〔註82〕蕭滌非《漢魏六朝樂府文學史》人民文學出版社 1984 年版，183 頁。
〔註83〕蕭滌非《漢魏六朝樂府文學史》人民文學出版社 1984 年版，187 頁。
〔註84〕閻采平《論六朝詠昭君詩之踵事增華》，《湘潭大學學報》（社會科學版）1987 年 3 期。

蛾。」「胡風犯肌骨，非直傷綺羅。」范靖婦《王昭君歎》二首之二：
「今朝猶漢地，明旦入胡關。」述入胡地之悲；王叔英妻劉氏《和昭
君怨》：「相接辭關淚，至今猶未燥。漢使汝南還，殷勤爲人道。」施
榮泰《詠王昭君》：「垂羅下椒閣，舉袖拂胡塵。」念念不忘漢家故土
及對胡地的厭棄，自始至終沒有一位詩人從封建家庭倫理出發，認爲
王昭君應當盡心服侍匈奴單于，做一個符合封建禮教要求的妻子。由
此，可以更加眞切地見出上述昭君詩中所包含的胡漢民族對立情結。
之所以會有這樣的情結，其重要原因便是當時胡漢民族之間矛盾衝突
激烈的歷史現實。整個南北朝對立期間，北方少數民族政權之間有過
和親，如後秦西平公主與北魏拓跋嗣的和親，前燕慕容皝之妹與北魏
代王什翼健的和親，〔註85〕但南北政權之間從未有過和親。原因很簡
單，北方胡族對南方的掠奪與殺戮，使得南方政權沒有任何妥協的餘
地，在此種情形下，沒有人會迂腐地認爲和親可以換來和平。石崇以
外的南朝詩人在創作昭君詩時，可能並無強調胡漢對立的主觀意願，
但基於胡漢民族對立現實基礎上的對遠嫁的否定始終是他們反覆吟
詠昭君出塞的不移立場。

借助上述分析，可知徐陵編纂《玉臺新詠》並不像多數研究者印
象中的那樣，是一部完全的宣揚「靡靡之音」的詩歌總集。書中是選
錄了很多渲染聲色的作品，但他並未背棄儒家強調關注現實政治的詩
學主張，選錄反映漢、晉揭露現實的童謠歌詩就是證明。只是他的這
種借助前代歌謠表達現實關懷的方式很含蓄，不容易覺察。以往，面
對封建時代站在儒家詩教立場上的指責，及現代「南朝統治階級淫佚
頹廢生活的集中反映」〔註86〕批判，由於沒有立足《玉臺新詠》的作
品整體，忽視童謠歌詩等作品與蕭梁政治現實之間的關係，之前的所
作的闡釋與辯解，唯美的關照也好，破除儒家戒律也罷，總顯得很無
力。因爲最高統治者如果沉湎聲色之娛，終究是妨礙政治的，西漢昭

〔註85〕崔明德《中國古代和親通史》，人民出版社 2007 年版，126～127 頁。
〔註86〕王仲犖《魏晉南北朝史》，上海人民出版社 2003 年版，907 頁。

帝死後，原本有希望繼承皇位的廣陵王劉胥被棄置於繼承人之外，主
要原因之一就是他「好倡樂逸遊」。(《漢書‧武五子傳》) 儒家詩學把
文學的政教功能與關懷現實置於首要的位置，是在準確把握社會政治
變化與文學關係基礎上提出的主張，直到今天都有其不可替代的價值
與意義。《玉臺新詠》的編纂是授意於當時的太子，作品的主體又是
表現女性，在封建時代用儒家政教觀去，是很自然的。而徐陵選《漢
桓帝時童謠歌》二首、《晉惠帝時童謠歌》等作品，很可能就是爲「大
其體」〔註87〕即回歸風雅正統的一種努力，拋開實際效果，他的這番
努力是非常值得肯定的。

〔註87〕劉肅《大唐新語》卷三《公直第五》:「先是，梁簡文帝爲太子，作好
豔詩，境內化之，浸以成俗，謂之宮體。晚年改作，追之不及，乃令
徐陵撰《玉臺集》，以大其體。」，中華書局 1984 年版，41～42 頁。

第二章 《玉臺新詠》的音樂性考察

　　有關《玉臺新詠》的主題，之前已經做過一番考察，但還不夠，因爲《玉臺新詠》所選作品自身的所包含的要素是多方面的，之前的考查偏於思想內容層面。我們知道徐陵在序言中說他選錄的是一部十卷的「豔歌」，〔註1〕即它還與音樂有關。有學者根據李康成《玉臺後集序》及晁公武《郡齋讀書記》中《玉臺後集》的題解，判定《玉臺新詠》是一部歌辭總集。〔註2〕對此，也有人一方面肯定這種說法的啓發性，同時主張有待更進一步的材料去證實，且說：「陸機、陸雲的贈答詩、江淹的《雜詩》等，並沒有材料證明是樂府。」〔註3〕認定《玉臺新詠》是一部完全意義上的歌辭總集的確有待商

〔註1〕 徐陵《玉臺新詠序》：「燃脂暝寫，弄筆晨書，撰錄豔歌，都爲十卷。」
　　　　徐陵編，清·吳兆宜注，程琰刪補，穆克宏點校《玉臺新詠箋注》
　　　　13頁，中華書局1985年版。
〔註2〕 劉躍進《〈玉臺新詠〉研究》中華書局2000年版，97頁。
〔註3〕 傅剛《〈玉臺新詠〉和〈文選〉》，中國典籍與文化2003年1期。案：
　　　　《玉臺新詠》卷五收江淹雜詩三十首之《古別離》收入《樂府詩集》
　　　　卷七十一《雜曲歌辭》，1016～1017頁；《班婕妤》，收入《相和歌辭·
　　　　楚調曲》題爲《怨歌行》，《樂府詩集》618頁，江淹雜詩三十首之未
　　　　收入《玉臺新詠》的《擬魏文帝遊宴》收入《相和歌辭》卷三十六
　　　　《瑟調曲》，題爲《善哉行》，《樂府詩集》，539頁。中華書局1979
　　　　年版。

權，但說它同音樂有著密切關係則是沒有異議的。《玉臺新詠》中不少作品，爲宋代郭茂倩收入《樂府詩集》，據咎亮等人的統計共有 234 首，〔註4〕占全部 660 首作品的三分之一以上。另外，據我們的考查，還有 31 首作品吳兆宜、程琰的《〈玉臺新詠〉箋注》依明代梅鼎祚編的《古樂苑》也標示爲樂府詩。〔註5〕還有像何遜《詠舞妓》、蕭衍、蕭綱的《詠舞》、庾信和徐孝穆的《奉和詠舞》、鄧鏗的《奉和夜聽妓聲》等直接描寫歌舞表演的詩篇。可見，《玉臺新詠》同歌舞特別是南朝歌舞有著密切關聯。不過，這一問題尚未有人作過系統論述。因而，以收入《樂府詩集》的作品爲基礎，系統探究《玉臺新詠》同南朝歌舞之間的關係是我們進一步認識《玉臺新詠》整體價值的必要條件之一。

第一節　《玉臺新詠》與南朝歌舞的興盛

《玉臺新詠》收入《樂府詩集》的作品，及其所屬音樂門類，清人吳兆宜、程琰在《玉臺新詠箋注》中大多已經做了標識。〔註6〕在此基礎上，我們的匯總統計結果如下：〔註7〕

〔註4〕　咎亮、姜廣強《〈玉臺新詠〉與樂府詩》，《聊城師範學院學報》（哲學社會科學版）1998 年 1 期。

〔註5〕　咎亮在等人已經注意到吳兆宜、程琰的箋注中標示爲樂府詩的某些作品不見於《樂府詩集》，但沒有指出他們的依據。

〔註6〕　吳兆宜、程琰的注本中有幾首入選《樂府詩集》但未加注明，如卷一古詩八首之《冉冉孤生竹》，卷六吳均《和蕭先馬古意六首》第一首等。還有一部分標爲樂府詩，但卻不屬《樂府詩集》的作品，這部分作品我們將在下一節探討。張葆全《〈玉臺新詠〉譯注》在吳兆宜、程琰注本基礎上標注了所有入選《樂府詩集》的作品，但對沒有收入《樂府詩集》，而吳、程標爲樂府詩的作品未加標識。另外，張葆全的《玉臺新詠譯注》則對所有收入《樂府詩集》的作品做了標示。

〔註7〕　咎亮、姜廣強《〈玉臺新詠〉與樂府詩》（《聊城師範學院學報》1998 年 1 期）曾給出過《相和歌辭》《鼓吹曲辭》、《雜曲歌辭》等大類的總量統計結果，但沒有各類之下諸調類的統計，還有就是只給出了各個類型的數字，沒有各個類型樂府作品的歷史分佈。

		兩漢	曹魏	兩晉	劉宋	蕭齊	蕭梁	合計
相和歌辭	相和曲	1	0	1	1	0	8	11
	清調曲	1	2	4	2	0	3	12
	瑟調曲	5	0	2	3	0	6	16
	楚調曲	2	1	1	1	2	8	15
	平調曲	0	2	1	0	0	3	6
	吟歎曲	0	0	1	0	0	5	6
	四絃曲	0	0	0	0	0	1	1
清商曲辭	吳聲歌	0	0	7	2	9	18	36
	西曲	0	0	0	0	9	14	23
	江南弄	0	0	0	1	0	4	5
舞曲歌辭・雜舞		0	0	0	4	0	4	8
雜曲歌辭		8	5	10	7	4	25	59
雜歌謠辭		8	0	2	0	3	0	13
琴曲歌辭		2	0	0	0	0	5	7
鼓吹曲辭・鐃歌		0	0	0	0	2	9	11
橫吹曲辭		0	0	0	0	0	5	5
合計		27	10	29	21	29	118	234

　　合計有相和歌辭 66，清商曲辭 64 首，舞曲歌辭 8 首，雜曲歌辭 59 首，雜歌謠辭 13 首，琴曲歌辭 7 首，鼓吹曲辭 11 首，橫吹曲辭 5 首，共 234 首。〔註8〕

　　從以上的統計可知，宋、齊、梁合計共 168 首占收入《樂府詩集》作品的 72%。其中不論是種類還是數量又以都以蕭梁為多，蕭梁的作品涵蓋了除雜歌謠辭以外的 7 大類，及相和歌辭、清商曲辭

〔註8〕我們的統計總量同答亮等人的統計一致，但各個音樂門類則有不同程度的差異，他們的統計結果是：相和歌辭 65 首、雜曲歌辭 65 首、清商曲辭 64 首、雜歌謠辭 13 首、鼓吹曲辭 11 首、舞曲歌辭 8 首、橫吹曲辭 5 首、琴曲歌辭 3 首。(答亮、姜廣強《〈玉臺新詠〉與樂府詩》(《聊城師範學院學報》1998 年 1 期)) 其中只有鼓吹曲辭、舞曲歌辭和雜歌謠辭，與我們的統計數字一致。

下 10 小類。其中相和歌辭下的四絃曲，張永《元嘉技錄》：「有《四絃》一曲，《蜀國四絃》是也，居相和之末，三調之首。」可知在劉宋時代，四絃曲專指《蜀國弦》，《樂府詩集》一共也只收錄了 3 首。蕭綱的一首是唯一見存的南北朝作品，其他兩首分別出自隋代的盧思道和唐代的李賀。從這一點也可以見出《玉臺新詠》收入《樂府詩集》的作品，特別是南朝所涉的樂類是很豐富的。《玉臺新詠》中之所以會有這麼多的樂府歌詩，昝亮等人認為是為迎合梁武帝愛好民間歌謠俗唱的趣味，以躲避當時非議，作為宮體詩的掩飾。可見，昝亮等人不清楚宮體詩招致非議的原因。宮體詩之所以招致非議正是由於其宣揚鄭衛之音的世俗趣味，徐陵怎麼會用繼續犯錯的方式去應對包括梁武帝在內的非議人群呢？另外，喜好和提倡是兩回事，梁武帝喜好民間歌謠俗唱，不意味著他會允許蕭綱以太子身份去倡導世俗趣味的詩歌創作。要弄清《玉臺新詠》緣何收錄如此多的樂府歌詩，還須從南朝詩歌創作實踐中去找答案。

一

　　以往研究《玉臺新詠》，除了零星的涉及音樂外，主要是從徒詩角度入手。忽視了《玉臺新詠》同音樂之間的密切關係。首先，《玉臺新詠》中的不少樂府歌詩是從徒詩轉換而來。傅剛質疑《玉臺新詠》是一部歌詩總集，他所舉的江淹的《雜詩》即屬此種情形。江淹的《雜體詩》是組詩，共 30 首。《玉臺新詠》卷五選錄其中《古別離》、《班婕妤》、《張司空離情》和《休上人怨別》四首，其中《古別離》收入《樂府詩集》卷七十一《雜曲歌辭》，《班婕妤》收入卷四十二《相和歌辭‧楚調曲》題為《怨歌行》。其實，雜體詩中還有一首《擬魏文帝遊宴》也被收入了《樂府詩集》卷三十六的《相和歌辭‧瑟調曲》，題為《善哉行》。然依江淹《雜體三十首‧自序》，這組詩歌在創作之初的確不是為了譜曲，原是他針對當時寫詩之人溺於所好，「各滯所迷，莫不論甘則忌辛，好丹則非素」，不能以發展變化的眼光看待詩

歌創作的多樣性而作，即「楚謠漢風，既非一骨，魏製晉造，固亦二體」，並且在江淹看來不但時間上有變化，空間上同樣是「關西鄴下，既已罕同，河外江南，頗為異法」，他創作這組詩歌是為了「品藻淵流」，意圖使世人明白詩歌在時間與空間上的這種差異，就像芳草與蛾眉，貌雖不同，但一樣動人心魄、賞心悅目。可見，這組作品在開始的確與音樂沒有什麼關係，只是後來才成為樂府歌詩。類似這樣從徒詩轉入樂府歌詩的情形，不止體現在江淹《雜體詩》身上。234 首作品中，還有鮑令暉《題書後寄行人》（雜曲歌辭）、吳均《和蕭洗馬子顯古意》六首之一（相和歌辭・相和曲），孔翁歸、何思澄的《奉和湘東王教班婕妤》（相和歌辭・楚調曲）徐悱妻劉氏的《和婕妤怨》（相和歌辭・楚調曲），劉孝威《擬古應教》（雜曲歌辭）、劉邈《萬山見採桑人》（相和歌辭・相和曲）等等，它們或者是，士人之間唱和的產物，或者是作者自娛的擬作，總之，它們在最初都不是為譜曲而作，但這並未妨礙它們成為樂府歌詩。其實，徒詩與詩歌之間的原本就是一種動態關係。徒詩配樂成為歌詩，依據樂調填詞，歌詩失去樂調成為徒詩等情形都是客觀存在的。古詩十九首就是因為樂調失傳才被稱作古詩。

　　從徒詩轉換只是《玉臺新詠》中樂府歌詩的來源之一，更多的歌詩還是詩人的直接創作。《玉臺新詠》卷七蕭綱的《豔歌篇十八韻》、《妾薄命篇十韻》、《雍州曲十首》抄三首《南湖》、《北渚》、《大堤》，卷十蕭衍的《春歌》三首、《夏歌》四首、《秋歌》四首、《子夜歌》二首，《襄陽白銅鞮歌》三首等，明顯都是直接創作的樂府歌詩，特別是蕭衍的作品，史載普通（520～527）末年，他曾經從後宮挑選了年輕美貌的《吳歌》與《西曲》女妓各一部，給了徐勉。〔註9〕上述《春歌》、《夏歌》、《秋歌》和《子夜歌》屬吳歌，《襄陽白銅鞮歌》

〔註9〕唐・李延壽《南史・徐勉傳》：「普通末，武帝自算擇後宮《吳聲》、《西曲》女妓各一部，並華少賚勉，因此頗好聲酒。」中華書局 1975 年版，1458 頁。

三首為西曲。其中《襄陽白銅鞮歌》三首，據《隋書·樂志》是蕭衍作雍州刺史鎮守襄陽時，有童謠說：「襄陽白銅蹄，反縛揚州兒。」最終他從襄陽起兵，成功消滅東昏侯最終代齊稱帝。「即位之後，更造新聲，帝自為之詞三曲，又令沈約為三曲，以被絃管。」《玉臺新詠》除全部收錄蕭衍的三首外，沈約的也選了一首。據《古今樂錄》此歌還有和聲：「襄陽白銅蹄，聖德應乾來。」不過《玉臺新詠》沒有收。蕭衍的前兩首和沈約的一首都是情歌，第三首：「龍馬紫金鞍，翠眊白玉羈。照耀雙闕下，知是襄陽兒。」應該是蕭衍寫自己志得意滿時的英武之姿，從中能約略透出此歌的本意來。不難知道蕭衍自己欣賞的吳歌、西曲不少都是出自他自己的親製。製作樂歌的人也不限於文人，南朝某些歌詩的製作者並不以詩名。以《玉臺新詠》所選為例，《近代西曲歌》五首之《石城樂》：「生長石城下，開門對城樓。城中美少年，出入見依投。」據《舊唐書·樂志》是劉宋臧質所作，「《石城樂》者，宋臧質所作也。石城在竟陵。質嘗為竟陵郡。於城上眺矚。見群少年歌謠通暢。因作此曲。」臧質為劉宋名將，不以文名，他的確在竟陵做過內史，〔註10〕所以《舊唐書》所言可信。還有《近代西曲歌》五首之《估客樂》，史書說是齊武帝蕭賾所製，「帝布衣時，嘗遊樊、鄧。登祚以後，追憶往事而作歌。」但在譜曲過程中，遇到了障礙，「使樂府令劉瑤管絃被之教習，卒遂無成。」最後有人引薦了善解音律的釋寶月，結果，「旬日之中，便就諧合。」（《舊唐書·音樂志二》）《玉臺新詠》所選是《樂府詩集》卷四十八《清商曲辭》署名釋寶月的兩首《估客樂》中的第二首，表現商賈與妻子之間的情思：「有客數寄書，無信心相憶。莫作瓶落井，一去無消息。」均契合歌詩原初的意義。

　　詩人創作歌詩，就《玉臺新詠》所錄，也不全是原創，他們創作過程中經常就原有歌詩進行改造。《玉臺新詠》卷十收宋孝武帝劉

〔註10〕沈約《宋書·臧質傳》：「遷竟陵、江夏內史，復為建武將軍、巴東、建平二郡太守，吏民便之。」中華書局 1974 年版，1910 頁。

駿的《丁督護歌》二首，一寫情人希望化作石尤風（頂頭風）阻止遠征的心上人，「願作石尤風，四面斷行旅」；一言征人在軍旅中對女子的思念，「坎軻戎途間，何由見歡子」。據《宋書‧樂志》，這首詩的本事是徐逵之爲魯軌所殺，徐逵之是劉裕的女婿，所以劉裕命丁旿收斂，後來又親自問殯葬之事，「每問輒歎息曰：『丁督護』！其聲哀切，後人因其聲廣其曲」。〔註11〕劉駿把一首哀切的悲歌改成了一首娛樂性的情歌。〔註12〕柳惲《鼓吹曲　度關山》講述的是一位以容貌見知的倡家女秋日對戍人的思念。「舊聞關山遠，何事總金羈。妾心日已亂，秋風鳴細枝。」依《樂府解題》：「魏樂奏武帝辭，言人君當自勤苦，省方黜陟，省刑薄賦也。若梁戴暠云『昔聽隴頭吟，平居已流涕』，但敘征人行役之思焉。」戴暠《度關山》見存，它並不像《樂府解題》所言是在講「征人行役之思」，而是講述軍人的邊塞生活與爲國建功立業的壯志豪情。「且決雄雌眼前利，誰道功名身後事。丈夫意氣本自然，來時辭弟已聞天。但令此身與命在，不持烽火照甘泉。」曹操通常都是用樂府舊題言志抒情，他的創作也未見得就是樂府詩題的原意。但柳惲在創作過程中對已有的樂府詩題做了有意識的改造則是沒有異議的。張率的《對酒歌》也是同樣的情形。《對酒歌》現存最早的也是曹操所作，其主旨「言王者德澤廣被，政理人和，萬物咸遂。」（《樂府解題》）與《度關山》相似，張率所作則是寫把酒言歡，觀舞、聽歌，盡情行樂，屬典型的因題命辭，與曹操所歌內容無關。還有《鼓吹曲辭‧巫山高》，吳兢《樂府解題》，言《巫山高》古辭：「大略言江淮水深，無梁可度，臨水遠望，忠歸而已。土融和費昶的《巫山高》都是寫宋玉《高唐賦》中巫山神女同楚王的愛戀。王融等人的因題命辭，豐富了原詩題的內涵，輸入了新鮮的血液。且賦予了其新的內容。《玉臺新詠》收錄

〔註11〕沈約《宋書‧樂志一》，中華書局 1974 年版，550 頁。
〔註12〕有關《丁督護歌》的考證，見王運熙《吳聲西曲雜考》，《樂府詩述論》（增補本）上海古籍出版社 2006 年版。

的《鼓吹曲辭‧有所思》也是經過改造的一首歌詩。漢鐃歌原曲爲「一女子對負心男子的決絕之辭。」〔註13〕徐陵錄《有所思》8首，6首入《橫吹曲辭》，卷十，蕭齊庾炎《有所思》一首，歸入《相和歌辭‧楚調曲》，費昶《和蕭記室春旦有所思》《樂府詩集》未收。8首作品主題全部是女方對男方想念的相思之作。以上所舉樂府歌詩，《玉臺新詠》所錄均是情歌，但原曲卻是主題各異，徐陵編選時根據需要做了精心的選擇。

　　詩人改造歌詩是針對原詩或者存世最早的作品而言，徐陵在選錄同題樂府歌詩的時候，實際上非常注重同題樂府歌詩之間的相承與一致的。以上所舉鼓吹曲《有所思》即是一例。還有誇耀豪門生活與天倫之樂古辭《相逢狹路間》，《玉臺新詠》還選錄了荀昶樂府詩二首之《擬相逢狹路間》、張率《相逢行》、蕭衍《擬長安有狹邪十韻》及沈約的《擬三婦》。除沈約的《擬三婦》是截取《相逢狹路間》結尾部分，並把描寫三位兄弟妻子情態部分，轉換成了良人的三位妻子外，像荀昶、張率、蕭衍的擬作都與古辭一樣，敘述一個顯貴之家的和樂生活。甄皇后和陸機《塘上行》皆言棄婦之悲。

　　歌詩除了單純歌唱外，它還經常作爲舞曲歌辭。《玉臺新詠》的作品有7首直接收入《樂府詩集》的《舞曲歌辭‧雜舞》。書中的舞曲歌辭不止於此，之前所說的《襄陽白銅鞮歌》、《石城樂》和《估客樂》等都是舞曲歌辭，《襄陽白銅鞮歌》，《隋書‧樂志》說：「天監初，舞十六人，後八人。」《石城樂》，《古今樂錄》曰：「舊舞十六人。」《估客樂》，《古今樂錄》：「齊舞十六人，梁八人。」蕭綱的《雍州曲十首》抄三之《大堤》、《南湖》、《北渚》也是舞曲歌辭，它們都屬《清商曲辭》。《玉臺新詠》收錄的《清商曲辭》中還有一些類似的舞曲歌辭，近代西曲五首之《烏夜啼》、《襄陽樂》，近代吳歌九首之《前溪》，《丹陽孟珠歌》等也都是舞曲歌辭。其中《前溪舞》「婉轉纏綿，動人心扉」，具有濃鬱的江南民間風格，王克芬說

〔註13〕趙敏俐《周漢詩歌綜論》學苑出版社2002年版，384頁。

是古代舞蹈中的精品。〔註14〕「前溪」是一個村名，從晉至唐一直以出聲伎聞名，稱得上南朝的聲伎之鄉。於競《大唐傳》：「湖州德清縣南前溪村，則南朝習樂之處，今尚有數百家習音樂，江南聲伎，多自此出，所謂舞出前溪者也。」（《苕溪漁隱叢話‧後集》卷二）陳代劉刪《侯司空宅詠妓詩》：「山邊歌落日。池上舞前溪。」崔顥《王家少婦》：「舞愛前溪綠，歌憐子夜長。」宋之問《傷曹娘二首》之二：「前溪妙舞今應盡，子夜新歌遂不傳。」《清商曲辭》中未被收入《玉臺新詠》的舞曲歌辭，還有《莫愁樂》、《三洲歌》、《採桑度》（歌辭見《樂府詩集》卷四八），《江陵樂》、《青驄白馬》、《共戲樂》、《安平東》、《那呵灘》、《翳樂》、《壽陽樂》（歌辭見《樂府詩集》四九）等等。從中不難推知當時的歌舞娛樂活動之發達。

二

南朝歌舞的興盛同南朝整體上相對安定的政治經濟環境是分不開的。南北朝時期，南北方之間經常爆發戰爭，雙方的邊境線也是屢經變遷。但宋、齊、梁時期，長江以南在侯景之亂（548～552）以前，政局保持了基本的安定。劉宋的元嘉（424～453）時期、蕭齊的永明（483～493）年間，以及蕭衍時代都是比較平穩的時段。正是在這種相對和平環境之下，南朝歌舞得到了一個難得的歷史發展機遇。元嘉時期，史書說：「自義熙十一年（415）司馬休之外奔，至於元嘉末，三十有九載，兵車勿用，民不外勞，役寬務簡，氓庶繁息，至餘糧棲畝，戶不夜扃，蓋東西之極盛也。」（《宋書‧孔季恭傳論》）在這種情況下，「凡百戶之鄉，有市之邑，歌謠舞蹈，觸處成群，蓋末世之極盛也。」（《宋書‧良吏傳序》）永明時代情況類似，史云：「垂心政術，杖威善斷，猶多漏網，長史犯法，封刃行誅。郡縣居職，以三周為小滿。水旱之災，輒加振恤。十許年中，百姓無犬吠之驚，都邑之盛，士女昌逸，歌聲舞節，袨服華妝。桃花淥水之間，秋月春風之下，

〔註14〕王克芬《中國舞蹈發展史》，上海人民出版社2003年版，134頁。

無往非適。」(《南史・循吏傳》) 蕭梁武帝時期是南朝持續時間最久的平穩時段,《南史・梁本紀》評論他的時代:「江左以來,年逾二百,文物之盛,獨美於茲。」賀琛奏表言蕭梁末期:「歌姬儛女,本有品制,二八之錫,良待和戎。今畜妓之夫,無有等秩,雖復庶賤微人,皆盛姬姜,務在貪污,爭飾羅綺。」〔註15〕

歌舞的流播離不開藝人的表演,魏晉時代「有孫氏善弘舊曲,宋識善擊節唱和,陳左善清歌,列和善吹笛,郝索善彈箏,朱生善琵琶,尤發新聲。」〔註16〕南朝歌舞發達同樣也湧現了一批出色的歌舞伎藝人。《玉臺新詠》卷十有孫綽《情人碧玉歌》二首及蕭衍的《碧玉歌》一首,詩題中的「碧玉」,據王運熙考證,是東晉汝南王司馬義之妾,嫻於歌舞,深得司馬義寵幸。〔註17〕卷六王僧孺《在王晉安酒席數韻》:「詎減許飛瓊,多勝劉碧玉。」及他的《為人有贈》:「碧玉與綠珠,張盧復雙女。曼聲古難匹,長袂世無侶。」都借劉碧玉來映襯歌舞伎音聲之美。再如《莫愁樂》據傳出自一位善於歌唱的樂妓莫愁。《舊唐書・樂志》:「《莫愁樂》者,出於《石城樂》。石城有女子名莫愁,善歌謠。」梁代有善歌的吳安泰,《通典》卷一百四十五云:「梁有吳安泰,善歌。後為樂令,精解音律。初改四曲:《別江南》、《上雲樂》。內人王金珠善歌吳聲四曲,又製《江南歌》。今斯宣達,選樂府少年好手進內習學。吳弟,安泰之子,又善歌;次有韓法秀又能妙歌吳聲《讀曲》,古今絕唱。」〔註18〕羊侃豢養了一批各懷絕技的藝人,「有彈箏人陸太喜,著鹿角爪長七寸。」特別是儛人張淨琬,「腰圍一尺六寸,時人咸推能掌中儛。」還有孫荊玉,體柔無比,「能反腰帖地,銜得席上玉簪。」他還有梁武帝送的歌人王娥兒,蕭綱贈的歌者屈偶之,「並妙盡奇曲,一時無對。」

〔註15〕唐・姚思廉《梁書・賀琛傳》,中華書局 1973 年版,544 頁。
〔註16〕唐・房玄齡《晉書・樂下》,中華書局 1974 年版,716 頁。
〔註17〕王運熙《樂府詩述論》(增補本),上海古籍出版社 2006 年版,69～73 頁。
〔註18〕杜佑《通典・樂五》中華書局 1988 年版,3700 頁。

（《梁書・羊侃傳》）〔註19〕漢代帝王身邊的一些后妃出身於歌舞伎，如劉邦的戚夫人、武帝的李夫人，宣帝的母親翁須，成帝的趙飛燕等，此類情形，南朝也存在。東晉安帝司馬德宗、恭帝司馬德文的生母陳太后，就是一位歌舞伎，她「以美色能歌彈，入宮爲淑媛，生安、恭二帝。」〔註20〕東昏侯蕭寶卷寵幸的潘妃原是蕭齊名將王敬則的家伎。〔註21〕蕭綱《雜句從軍行》說詩中的將軍內室：「小婦趙人能鼓瑟，侍婢初笄解鄭聲。」蕭綱有過軍旅生活，詩中所言未必沒有紀實成分。

　　南北朝時期士大夫階層有很多精通音律之人，他們的音樂修養無疑爲歌舞的傳播創造了良好的氛圍與條件。曹魏時的嵇康、阮籍及他的侄子阮咸皆很高的音樂修養。東晉南朝有不少擅長演奏樂器者，但主要是用作修身養性的自娛手段，一般爲他人表演。著名的像桓伊，「善音樂，盡一時之妙，爲江左第一。」（《晉書・桓伊傳》）戴逵，「能鼓琴」，「常以琴自娛」，武陵王司馬晞聞其名，特地召他演奏，爲他拒絕。（《晉書・戴逵傳》）他的兒子戴顒和戴勃也是鼓琴名家，父戴逵死後，他們不忍演奏父親所傳之聲，於是「各造新弄，勃五部，顒十五部。顒又製長弄一部，並傳於世。」中書令王綏曾攜賓客造訪，想聽戴勃彈奏，結果勃「不答，綏恨而去。」（《宋書・隱逸戴顒傳》）劉宋廢帝劉昱音樂方面特有天分，「未嘗吹篪，執管便韻。」〔註22〕蕭齊柳世隆「善彈琴」，「在朝不干世務，垂簾鼓琴，風韻清遠，甚獲世譽。」（《南齊書・柳世隆傳》）他們也不是完全拒絕給他人表演，而是不輕易演奏，尤其是自己所不喜歡的人，如阮

〔註19〕本段主要參考了趙敏俐等撰《中國古代歌詩研究》中劉懷榮所寫第五章第二節《魏晉南北朝的歌詩生產與消費》的相關內容。北京大學出版社 2005 年版，279～326 頁。

〔註20〕唐・房玄齡《晉書・后妃傳》，中華書局 1974 年版，983 頁。

〔註21〕《南史・恩倖・茹法珍傳》：「帝（東昏侯）自群公誅後，無復忌憚，無日不遊走。所幸潘妃本姓俞名尼子，王敬則伎也。」中華書局 1975 年版，1934 頁。

〔註22〕唐・李延壽《南史・宋本紀下》中華書局 1975 年版，89 頁。

咸就是「惟共親知絃歌酣宴」。(《晉書・阮咸傳》) 戴顯拒絕武陵王司馬晞，但對衡陽王劉義季因「服其野服，不改常度。爲義季鼓琴，並新聲變曲，其三調《遊弦》、《廣陵》、《止息》之流，皆與世異。」(《宋書・隱逸戴顯傳》) 桓伊更甚，面對素不相識的王徽之要求他彈奏，因爲互相仰慕，桓伊「即便回下車，踞胡床，爲作三調。弄畢，便上車去。客主不交一言。」(《世說新語・任誕》) 柳世隆的兒子柳惲師從劉宋時代善彈琴的稽元榮、羊蓋，「特窮其妙」。竟陵王蕭子良引爲法曹行參軍，「雅被賞狎。王嘗置酒後園，有晉相謝安鳴琴在側，以授惲，惲彈爲雅弄。」蕭子良讚歎他：「卿巧越稽心，妙臻羊體，良質美手，信在今辰。豈止當世稱奇，足可追蹤古烈。」(《梁書・柳惲傳》) 梁武帝時代士族懂琴的人很多。顏之推說，蕭梁初年，衣冠子孫不會彈琴的人，會被稱作有缺陷。這種風氣直持續到大同末年。〔註23〕

官僚士人也不限於彈琴自娛，或者欣賞他人演奏樂器，他們不時伴樂器演奏親自放歌助興。「(司馬) 道子嘗集朝士，置酒東府，尚書令謝石因醉爲委巷之歌」。(《晉書・王恭傳》) 袁山松：「善音樂」，他嫌棄《行路難》舊歌，「辭頗疏質」，於是「文其辭句，婉其節制，每因酣醉縱歌之。聽者莫不流涕。初羊曇善唱樂，桓伊能輓歌，及山松《行路難》繼之，時人謂之『三絕。』」(《晉書・袁山松傳》) 宋文帝一次飲酒興起，對善彈琵琶的范曄說：「我欲歌，卿可彈。」范曄於是演奏，「上歌既畢，曄亦止弦。」(《宋書・范曄傳》) 蕭道成一次幸華林宴集，命臣下各效伎藝，沈文季即席演唱了吳歌《子夜來》。〔註24〕(《南史・王儉傳》) 蕭齊權臣王敬則的兒子王仲雄，「善彈琴，當時新絕。」當時皇家藏有蔡邕焦尾琴，明帝蕭鸞「敕

〔註23〕顏之推《顏氏家訓・雜藝》：「洎於梁初，衣冠子孫，不知琴者，號有所闕。大同以末，斯風頓盡。」
〔註24〕「子夜來」，王運熙考證是：「《子夜歌》的和聲，也即是《子夜歌》的主要聲調。」《吳聲西曲雜考》，《樂府詩述論》上海古籍出版社 2006 年版。

五日一給仲雄，」王仲雄曾在蕭鸞御前彈唱《懊儂曲歌》：「常歎負情儂，郎今果行許！」(《南齊書‧王敬則傳》)齊東昏侯被誅前在「含德殿吹笙歌作《女兒子》。」(《南齊書‧東昏侯》)從所歌的曲名判斷，他們所唱多半是兒女私情類的娛樂性篇章。也有比較別致的，遠承漢代風尚，喜歡在興頭上唱輓歌。東晉的庾晞，「喜爲輓歌，自搖大鈴爲唱，使左右齊和。」〔註25〕前面提及的袁山松也喜歡輓歌。「山松每出遊，好令左右作輓歌」。(《晉書‧袁山松傳》)

　　貴顯階層不但善彈能歌，而且還能舞。《宋書‧樂志》說：「前世樂飲，酒酣，必起自舞。」「漢武帝樂飲，長沙定王舞又是也。魏、晉已來，尤重以舞相屬。所屬者代起舞，猶若飲酒以杯相屬也。謝安舞以屬桓嗣是也。」三國時張磐曾以舞屬陶謙，謙鄙薄其人，不肯跳，不得已起身以後，又不肯轉，張說：不該轉嗎？陶答：「不可轉，轉則勝人。」(《三國志‧魏書卷八》裴松之注引《吳書》)《宋書‧樂志》還說：「近代以來，此風絕矣。」不過，上層宴飲自舞並未斷絕。東晉謝尚善鴝鵒舞，土導一次造訪恰好碰到其舉行家宴，就對謝尚說：「聞君能作鴝鵒舞，一坐傾想，寧有此理不？」謝尚答：好。於是「便著衣幘而舞，導令坐者撫掌擊節，尚俯仰在中，傍若無人」。〔註26〕之前提及的沈文季即席演唱《子夜來》的宴集上，張敬兒和王敬則也分別獻技，其中張敬兒跳舞，王敬則拍張，拍張也是一種舞蹈。「王敬則脫朝服袒，以絳糾髻，奮臂拍張，叫動左右。」惹得蕭道成不高興，「豈聞三公如此？」王敬則理直氣壯地答：「臣以拍張，故得三公，不可忘拍張。」〔註27〕王克芬解釋說：「『拍張』，原是　種民間健身舞，至今我國福建地區仍舊保留了這種具有悠久歷史的舞蹈」，跳的時候「有節奏地拍擊身體的許多部位，如胸、肩、背、腿、臂等等。拍擊時發出清脆的響聲，有緩有急，有輕有重，

〔註25〕唐‧房玄齡等《晉書‧五行志上》，中華書局 1974 年版，836 頁。
〔註26〕唐‧房玄齡等《晉書‧謝尚傳》，中華書局 1974 年版，2069 頁。
〔註27〕唐‧李延壽等《南史‧王儉傳》中華書局 1975 年版，593～594 頁。

舞姿豪健，風格明快。」〔註28〕蕭梁時代士人自舞的情形罕有記載，不過，後梁主蕭統之孫蕭巋朝見北周武帝宇文邕時，宇文邕自彈琵琶助興，蕭巋請舞的事實說明南朝上層偶而還有能舞之人。〔註29〕

歌舞娛樂活動並不限於江南一隅，它們同樣是北朝少數民族政權的統治者的重要娛樂方式，而且他們經常是親自表演。上文的宇文邕即是一例。北魏太和十一年（487）〔註30〕冬至，「高祖（孝文帝元宏）、文明太后大饗群官。高祖親舞於太后前，群臣皆舞。高祖乃歌，仍率群臣再拜上壽。」（《魏書·高閭傳》）太和十三年，「太后曾與高祖幸靈泉池，燕群臣及藩國使人、諸方渠帥，各令爲其方舞。高祖帥群臣上壽，太后忻然作歌，帝亦和歌。」〔註31〕北魏時洛陽還有專門的藝人聚居區，城南「有調音、樂律二里。里內之人，絲竹謳歌，天下妙伎出焉。」（《洛陽伽藍記》卷四）北方少數民族政權的統治者不乏愛好歌舞之人，更爲重要的是，南北政權之間的對立，並未阻斷二者之間的音樂交流。元嘉二十七年（450），北魏南侵期間，太武帝拓跋燾功彭城，曾向據守的劉駿、劉義恭二人借箜篌、琵琶、箏、笛等樂器，義恭答曰：「受任戎行，不齎樂具。在此燕會，政使鎮府命妓，有弦百條，是江南之美，今以相致。」〔註32〕宋廢帝劉昱喜歡「與左右作羌胡伎爲樂」。〔註33〕蕭齊東昏侯喜好的歌舞裏也有北方音樂成分，「日夜於後堂戲馬，鼓譟爲樂。合

〔註28〕王克芬《中國舞蹈發展史》（增補修訂本），上海人民出版社2003年版，136～137頁。

〔註29〕唐·令狐德棻等撰《周書·蕭詧附蕭巋傳》：酒酣，高祖又命琵琶自彈之。仍謂巋曰：「當爲梁主盡歡。」巋乃起，請舞。高祖曰：「梁主乃能爲朕舞乎？」巋曰：「陛下既親撫五弦，臣何敢不同百獸。」，中華書局1971年版，864頁。

〔註30〕《魏書·高閭傳》原未指明確切年份，據劉懷榮考證，「是年」是指太和十一年，見趙敏俐等撰《中國古代歌詩生產史》，第五章頁下注，北京大學出版社2005年版，312頁。

〔註31〕魏收《魏書·文成文明皇后傳》，中華書局1974年版，329頁。

〔註32〕梁·沈約《宋書·張暢傳》，中華書局1974年版，1605頁。

〔註33〕唐·李延壽《南史·宋本紀下》中華書局1975年版，89頁。

夕，便擊金鼓吹角，令左右數百人叫，雜以羌胡橫吹諸伎。」他還命人在在巷陌中高懸幔障，「置人防守，謂之『屏除』。高障之內，設部伍羽儀，復有數部，皆奏鼓吹羌胡伎，鼓角橫吹。」〔註34〕蕭繹《夕出通波閣下觀妓》：「胡舞開齋閣，盤鈴出步廊。」蕭梁周舍《上雲樂》有：「舉技無不佳，胡舞最所長。」等讚美北方少數民族舞蹈的事實也證明了南方對北方歌舞的喜好和吸納。南方在吸收北方音樂的同時，北方也不時利用戰爭的機會積極吸納南方的音樂歌舞。《魏書‧樂志》：「初，高祖討淮、漢，世宗定壽春，收其聲役。江左所傳中原舊曲，《明君》、《聖主》、《公莫》、《白鳩》之屬，及江南吳歌、荊楚四聲，總謂《清商》。」及河間王元琛「有婢朝雲，善吹篪，能為《團扇歌》」。（《洛陽伽藍記》卷四）

　　可知，《玉臺新詠》中至少有 234 首樂府歌詩，絕非偶然，它們是南朝相對北方大致穩定的政治局面，一大批出色的歌舞伎藝人的湧現，文人的音樂修養以及南北方之間的音樂歌舞交流條件下，依託歌舞娛樂活動，催生出來的。同時它們也直接影響了《玉臺新詠》的性質。我們說《玉臺新詠》的編纂，是徐陵主動向儒家詩教傳統回歸所作的一番努力，但同時此書還有一個重要目的，就是：「永對玩於書帷，長循環於纖手」，供後宮佳麗消遣。這一目的的實現，樂府歌詩起到了至關重要的作用。

第二節　《玉臺新詠》中的歌舞表演

　　以上所談主要是《玉臺新詠》中收入《樂府詩集》的作品所反映出的南朝歌舞發達歷史事實的簡單描述。我們今天已經無法再現當時歌舞表演的具體情形。歌舞表演雖有程序，但每次表演都一定的即興成分，舞者的精神狀態，觀眾的反映都會影響每一次的表演效果，因而完全瞭解當時的特定表演狀況是不可能的。不過，依據

〔註34〕唐‧李延壽《南史‧齊本紀下》中華書局 1975 年版，151，152 頁。

留存的零星文獻資料，對其實況做一番大致的瞭解還是可以的。比如上一節提及的王敬則的拍張，我們約略能夠想像得出他當時袒露上身，以絳色布條纏住髮髻，用力甩開膀臂，拍動全身各個部分，配著號子，盡情舞動的樣子。還有史書言謝安跳鴝鵒舞之態，也頗為傳神。《玉臺新詠》中收錄了一些直接描寫歌舞場景的作品，收入《樂府詩集》的作品中也不少直接描述歌舞娛樂場面的篇章，借助詩人的捕捉能力及表達本領，還是能夠領略一番其時的表演盛況，增強感性認識的。目前為止，尚未有人專門論述《玉臺新詠》作品記載的歌舞表演場景。所以，立足《玉臺新詠》與歌舞直接關聯的作品，加上相關史料，去探尋歌舞表演場景，對我們更全面地把握《玉臺新詠》與南朝歌舞之間的關係當有一定的參考價值。

一

　　《玉臺新詠》記述對歌舞娛樂活動的作品，並不限於以南朝，所錄兩漢魏晉的作品就有。依照其內容大致可以分為歌舞娛樂整體場面的描寫與局部描寫兩大類，整體而言，兩漢魏晉以前者取勝，南朝以後者為多。他們各從不同角度為我們展示了當時的娛樂場景。曹植的《妾薄命行》描寫歌舞娛樂整體場面的作品中較早的一首：

　　　　日月既逝西藏，更會蘭室洞房。華燈步障舒光，皎若日出榑桑，促樽合坐行觴。主人起舞娑盤，能者冗觸別端。騰觚飛爵闌干，同量等色齊顏。任意交屬所歡，朱顏發外形蘭。袖隨禮容極情，妙舞仙仙體輕。裳解履遺絕纓，俯仰笑喧無呈。覽持佳人玉顏，齊接金爵翠盤。手形羅袖良難，腕弱不勝珠環，坐者歎息舒顏。御巾裛粉君傍，中有霍納都梁。雞舌五味雜香，進者何人齊姜，恩重愛深難忘。召延親好宴私，但歌杯來何遲。客賦既醉言歸，主人稱露未晞。

　　從「召延親好宴私」可以判定這是一個私人的宴會。詩歌以時間為序，為我們完整地描繪了這次宴會縱酒、賞舞的場景。詩人先

交代了舉行宴會的時間：「日月既逝西藏」，「華燈步障舒光」。在柔和的燈光下，主人「促樽合坐行觴，」開始行酒。宴會的主人興致高昂「起舞娑盤」，也帶著其他人跳，所謂：「能者冗觸別端」。這很可能就是我們前面提及的魏晉時代比較流行的「以舞相屬」。伴著舞，參加宴會者在歡快的氣氛中相互敬酒，不多時他們的臉色泛紅。此詩，舞伎登場，她們「妙舞仙仙」，體態輕盈。客人們慢慢醜態畢露，俯仰大笑、喧嘩不已。「裳解履遺絕纓」，「覽持佳人玉顏」。最後客人賦《既醉》言歸，主人自己卻是意猶未盡。《樂府解題》：「《妾薄命》，曹植云『日月既逝西藏』，蓋恨燕私之歡不久。」清人朱止谿說是：「自傷不遇也。有盛年莫當之感，非宴會之什。」〔註35〕趙幼文認為是：「太和五年入朝，所見權貴縱情歌舞，征逐聲色的荒淫腐爛生活面貌。」〔註36〕他還引用了曹丕《典論》：「洛陽令郭修，居財巨億。每暑夏召客，侍婢數十，盛裝飾，披羅穀，袒裸其中，使之進酒。」(《太平御覽》四百七十二)《樂府解題》的說法，最接近此詩的字面內容。趙幼文的意見可能非曹植本意，因為曹植自己在當時不大可能以批判的眼光去看待這種歌舞酒會。但從作品反映的貴族階級生活論，趙氏的說法也其不能抹殺的意義在。至於朱止谿的說法則是明顯的附會。

　　曹植詩對歌舞直接描繪的筆墨不多，但可以幫助我們領略當時上層貴族私人宴集的整體狀況，這種私人宴集是歌舞娛樂活動依存的主要溫床之一。傅玄的《歷九秋篇·董逃行》即是一首歌詩，也是一篇整體刻畫歌舞娛樂場面的作品。全詩如下：

　　　　歷九秋兮三春，分遣貴客兮遠賓。顧多君心所親，乃命妙妓才人，炳若日月星辰。(其一)

　　　　序金罍兮玉觴，賓主遞起雁行。杯若飛電絕光，交觴

〔註35〕黃節《漢樂府風箋》，中華書局 2008 年版，299 頁。
〔註36〕曹植著，趙幼文校注《曹植集校注》人民文學出版社 1984 年版，484頁。

接卮結裳，慷慨歡笑萬方。（其二）

奏新詩兮夫君，爛然虎變龍文。渾如天地未分，齊謳楚舞紛紛，歌聲上激青雲。（其三）

窮八音兮異倫，奇聲靡靡每新。微笑素齒丹脣，逸響飛薄梁塵，精爽眇眇入神。（其四）

坐咸醉兮沾歡，引樽促席臨軒。進爵獻壽翻翻，千秋要君一言，願愛不移若山。（其五）

君恩愛兮不竭，譬若朝日夕月。此景萬里不絕，長保初醮結髮，何憂坐生胡越。（其六）

攜弱手兮金環，上游飛閣雲間。穆若鴛鳳雙鸞，還幸蘭房自安，娛心極樂難原。（其七）

樂旣極兮多懷，盛時忽逝若頹。寒暑革御景回，春榮隨風飄摧，感物動心增哀。（其八）

妾受命兮孤虛，男兒墮地稱妹。女弱難存若無，骨肉至親更疏，奉事他人託軀。（其九）

君如影兮隨形，賤妾如水浮萍。明月不能常盈，誰能無根保榮，良時冉冉代征。（其十）

顧繡領兮含暉，皓日回光側微。朱華忽爾漸衰，影欲捨形高飛，誰言往恩可追。（其十一）

薺與麥兮夏零，蘭桂踐霜逾馨。祿命懸天難明，委心結意丹青，何憂君心中傾。（其十二）

傅玄此詩表現的很可能也是私人宴集。與曹植《妾薄命行》相比，其特點第一用了第三人稱敘述與第一人稱相結合的敘事方式，前五解是第三人稱，後七解是第一人稱；第二，詩歌的重點不像《妾薄命行》那樣主要在記述整個宴會過程，而是把主要的筆墨放在了描繪歌曲內容之上。《樂府解題》說此詩：「具敘夫婦別離之思。」只能部分闡釋詩意，《歷九秋篇・董逃行》大部篇幅是在借一位女子的口吻敘述男女私情，但這位女子的身份不能確指，因爲前五章

分明是交代一個欣賞歌舞的酒會，後七章的抒情是借獻酒引出的。

　　整首詩隨著人稱的變化相應地分為兩大部分，前五解介紹宴會的概況，參加宴會者，多是「君心所親」的貴客和遠賓，賓主次第飲酒交歡，「杯若飛電絕光，交觴接巵結裳，慷慨歡笑萬方。」同時，主人還讓歌舞伎來助興，「乃命妙妓才人」，「齊謳楚舞紛紛，歌聲上激青雲」。第四解描述歌聲之美，伴奏之樂多樣不同尋常，所唱也是新歌。歌者外表清新，神情高遠，歌聲能夠蕩起梁塵。第五章說在座的客人都醉了，此時一位女子起身敬酒，敬酒祝壽，同時希望男子，能夠許諾恩愛不移如山。這也是第六解以下，這位女子話題的中心。六、七章寫男女有雙方像日月一樣的恆久的恩愛，不憂分離，上下天地相與遨遊，歡欣無比，八、九、十章抒發女子在歡樂之際的憂思，盛時易逝，女子地位低下，像水上的浮萍，像空中不能長盈的明月。十一、十二章言男子欲離開，女子無奈之餘，只能希望自己能像丹青一樣春秋無改，何必擔憂男方變心。

二

　　曹植《妾薄命》與傅玄《歷九秋篇‧董逃行》都是整體表現歌舞娛樂的場面，曹植詩是寫舞，傅玄詩主要是寫歌。對於歌舞娛樂活動，傅玄詩對表演著墨比較多，但重點是放在歌曲的內容上，只有第四解是從音樂的角度為我們形容了歌聲的美妙。南朝作品中也有部分作品是從整體去展現歌舞娛樂，但通常都不如曹植、傅玄具體、詳盡。南北朝時期像鮑照《玩月西城門》：「休浣自公日，晏慰及私晨。蜀琴抽白雪，郢曲繞陽春。看乾酒未缺，金壺啟夕輪。」何遜《日夕望江贈魚司馬》：「城中多宴賞，絲竹常繁會。管聲已流悅，弦聲復淒切。歌黛慘如愁，舞腰疑欲絕。」蕭綱《新成安樂宮》：「遙看雲霧中，刻桷映丹紅。珠簾通曉日，金花拂夜風。欲知聲管處，來過安樂宮。」也寫歌舞娛樂的整體場面，但都比較簡略，缺乏特色。且除《新成安樂宮》外，鮑照、何遜作品的主旨都是懷念

友人，歌舞描寫都只是陪襯。南朝也有專門的、從整體上去再現歌舞表演的詩篇，但已經不再去記述宴集中的主人與客人的酬飲，而是集中筆墨去表現宴會中的歌舞。謝朓《夜聽妓》二首即是其例：

> 瓊閨釧響聞，瑤席芳塵滿。要取洛陽人，共命江南管。
> 情多舞態遲，意傾歌弄緩。知君密見親，寸心傳玉腕。
> 上客光四座，佳麗直千金。掛釵報纓絕，墮珥答琴心。
> 蛾眉已共笑，清香復入襟。歡樂夜方靜，翠帳垂沉沉。

第一首寫歌舞伎表演時的情態。前四句說，瓊閨傳來玉釧的聲響，瑤席之上滿是掉落的散發著芳香的脂粉。（原來是）請來的洛陽美人，在一同吹奏江南管樂。後四句言歌舞伎的舞姿、吹奏都飽含著情意，這些情意在舞蹈動作中的停頓、曲調中的舒緩的地方都有很自然地流露。結尾是作者的自我想像，她們彷彿知道我對她們的心意，所以用玉一樣潔白的玉腕傳遞著她們心中的愛意。第二首寫聽者與歌舞伎的情感交流。在座的是能令蓬蓽生輝的尊貴客人，獻藝的則是耗費千金歌伎。歌舞伎們會掛釵在盭纓上去回敬客人對她們的愛意，她們也會故意遺落耳環去報答男子寄寓在琴聲中的情思。（試探已畢）客人與佳人一同會心而笑，清香也飄進了衣襟。在歡樂的氣氛中，夜晚慢慢回覆平靜，翠色帳幕沉沉地垂下。詩人分別從聽覺、視覺和內心的感覺三個方面去再現了歌舞伎的表演及其與客人們的內心交流，其中歌舞伎與客人之間的交流或許是詩人自己一廂情願的想像也許是他們之間真的有愛慕。南朝比較有特色的，著眼整體去表現歌舞娛的作品還有鄧鏗的《奉和夜聽妓聲》：

> 燭華似明月，鬢影勝飛橋。妓兒齊鄭舞，爭妍學楚腰。
> 新歌自作曲，舊瑟不須調。眾中俱不笑，座上莫相撩。

作品不長，只有八句。燭光明亮似明月，歌舞伎髮髻投在面壁上的鬢影高聳似飛架的橋樑。舞伎們動作嫻熟像鄭地的舞伎一般，為讓自己更美競相展示各自柔軟的細腰。新作的歌詞自己作曲，卻也不必調試已有的舊瑟。觀看的人都沒有去笑，彼此也不要去相互撩撥。這

首詩曾遭到聞一多的點名批評，與高爽《詠酌酒人》、劉緩《敬酬劉長史名上悅傾城》一起說它們既反映了上客們的態度，也「代表他們那整個宮廷內外的氛圍」，即「人人眼角裏是淫蕩。」〔註37〕如果拋開先入的成見，公道地講，比之曹植《妾薄命行》中的：「裳解履遺絕纓，俯仰笑喧無呈」來，態度要莊重得多。

以上是《玉臺新詠》選錄的從整體去表現歌舞娛樂作品中較有代表性的篇章，它們通常都包含表演場所、看客與表演者等三個要素。至於那些從局部去展示歌舞表演的作品一般只包含一個或兩個要素。如只著眼歌者，像古詩《四座切莫喧》，借歌伎之口，言精美香爐生出的青煙，從風入人懷抱不能長久之歎。「朱火然其中，青煙揚其間。從風入君懷，四坐莫不歎。香風難久居，空令蕙草殘。」通篇只有歌者的自述。《董嬌嬈》也是從歌者立場敘述的，它是歌者被所唱內容所觸動的故事。歌者訴說一位採桑女對韶華難久，花容易逝，不能得到男子長久憐愛的感傷。最後歌者：「吾欲竟此曲，此曲愁人腸。歸來酌美酒，挾瑟上高堂。」

也有從局部表現歌舞表演的作品，是站在聽者的立場上，著眼聽者與歌者的內在情感互動。枚乘雜詩九首之《西北有高樓》即是一例。它是從聽者的角度忖度把握歌者的內心，同時抒發知音難得的感傷之意。全詩如下：

> 西北有高樓，上與浮雲齊。交疏結綺窗，阿閣三重階。上有絃歌聲，音響一何悲。誰能為此曲，無乃杞梁妻。清商隨風發，中曲正徘徊。一彈再三歎，慷慨有餘哀。不惜歌者苦，但傷知音稀。願為雙鴻鵠，奮翅起高飛。

古人解釋，多附會，如李善、張玉穀等，〔註38〕朱自清的觀點

〔註37〕聞一多《宮體詩自贖》，《唐詩雜論》上海古籍出版社 1998 年版。

〔註38〕李善：「此篇明高才之人，仕宦未達，知人者稀也。西北，乾位，君之居也。」梁・蕭統編，唐・李善注《文選》，上海古籍出版社 1986年版，1345 頁。張玉穀：「此忠言不用，而思遠引之詩。通首用比。首四，以高樓比君門，君門在西北，故曰西北。結窗重階，有讒餡

是：「聞歌心感」。〔註39〕馬茂元也認爲是：「聽曲感心之作。」較近情理。馬茂元還說此詩：「寫出黑暗時代所帶給一切被壓抑者的苦悶與悲哀，以及他們不甘於現實的想法。」〔註40〕這種解釋至少從作品自身，我們看不出有何依據。漢代詩歌表露出的悲傷情緒與往往與所謂的時代黑暗無關，當時的帝王、貴族和士大夫就是在享樂的時候也會流露感傷的情緒。〔註41〕所以，此詩的主要特徵還是聽者與歌者之間的內在的互動交流上。具體而言，集中在聽者對歌者的憐惜與同情上，如朱自清所言：「他所傷心的是聽她的曲而知她的心的人太少了。其實他是在痛惜她，固然痛惜她的冤苦，卻更痛惜她的知音太少。」〔註42〕詩中的聽者就是絃歌者的知音，他憐惜像他一樣，能夠分辨出曲聲裏包孕的杞梁妻般的傷情的人太少。聽者與歌者在此時實現了一種會心的交流，雖然只是單方面的，作爲歌者自己可能並不知道。枚乘雜詩九首之《東城高且長》與《西北有高樓》相似，也是去體現欣賞者與歌者之間情感的交流。它敘述了一位在秋風中，深味時光匆遽的人，想要放蕩一下情志。當他聽到燕趙佳人悲曲之時，「音響一何悲，弦急知柱促。」被深深感染，不禁馳情整帶，徘徊低吟。「馳情整中帶，沉吟聊躑躅。」馬茂元：「抱著及時行樂想法而來的詩人，在顧曲聽歌的場合裏，聽到的不是賞心樂事，而是『躑躅沉吟』，並且對『理曲』的人一往情深，甚至想成爲她『銜泥巢屋』的燕子。」

蔽明意。中八，以悲曲比忠言，孤臣寡婦正是一類，故以杞妻爲喻，敘次委曲。末四，以歌苦知稀，點醒忠言不用，隨以願爲黃鵠高飛，收出不得已而引退之意，總無一實筆。」張玉穀《古詩賞析》，上海古籍出版社 2000 年版，87 頁。

〔註39〕朱自清《古詩十九首釋》，《朱自清全集》（第七卷），江蘇教育出版社 1992 年版，212 頁。

〔註40〕馬茂元《古詩十九首初探》，陝西人民出版社 1981 年版，65 頁。

〔註41〕參看趙敏俐《論兩漢詩人思想變革及其意義》，《東北師大學報》（哲學社會科學版）1992 年第 1 期。

〔註42〕朱自清《古詩十九首釋》，《朱自清全集》（第七卷），江蘇教育出版社 1992 年版，215 頁。

〔註43〕「思為雙飛燕，銜泥巢君屋。」與《西北有高樓》的「願為雙鴻鵠，奮翅起高飛」相似，當屬於歌場套語，可能沒有實指的意思，但馬茂元指出了欣賞者對表演者的內在情感的領會與理解。南齊丘巨源《聽鄰妓》的主旨同《東城高且長》相近，也是詩人心有所感，聽到相鄰的倡館傳來嬌美歌聲的所思所想。與《東城高且長》感傷於時光匆遽不同的是，丘巨源的悲傷是由於自己在仕途上的困頓，也就是所謂的「披袵乏遊術，憑軾寡文才。」

類似的作品還有曹丕的《清河作》及陶淵明的《擬古》。《清河作》是說詩人蕩舟河上，聽到動人的絃歌，心中的感思。「絃歌發中流，悲響有餘音。音聲入君懷，悽愴傷人心。心傷安所念，但願恩情深。」《擬古》是說春日清夜，酣飲達旦，歌中唱到雲間明月，葉中灼灼鮮花，它們都不能長久美好。歌者唱畢歎息，詩人也被深深打動。「佳人美清夜，達曙酣且歌。歌竟長歎息，持此感人多。明明雲間月，灼灼葉中花。豈無一時好，不久當如何。」

就我們所舉例證而言，主要側重歌曲的內容及歌者或聽者的感受的角度去表現音樂。至於歌舞表演本身，特別是舞蹈表演涉及不多。這樣的詩歌不是沒有，只是兩漢魏晉時期較少。陸機《豔歌行》就是一首少有的集中體現歌舞之美的作品。全詩如下：

> 扶桑升朝暉，照此高臺端。高臺多妖麗，洞房出清顏。淑貌曜皎日，惠心清且閒。美目揚玉澤，蛾眉象翠翰。鮮膚一何潤，彩色若可餐。窈窕多容儀，婉媚巧笑言。暮春春服成，粲粲綺與紈。金雀垂藻翹，瓊佩結瑤璠。方駕揚清塵，濯足洛水瀾。藹藹風雲會，佳人一何繁。南崖充羅幕，北渚盈軿軒。清川含藻影，高岸被華丹。馥馥芳袖揮，泠泠纖指彈。悲歌吐清音，雅舞播幽蘭。丹唇含九秋，妍跡凌七盤。赴曲迅驚鴻，蹈節如集鸞。綺態隨顏變，沉姿無定源。俯仰紛阿那，顧步咸可歡。遺芳結飛飆，浮景映清湍。冶容不足詠，春遊良可歎。

〔註43〕馬茂元《古詩十九首初探》，陝西人民出版社 1981 年版，87 頁。

「扶桑升朝暉」至「佳人一何繁」等 20 句，言高臺之上眾佳麗的容貌之姣好與服飾之華麗；「藹藹風雲會」以下是說眾佳麗乘車來到水邊，彈曲、放歌，翩翩起舞。「丹唇含九秋，妍跡凌七盤。」的「九秋」和「七盤」分別是樂曲名和楚舞名。劉運好說此詩：「以淑貌惠心、美目蛾眉、潤膚秀色、容儀巧笑，正面落筆，細緻描摹。」〔註44〕陸機此詩用力主要集中在容貌、衣飾、舞姿等三個方面，藝術手法上比喻用得最多。如以「玉澤」方「美目」，「翠翰」比「蛾眉」，伴曲高歌如驚鴻翔天，踏節而舞似飛鸞攢集。「綺態隨顏變，沉姿無定源。俯仰紛阿那，顧步咸可歡。」則是在凸顯佳麗舞蹈的姿態婀娜。南朝的同類作品，極少再有類似陸機《豔歌行》這樣的篇幅，它們的篇幅通常比較短小，所以他們通常不似陸機在一首詩中作面面俱到的描繪，一般只選取一兩個點做細緻刻畫。如江洪《詠舞女》：

> 腰纖蔑楚媛，體輕非趙姬。映襟闐寶粟，緣肘掛珠絲。
> 發袖已成態，動足復含姿。斜精若不眄，當轉復遲疑。何
> 慚雲鶴起，詎減鳳鸞時。

此詩最成功之處便是他對舞姿的描繪。已經列述的舞蹈描寫，像曹植《妾薄命行》：「袖隨禮容極情」，「妙舞仙仙體輕」。傅玄《歷九秋篇·董逃行》：「齊謳楚舞紛紛」都屬於比較泛泛的敘述，即便是陸機的《豔歌行》：「赴曲迅驚鴻，蹈節如集鸞。綺態隨顏變，沉姿無定源。俯仰紛阿那，顧步咸可歡。」刻畫已足夠細密，但仍舊是一種印象式的概括性描寫，我們並不能從陸機的描述中獲取比較一個具體的畫面，只能知道一個大略。江洪此詩不同，「發袖已成態」是上肢動作，「動足復含姿」是腿與足的姿態，上下兩句共同刻畫了舞者上下的連貫動作；「斜精若不眄，當轉復遲疑」，是詩人敏銳地捕捉到舞女舉手投足之間，雙目斜而不視，轉動與遲疑交錯的瞬間，加上填滿寶粟鈿的衣襟，緣臂肘掛的珠絲，隨袖、足而動，共同為我們奉獻了一

〔註44〕晉·陸機著，劉運好校注整理《陸士衡文集校注》，南京：鳳凰出版社 2007 年版，554 頁。

個鮮活的動態舞蹈畫面。

其他刻畫歌舞伎舞姿的作品中，也不乏出色的範例，像何遜《詠舞妓》：「逐唱回纖手，聽曲動蛾眉。凝情盼墮珥，微睇託含辭。」蕭衍《詠舞》：「腕弱復低舉，身輕由回縱。」蕭綱《詠舞》：「入行看履進，轉面望鬟空。腕動苕華玉，袖隨如意風。」徐孝穆《奉和詠舞》：「低鬟向綺席，舉袖拂花黃。燭送窗邊影，衫傳鈴裏香。」他們都能抓住舞伎表演的瞬間，刻畫細緻精巧。之所以能達到如此境地，除了南朝詩人經常磨練寫詩技巧外，沒有經常的欣賞歌舞的機會，是不可能做到的。

南朝寫歌女演唱較有特點的當推江洪的《詠歌姬》：

> 寶鑷間珠花，分明靚妝點。薄鬢約微黃，輕紅澹鉛臉。發言芳已馳，復加蘭蕙染。浮聲易傷歎，沉唱安而險。孤轉忽徘徊，雙蛾乍舒斂。不持全示人，半用輕紗掩。

作品共有 12 句，寫了三點內容。前四句交代歌姬的裝束。珠寶製的簪釵末端綴有珍珠質的花兒，裝扮豔麗看上去點點分明。薄薄的鬢角額頭上塗有淡淡的約黃，臉頰上施有淡紅的鉛華。中間六句寫歌姬歌唱的情態。先說歌姬開口便送來芳氣，加上她身上蘭蕙芳香。（更令人沉醉）接下來四句描寫歌姬演唱時的情態格外傳神。歌姬用輕柔的音聲傳達傷歎之意，低沉的聲音平穩悠長但稍感險意。高揚的歌聲突然徘徊反覆，歌姬的蛾眉也隨之驟然舒展、收斂。最後兩句寫歌姬演唱時的形體姿態，她用輕紗遮蔽著自己的臉，讓人不能見到她臉的全部。白居易《琵琶行》：「千呼萬喚始出來，猶抱琵琶半遮面。」很可能就是借鑒了江洪的手法。我們無法知道聆聽到這位歌姬的美妙歌聲，但江洪的記述似乎能讓我們約略想像到她演唱時的樣子。《玉臺新詠》還收錄有幾首以樂器為題的作品，它們共同的特徵是著意表現演奏者的情隨樂動的姿態的刻畫。王融《詠琵琶》：「絲中傳意緒，花裏寄春情。掩抑有奇態，淒鏘多好聲。」沈約《詠篪》：「殷勤寄玉指，含情舉復垂。」蕭衍《詠笛》：「柯亭有奇竹，含情復抑揚。妙聲發玉

指，龍音響鳳皇。」

《玉臺新詠》選錄的表現南朝歌舞的作品還有蕭紀的《同蕭長史看妓》、王僧孺的《在王晉安酒席數韻》、《爲人有贈》，王融的《詠琵琶》、沈約的《詠箎》、蕭衍的《詠笛》、蕭綱的《賦得樂器得箜篌》等等，這都在向我們證明南朝歌舞的發達及其對《玉臺新詠》的影響。

南朝士人在聽曲賞歌過程中流露出歌舞伎們的關懷。如卷六王僧孺《爲徐僕射妓作》：「日晚應歸去，上客強盤桓。稍知玉釵重，漸覺羅襦寒。」詩人作爲看客，見天色已晚，有的客人卻遲遲不走，強要歌舞伎們繼續輕歌曼舞，讓他們享樂，絲毫不肯體諒歌舞伎已經甚感勞累和寒涼的情狀。言辭之中透著對只知一味享樂的所謂的「上客」們的不滿及對歌舞伎的憐惜之意。再如卷五沈約《登高望春》，此詩也寫到一位歌舞事人的女子的惆悵，「淹留宿下蔡，置酒過上蘭。解眉還復斂，方知巧笑難。佳期空靡靡，含睇未成歡。嘉客不可見，因君寄長歎。」細心的詩人捕捉住了這位歌舞伎雙眉舒、斂的轉換瞬間，向我們展示了其強作歡笑背後，胸中飽含希望，最終失望的複雜的內心世界。此詩有一種可能，是她尋找意中人未得的失落與惆悵。也可能僅是沈約自己的想像，她不過是在表演一個故事，眉目的舒、斂是故事中人情感變化的表現。沈約此種情態並非心血來潮，而是他的一貫做派。史載：「（沈約）嘗侍宴，有妓師是齊文惠宮人。帝問識座中客不？曰：『惟識沈家令。』約伏座流涕，帝亦悲焉，爲之罷酒。」〔註45〕文中「帝」當是指梁武帝，文惠太子蕭長懋是齊武帝蕭賾長子，薨於齊永明十一年（493），侍宴應在蕭梁天監元年至十二年間（502～512），二者相隔最少十年，沈約曾經做過蕭長懋的太子家令，從「伏座流涕」足見其是一位性情中人，在座的梁武帝也是，他們共同爲一個韶華不再的歌伎罷酒也實屬難

〔註45〕唐・姚思廉《梁書・沈約傳》，中華書局1973年版，242頁。唐・李延壽《南史・沈約傳》，中華書局1975年版，1413頁同。

得，看來歌舞伎在他們眼中並不全是一群玩物。王朝嬗代，同僚凋零的歷史變遷之傷，行將老去之痛也是他們感傷的原因之一，甚至是主要原因。

第三節　南朝士人的生活方式與享樂思想

南朝歌舞的發達的原因除了之前所舉的相對安定的政治局勢、出色的歌舞藝人、文人士大夫的音樂修養外，還需要具備一定的物質條件。賀琛在給蕭衍奏疏中說：「歌謠之具，必俟千金之資。」〔註 46〕千金之資的取得，在中國封建時代主要地不是依賴自己生產，而是仰仗政治權力去搜刮。蕭梁時代是南朝表明上最為長久的穩定時期，文人在當時擁有政治上空前的優越地位，這為他們聚斂錢財用以享樂創造了有利條件。

蕭梁時代，尤其是前期，在延納人才方面，其延攬的面比前代要廣很多，除保有那些衣冠士族的門第而外，寒門庶族乃至沒落的舊士族，都在他的招納範圍之內。天監四年（505），蕭衍「置《五經》博士各一人，廣開館宇，招內後進。」於是「平原明山賓、吳興沈峻、建平嚴植之、會稽賀蒨補博士，各主一館。館有數百生，給其餼廩。其射策通明者，即除為吏。十數月間，懷經負笈者雲會京師。」〔註 47〕同年，針對以往受職限年齡的成例，他下詔：「九流常選，年未三十，不通一經，不得解褐。若有才同甘、顏，勿限年次。」〔註 48〕門第是不在限制之列的，天監八年，下詔：「學以從政，殷勤往哲，祿在其中，抑亦前事。朕思闡治綱，每敦儒術，軺軒闢館，造次以之。故負帙成風，甲科間出，方當置諸周行，飾以青紫。其有能通一經，始末無倦者，策實之後，選可量加敘錄。雖復牛監羊肆，寒品後門，並隨才試吏，勿有遺隔。」〔註 49〕梁武帝給那些

〔註 46〕唐・姚思廉《梁書・賀琛傳》中華書局 1973 年版，544 頁。
〔註 47〕唐・姚思廉《梁書・儒林》662 頁，中華書局 1973 年版。
〔註 48〕唐・姚思廉《梁書・武帝本紀中》41 頁，中華書局 1973 年版。
〔註 49〕唐・姚思廉《梁書・武帝本紀中》49 頁，中華書局 1973 年版。

出身寒門的人提供了就學和入仕的機會。他曾說：「官以人而清，豈限甲族。」〔註50〕

　　梁武帝以上舉措，就是魏徵等所說的：「梁用人殊重，簡以才能，不限資地」。「舊國子學生，限以貴賤，帝欲招來後進，五館生皆引寒門俊才，不限人數。」〔註51〕沒落的士族，天監五年下詔：「凡諸郡國舊族，邦內無在朝位者，選官搜括，使郡有一人。」〔註52〕蕭梁時代的文人姚察就表示過羨慕之意：「群士值文明之運，摛豔藻之辭，無鬱抑之虞，不遭向時之患，美矣。」〔註53〕蕭衍在位時候，江南基本上實現了封建文人夢寐以求的所謂「選賢以能」的理想，蕭梁時代留存到現在詩歌裏，我們看不到左思《詠詩》中「以彼徑寸莖，蔭此百尺條」式的感士不遇之歎。〔註54〕《南史》傳論評價蕭衍：「製造禮樂，敦崇儒雅，自江左以來，年逾二百，文物之盛，獨美於茲。」〔註55〕

　　士大夫們一旦擁有官位，搜刮便成爲其中不少人的重要任務。很受昭明太子禮遇的文士王筠就是一個貪婪人。(中大通)三年（531年），蕭統去世，蕭衍命王筠作哀策文，得到蕭衍的嗟賞。不久便任命王筠作臨海太守，「在郡侵刻」，卸任時僅草鞋就有裝了兩船之多。被有司參奏，好多年不被任用。史稱：「家累千金，性儉嗇，外服粗弊，所乘牛嘗飼以青草。」〔註56〕還有謝莊的兒子謝朏，是一位文名與貪名兼備之士。他十歲便能寫文章，宋孝武帝劉駿遊姑孰，特

〔註50〕唐・姚思廉《梁書・庾於陵傳》689頁，中華書局1973年版。

〔註51〕唐・魏徵等撰《隋書・百官志上》，723頁，724頁，

〔註52〕唐・姚思廉《梁書・武帝本紀中》43頁，中華書局1973年版。

〔註53〕唐・姚思廉《梁書・文學傳》中華書局1973年版，728頁。

〔註54〕給《世說新語》做注的劉孝標是個例外，他因爲「錦被」事件而爲梁武帝所惡，由此「不復引見」。爲此，他寫過一篇《辯命論》抒發自己的不遇之歎。「錦被事件」見唐・李延壽《南史・劉峻傳》1219頁，中華書局1975年版。

〔註55〕唐・李延壽《南史・梁本紀中》225～226頁，中華書局1975年版。

〔註56〕唐・李延壽《南史・王曇首傳附王筠傳》中華書局1975年版，610頁。

命謝莊帶謝朏從駕。「詔爲《洞井贊》，於坐奏之。」被劉駿稱作「奇童」。齊永明中（483～493），做了義興太守，在郡他也不理政務，專事聚斂，遭人譏諷，他不屑理會。建武（494～498）初年，他又做吳興太守，貸給百姓雞蛋，然後讓百姓上交活雞，結果收雞數千。〔註57〕蕭梁時期的江祿，「幼篤學有文章」，當武寧郡守，「頗有資產」，他把錢壘成牆壁，後來牆壁倒塌，銅錢轟鳴，有人調侃道：「銅山西傾，洛鐘東應」。湘東王蕭繹對此十分不滿，他原來的字「彥遐」改爲「榮財」藉以表達對江祿的痛恨。〔註58〕

　　有這樣的情形不足怪，因爲好多人之所以求外方做地方官，本身就是因貧困拮据，爲斂財而來。東晉范寧就說：「頃者選舉，惟以恤貧爲先，雖制有六年，而富足便退。」〔註59〕羅企生「多才藝。初拜佐著作郎，以家貧親老，求補臨汝令」。〔註60〕劉宋的王僧達「少好學，善屬文」，「訴家貧，求郡，太祖欲以爲秦郡」。〔註61〕還有人在圈夠錢以後，主動讓出太守之位，以便及時能讓後來者接著搜刮。劉宋的王秀之，作晉平太守，過了　年，就跟人說：「此邦豐壤，祿俸常充。吾山資已足，豈可久留以妨賢路。」於是「上表請代」。〔註62〕因而那些物產豐饒的地方，就成爲大家趨之若鶩的熱土，史載：「梁、益二州土境豐富，前後刺史，莫不營聚蓄，多者致萬金。所攜賓寮，並京邑貧士，出爲郡縣，皆以苟得自資。」〔註63〕廣州地區，史稱：「南土沃實，在任者常致巨富，世云『廣州刺史但經城門一過，便得三千萬』也。」〔註64〕

〔註57〕唐・李延壽《南史・謝弘微傳附謝朏傳》中華書局 1975 年版，559～560 頁。

〔註58〕唐・李延壽《南史・江夷傳附江祿》，中華書局 1975 年版，944～945 頁。

〔註59〕唐・房玄齡等《晉書・范汪傳附范寧傳》，1974 年版，1986 頁。

〔註60〕唐・房玄齡等《晉書・忠義羅企生傳》，1974 年版，2322 頁。

〔註61〕梁・沈約《宋書・王僧達傳》，1974 年版，1951 頁。

〔註62〕梁・蕭子顯《南齊書・王秀之傳》，1972 年版，799 頁。

〔註63〕梁・沈約《宋書・劉秀之傳》，中華書局 1974 年版，2074 頁。

〔註64〕梁・蕭子顯《南齊書・王琨傳》，1972 年版，578 頁。

　　爲官者聚斂，不能完全歸罪地方官，南朝那些秉性貪婪的皇帝也是一幫嗜血鬼，他們助長了征斂的風氣。《魏書》就說蕭衍：「所部刺史郡守初至官者，皆責其上禮獻物，多者便云稱職，所貢微少，言爲弱惰。故其牧守，在官皆競事聚斂，劫剝細民，以自封殖，多妓妾、梁肉、金綺。百姓怨苦，咸不聊生。」〔註65〕宋孝武帝劉駿：「末年貪欲，刺史二千石罷任還都，必限使獻奉，又以蒱戲取之，要令罄盡乃止。」垣閬出爲益州刺史，還都之時，帶回的財貨有數千金之多，他將其中一半獻給明帝劉彧，劉彧嫌少。下詔把垣閬留在監獄，垣閬獻出了所有財物才被放歸。〔註66〕蕭齊崔景慧「在州蓄聚，多獲珍貨」，「每罷州，輒傾資獻奉，動數百萬，世祖（武帝蕭賾）以此嘉之。」〔註67〕蕭惠休「永明四年（486）爲廣州刺史，罷任，獻奉傾資。」〔註68〕劉悛：「罷廣、司二州，傾資貢獻，家無留儲。」〔註69〕賀琛在蕭衍晚年上疏痛斥：「爲吏牧民者，競爲剝削，雖致貲巨億，罷歸之日，不支數年，便已消散。」「所費事等丘山，爲歡止在俄頃。乃更追恨向所取之少，今所費之多。」不過，蕭琛自己的家產也很豐厚，曾因爲「買主第爲宅」，爲有司所奏，一度丟掉官職。〔註70〕

　　聚斂資財之後，自然是多半用於揮霍享樂，其中重要的便是蓄養歌舞伎，逐求聲色之娛。劉宋文帝時徐湛之：「貴戚豪家，產業甚厚。室宇園池，貴遊莫及。伎樂之妙，冠絕一時。」〔註71〕孝武帝劉駿時權臣顏師伯：「多納貨賄，家產豐積，伎妾聲樂，盡天下之選，園池第宅，冠絕當時，驕奢淫恣，爲衣冠所嫉。」〔註72〕劉宋沈勃「好爲文章，善彈琴，能圍棋」，但「輕薄逐利」。明帝劉彧太始年

〔註65〕北齊・魏收《魏書・島夷蕭衍傳》，中華書局1974年版，2187頁。
〔註66〕唐・李延壽《南史・垣護之傳附垣閬傳》，1975年版，688頁。
〔註67〕梁・蕭子顯《南齊書・崔景慧傳》，1972年版，873頁。
〔註68〕梁・蕭子顯《南齊書・蕭惠基傳附蕭惠休傳》，1972年版，811頁。
〔註69〕梁・蕭子顯《南齊書・劉悛傳》，1972年版，653頁。
〔註70〕唐・姚思廉《梁書・賀琛傳》中華書局1973年版，544頁，543頁。
〔註71〕梁・沈約《宋書・徐湛之傳》，中華書局1974年版，1884頁。
〔註72〕梁・沈約《宋書・顏師伯傳》，中華書局1974年版，1995頁。

間（465～471）北伐，因在鄉里募人是收受賄賂，惹怒劉彧，下詔責備他：「奢淫過度，妓女數十，聲酣放縱，無復劑限。」〔註73〕當時的權臣阮佃夫「大通貨賄，凡事非重賂不行。人有餉絹二百匹，嫌少，不答書。」他的宅舍園池「諸王邸第莫及」。更爲引人矚目的是他還有「妓女數十，藝貌冠絕當時，金玉錦繡之飾，宮掖不逮也。」並且「於宅內開瀆，東出十許里，塘岸整潔，泛輕舟，奏女樂。」〔註74〕劉宋名將沈慶之「居清明門外，有宅四所，室宇甚麗。」「廣開田園之業，每指地示人曰：『錢盡在此中。』身享大國，家素富厚，產業累萬金，奴僮千計。」他還有「妓妾數十人，並美容工藝。」〔註75〕劉宋後廢帝劉昱元徽（473～477）中杜幼文：「所蒞貪橫，家累千金，女伎數十人，絲竹晝夜不絕」。〔註76〕蕭齊時張瓌「居室豪富，伎妾盈房，有子十餘人，常云『其中要應有好者』。」建武（494～498）末年，回到故鄉吳郡，優游自樂。有人譏諷他暮年畜伎，「我少好音律，老而方解。平生嗜欲，無復一存，唯未能遣此處耳。」〔註77〕蕭梁名將羊侃，初到衡州時，在兩艘船上「起三間通梁水齋，飾以珠玉，加之錦繢，盛設帷屏，陳列女樂，乘潮解纜，臨波置酒，緣塘傍水，觀者填咽。」〔註78〕

　　偶而有個別人不事聚斂，但依然堅持畜伎賞藝，就是相對寒酸一些。蕭梁時夏侯亶：「歷爲六郡三州，不修產業，祿賜所得，隨散親故。性儉率，居處服用，充足而已，不事華侈。」晚年頗好音樂，也養了數十名妓妾，她們姿容平平，夏侯亶也不給衣服，「每有客，常隔簾奏之，時謂簾爲夏侯妓衣也。」〔註79〕他的弟弟夏侯夔「性奢豪，

〔註73〕梁・沈約《宋書・沈淹之傳附沈勃傳》，中華書局 1974 年版，1686～1687 頁。
〔註74〕梁・沈約《宋書・恩倖・阮佃夫傳》，中華書局 1974 年版，2314 頁。
〔註75〕梁・沈約《宋書・沈慶之傳》，中華書局 1974 年版，2003 頁。
〔註76〕梁・沈約《宋書・杜驥傳附杜幼文》，中華書局 1974 年版，1722 頁。
〔註77〕梁・蕭子顯《南齊書・張瓌傳》中華書局 1972 年版，454～455 頁。
〔註78〕唐・姚思廉《梁書・羊侃傳》，中華書局 1973 年版，561 頁。
〔註79〕唐・姚思廉《梁書・夏侯亶傳》，中華書局 1973 年版，420 頁。

後房伎妾曳羅縠飾金翠者亦有百數。」〔註80〕更有貪財的慳吝之徒，畜伎但不捨得花錢。蕭齊時的曹虎「晚節好貨賄」，在雍州得現錢五千萬，卻只給蓄養的伎女日復一日吃單調的醬菜。東昏侯蕭寶卷垂涎他的錢財，加之他是先帝舊將，便殺掉了他。〔註81〕

　　優越的地位、豐厚的家產，充滿歌舞聲色的生活，很容易滋生享樂思想。南朝著名詩人江淹曾說：「人生當適性爲樂，安能精意苦力，求身後之名哉？」「常願幽居築宇，絕棄人事，苑以丹林，池以綠水，左倚郊甸，右帶瀛澤。青春爱謝，則接武平臯；素秋澄景，則獨酌虛室，侍姬三四，趙女數人。不則逍遙經紀，彈琴詠詩，朝露幾閒，忽忘老之將至云爾。」〔註82〕蕭梁時代的蕭恭曾作過湘州刺史，他「善解吏事，所在見稱」。但「性尙華侈，廣營第宅，重齋步閣，模寫宮殿。尤好賓友，酣宴終辰，坐客滿筵，言談不倦。」他曾對蕭繹說：「下官歷觀時人，多有不好歡興，乃仰眠床上，看屋樑而著書，千秋萬歲，誰傳此者。勞神苦思，竟不成名。豈如臨清風，對朗月，登山泛水，肆意酣歌也。」〔註83〕貪殘的魚弘感慨道：「丈夫生如輕塵棲弱草，白駒之過隙。人生但歡樂，富貴在何時。」「於是恣意酣賞。侍妾百餘人，不勝金翠，服玩車馬，皆窮一時之驚絕。」〔註84〕

　　綜上可知，《玉臺新詠》是否爲一部歌辭集可能還會繼續爭議下去，但它同音樂有著極爲密切關係卻是顯而易見的事實。《玉臺新詠》的這種濃厚的音樂色彩同南朝發達的歌舞娛樂活動息息相關，而歌舞娛樂活動的發達離不開當時南朝相對穩定的政治、經濟環境，文人的優越地位及其在此基礎上催生的享樂思想。

〔註80〕唐・姚思廉《梁書・夏侯亶傳附夏侯夔傳》，中華書局 1973 年版，422 頁。

〔註81〕梁・蕭子顯《南齊書・曹虎傳》中華書局 1972 年版，564 頁。

〔註82〕江淹《自序》，明・胡之驥《江文通集匯注》，中華書局 1984 年版。

〔註83〕唐・姚思廉《梁書・蕭恭傳》，中華書局 1973 年版，349 頁。

〔註84〕唐・李延壽《南史・魚弘傳》，中華書局 1975 年版，1362 頁。

第三章　《玉臺新詠》與南朝詩文活動

　　南朝歌舞娛樂是催生《玉臺新詠》的一個重要條件，但此書主要還是用來閱讀，徐陵在《序》中說後宮佳麗：「無怡神於暇景，惟屬意於新詩，庶得代彼皐蘇，蠲慈愁疾。」所以，在簡單考察《玉臺新詠》同南朝歌舞的關係後，有必要探究它同當時詩歌創作活動之間的關聯。南朝特別是齊梁時代是中國詩歌發展的一個重要時期，王運熙說：「當時人們在宴會、離別、登臨、行旅、聘問、諷喻政治、詠古抒懷，甚至臨刑等場合都要作詩，詩歌已經成為表現各種不同環境中各式各樣思想感情的普遍形式。」〔註1〕范文瀾曾言：古體五言詩在南朝特別是梁朝「成為大高原。」之所以是大高原是因為作五言詩的群體大，「不像建安太康時期限於一部分文士作詩。」〔註2〕普通六年（525）蕭衍遣元略北還，親帥百官江上送行，作五言詩相贈者有一百餘人。〔註3〕這種盛況在後世都是少見的，從中不難領略蕭梁時代

〔註1〕 王運熙《魏晉南北朝詩話・序》，蕭華榮《魏晉南北朝詩話》，齊魯書社 1986 年版，1 頁。
〔註2〕 范文瀾《中國通史簡編》（修訂本）第二編，人民出版社 1964 年版，410 頁。
〔註3〕 北魏・楊衒之撰，周振甫釋譯《洛陽伽藍記校釋今譯》，學苑出版社 2001 年版，136 頁。

詩風之盛。《玉臺新詠》的大量作品，僅從詩題判斷就可以知道它們是當時詩文會的產物。劉遵的《繁華應令》。《玉臺新詠》的生成與當時詩文活動究竟是怎樣的一種關係，迄今為止，尚未有人做過系統論證，絕大數研究者只看到了《玉臺新詠》與豔體詩風的關係，沒有進一步去探究《玉臺新詠》的誕生與當時的詩文活動之間的關聯。

第一節　《玉臺新詠》中的詩文創作活動

　　《玉臺新詠》所錄作品是有多重特徵的，有的是徒詩又是歌詩，江淹《雜體詩》、鮑令暉《題書後寄行人》（雜曲歌辭）均《和蕭洗馬子顯古意》六首之一（相和歌辭・相和曲），孔翁歸、何思澄的《奉和湘東王教班婕妤》（相和歌辭・楚調曲）即是其例。實際上，文人有時還直接把樂府曲名作為詩文會的寫作內容，卷四王融的《巫山高》，被收入《樂府詩集・鼓吹曲辭》，但它原是一次文人雅集時所作組詩中的一首。總名是《同沈右率諸公賦鼓吹曲名先成為次》，共五首，王融所作其中的第四首。其他四首為沈右率（約）《芳樹》，范通直（雲）《當對酒》，謝朓《臨高臺》（時為隨王文學），劉中書（繪）《有所思》。卷八劉孝綽的《夜聽妓賦得烏夜啼》收入《清商曲辭・西曲歌》，但詩題已經很分明地告訴我們這也是一首文人雅集時的創作。還有的作品詩題本身看不出是唱和之作，但實際卻是。柳惲的《詠席》、王融的《詠幔》、《詠琵琶》、沈約的《詠篪》就是此類情形。柳惲的《詠席》、王融的《詠幔》連同未收入《玉臺新詠》的庾炎的《詠簾》、謝朓的《詠席》共四首，題為《同詠座上所見一物》。王融《詠琵琶》、沈約的《詠篪》連同謝朓的《詠琴》（《玉臺新詠》未收）題為《同詠樂器》。

　　徐陵選錄作品很看重那些帶有明顯詩文活動色彩的篇章，這從他選擇詩歌的時候從不迴避同題目同主題的作品就可以知道。比較明顯的是那些擬古詩，這些作品不少都被收入《樂府詩集》。像班婕妤的《怨詩》，有江淹《班婕妤》、孔翁歸《奉和湘東王教班婕妤》、

何思澄《奉和湘東王教班婕妤》、徐悱妻劉氏《和婕妤怨》等四首擬
作；古樂府詩六首之《相逢狹路間》，也有荀昶《擬相逢狹路間》、
沈約《擬三婦》、張率《相逢行》、梁武帝《擬長安有狹斜十韻》等
四人的傚仿；枚乘《青青河畔草》，更有傅玄《青青河邊草篇》、陸
機《擬青青河畔草》、荀昶《擬青青河畔草》，劉爍《代青青河畔草》、
鮑令暉《擬青青河畔草》、沈約《擬青青河畔草》、何遜《學青青河
畔草》、梁武帝《擬青青河畔草》等八首同題之作，由於傅玄的《青
青河邊草篇》《樂府詩集》卷三十八作《飲馬長城窟行》，所以如果
再加上蔡邕和陳琳的《飲馬長城窟行》則有 10 首之多。除枚乘、陸
機、劉爍、鮑令暉未被收入《樂府詩集》外，其他 7 首收在《相和
歌辭‧瑟調曲》下。張衡的《四愁詩》，傅玄與張載的擬作，連同張
衡原作共 12 首也都盡數收錄。

　　《玉臺新詠》中的擬古詩特別是同題的，徐陵更看重那些緊扣原
題的擬作。陸機的擬古詩《文選》選錄了十二首，《玉臺新詠》選錄
了其中的七首，吳兆宜說這些擬作「句仿字傚，如臨帖然。」〔註4〕
而他的《擬明月何皎皎》，《玉臺新詠》未收，但選入了劉爍的《代明
月何皎皎》。之所以如此，恐怕是劉爍詩與古詩《明月何皎皎》一樣
均是寫游子思歸，同原詩保持了相當的一致。相比之下陸機之作雖也
是游子思鄉，但在「離思難常守」之前有「遊宦會無成」這樣的自傷
之辭，劉運好認為此句：「非止擬古人，實乃自歎」。〔註5〕恐怕正是
因為陸機在創作之際融入了些許自我情感，從而為徐陵摒棄。此外，
徐陵在編選過程中也比較注重作品本身是否忠實史事或本事。例如
《玉臺新詠》選了孔翁歸《奉和湘東王教班婕妤》，何思澄《奉和湘
東王教班婕妤》，這兩首詩都是唱和蕭繹同題《班婕妤》，依理蕭繹也
應該有一首同題之作，但徐陵未加採錄。不過蕭繹這篇作品保留下來

〔註 4〕陳‧徐陵編，清‧吳兆宜注，程琰刪補，穆克宏點校《玉臺新詠箋
　　　　注》中華書局 1985 年版，95 頁。
〔註 5〕陸機著，劉運好校注整理《陸士衡文集校注》鳳凰出版社 2007 年版，
　　　　547 頁。

了。班婕妤因趙飛燕受寵而到長信宮侍奉太后，蕭繹詩結尾有：「以兹自傷苦。終無長信悲」與史實不合，這當是徐陵選擇孔翁歸和何思澄的奉教詩卻不選蕭繹作品的原因。再如，《玉臺新詠》有寫秋胡戲妻的傅玄《和班氏詩》和顏延之的《秋胡詩》，據史載，蕭齊的丘巨源也寫有一首《秋胡詩》但因爲「有譏刺語，以事見殺。」〔註6〕這首詩《玉臺新詠》未收。

可見徐陵在選編《玉臺新詠》時不看重選錄的作品是否寄寓了作者的主觀情感，而看重同題詩之間是否保持一致，這恰恰是當時詩文賞會創作的一個重要特徵之一。《玉臺新詠》的那些帶有詩文會創作性質的作品，從內容上去考查主要有兩種情形，一種是不同的詩人吟詠共同的內容，唱和詩與酬答詩多數此類；一種只是限定大致的範圍，由詩人自由選擇，如詠物詩、第二節提到的分韻各自詠詩，這種即席創作通常都有時間的限制，如之前提及的卷八劉孝綽的《賦得照棋燭刻五分成》。下面我們分別加以考查。蕭子顯寫了《春別》四首，蕭綱和了四首，然後又讓蕭繹也寫了四首，所以蕭繹詩題作《春別應令》。十二首詩《玉臺新詠》全部選錄，我們可以此爲例去認識蕭梁時期詩文活動的實況。全詩如下：

蕭子顯《春別》四首：

　　翻鶯度燕雙比翼，楊柳千條共一色。但看陌上攜手歸，誰能對此空中憶。(一)

　　幽宮積草自芳菲，黃鳥芳樹情相依。爭風競日常聞響，重花疊葉不通飛。當知此時動妾思，慚使羅袂拂君衣。(二)

　　江東大道日華春，垂楊掛柳掃輕塵。淇水昨送淚沾巾，紅妝宿昔已應新。(三)

　　銜悲攬涕別心知，桃花李色任風吹。本知人心不似樹，可意人別似花離。(四)

蕭綱《和蕭侍中子顯春別》四首（七言）：

〔註6〕梁·蕭子顯《南齊書·丘巨源傳》中華書局1972年版，896頁。

別觀葡萄帶實垂，江南豆蔻生連枝。無情無意猶如此，有心有恨徒別離。（一）

蜘蛛作絲滿帳中，芳草結葉當行路。紅臉脈脈一生啼，黃鳥飛飛有時度。故人雖故昔經新，新人雖新復應故。（二）〔註7〕

可憐淮水去來潮，春堤楊柳覆河橋。淚跡未燥詎終朝，行聞玉佩已相要。（三）

桃紅李白若朝妝，羞持憔悴比新楊。不惜暫住君前死，愁無西國更生香。（四）

湘東王蕭繹《春別應令》四首（七言）：

昆明夜月光如練，上林朝花色如霰。花朝月夜動春心，誰忍相思不相見。（一）

試看機上交龍錦，還瞻庭裏合歡枝。映日通風影朱幔，飄花拂葉度金池。不聞離人當重合，惟悲合罷會成離。（二）

門前楊柳亂如絲，直置佳人不自持。適言新作裂紈詩，誰悟今成織素辭。（三）

日暮徒倚渭橋西，正見涼月與雲齊。若使月光無近遠，應照離人今夜啼。（四）

三人的十二首詩，主題一致，結構相同，都是先言景後寫情，且彼此字句數目相同，除第二首六句外，其他三首都是四句。蕭子顯詩，第一首寫春日思婦。黃鶯燕子盡皆比翼齊飛，楊柳千條也已蔥綠，主人公看著陌上攜手歸來的情侶，無法忍受內心的相思之情；唐代王昌齡的《閨怨》：「閨中少婦不知愁，春日凝妝上翠樓。忽見陌頭楊柳色，悔教夫婿覓封侯。」很明顯能看到蕭子顯此詩的影響。王昌齡詩有曲折，從不知愁，到凝妝樓上看到楊柳色之後才想起自己的獨處閨房，把一個閨中少婦的心理變化淋漓盡致地展現出來。

〔註7〕 案：第二首。《古樂苑》卷三十八作陳江總《閨怨》二首之二（1395～412 頁）。

第二首講宮中女之思。深宮中濃密的綠草徒自芳菲，黃鳥與芳樹彷彿彼此有情般相互依偎。終日常常聽到風吹的聲響，重重疊疊的花葉連飛鳥都找不到縫隙。「你」當知此時「我」已思心湧動，想起用衣袖輕拂你的衣裳；第三首寫女子送別後的感傷與不安。春日江東大道楊柳垂條揮掃著浮塵，昨日淇水上剛剛灑淚送走情郎，一夜之間他的身邊定然已有身著紅妝的新人相伴；女主人別後對容顏難久的感歎。女子含淚與知心人分別後，深感自己就像任風吹掃的桃花李朵。原本就知道人心與樹不同，哪裏會想到分別就像從樹上飄落的花兒沒有還期。蕭綱的四首和詩，在準確把握蕭子顯每一首原詩題旨前提下，有所變化。第一首取蕭子顯原詩見景生情的模式，但不像原詩把春日的景色的作爲起興，生情之景落在了陌上攜手的情侶上，而用結實的葡萄和連枝生的豆蔻這些原本無情無意之物，去映襯有心有恨卻不得不分離的情侶；第二首蕭綱把蕭子顯原詩中深宮中幽怨懷思的女子，理解爲一位被冷落遺棄的婦人。珠絲滿布帳中，芳草的葉子結纏一起阻住了行路。伴隨她終日涕泣的只有不時飛過的黃鳥。她雖被棄但有過新人的經歷，現時的新人早晚也會成爲被棄的對象；第三首頭兩句與蕭子顯詩相似都是用楊柳意象點明送別，後兩句謂流淌終日的淚跡還沒乾，便聽聞已有女子贈佩相邀了；第四首蕭綱秉承蕭子顯詩原意，但情感更爲強烈。蕭綱把蕭子顯詩中未明言的詩意：自己如同任風吹打的桃李之花，難以久長，用直接敘述的方式點明。紅色的桃花，白色的李華就像美人的朝狀，容顏憔悴的女主人卻羞於將自己同新楊比對。結尾蕭子顯只說別如花落歸期難再，蕭綱則以不惜君前死去，以表達對男子的不捨。再來看蕭繹所作，第一首言昆明湖的月色、上林苑的朝花，觸動了思婦的春心，使她無法按捺住內心的思念之情；第二首謂請看那織機上互相纏繞的蛟龍的織錦，再端詳庭中合歡樹的枝葉。陽光照著風中的朱幔，飄落的花兒拂著樹枝滑過金色的水池。不見重逢的離人，只悲歎剛剛相逢便要分離；第三首風中的楊柳如吹亂的頭髮，讓佳

人無法抑制內心的情感。剛剛寫了有合歡之意的新詩，誰能想到如今卻成棄婦的悲歌；第四首的主題與蕭子顯、蕭綱同，不過蕭繹沒有像蕭綱那樣繼續用桃李意象映襯別離，而是採用了月亮意象去襯托離別之思。

　　總體上，蕭綱很忠實蕭子顯原詩，但也不是亦步亦趨，唱和中有蕭綱自己的理解與生發。蕭繹也很用心地揣摩過蕭綱的和作以及蕭子顯的原作，因而他做的也是一組很嚴謹的唱和詩。借助這一組和詩既能領略蕭梁人和詩的一些特色，同時也能見出徐陵心目中的「當今巧製」的某些特徵：忠實原作，不礙變通。理解這一點，不妨再來看一組他選錄的唱和之作。皇太子聖製《烏棲曲》四首：

　　　　芙蓉作船絲作筰，北斗橫天月將落。採蓮渡頭礙黃河，
　　郎今欲渡畏風波。

　　　　浮雲似帳月成鉤，那能夜夜南陌頭。宜城醞酒今行熟，
　　停鞍繫馬暫棲宿。

　　　　青牛丹轂七香車，可憐今夜宿倡家。倡家高樹烏欲棲，
　　羅帷翠帳向君低。

　　　　織成屏風銀屈膝，朱唇玉面燈前出。相看氣息望君憐，
　　誰能含羞不自前。

　　蕭子顯《樂府烏棲曲應令》二首：

　　　　握中酒杯瑪瑙鍾，裾邊雜佩琥珀龍。欲持寄君心不惜，
　　共指三星今何夕。

　　　　淚黛紅輕點花色，還欲令人不相識。金壺夜水誰能多，
　　莫持賒用比懸河。

　　《樂府詩集》入《西曲歌》曰下，《樂府詩集》沒有題解，只在《烏夜啼》題解之末，引《樂府解題》：「亦有《烏棲曲》，不知與此同否。」〔註8〕在此我們不準備討論它的樂歌問題，僅從唱和詩的角度去考查它的特徵。蕭綱的四首悉數選入，蕭子顯選了兩首，依理應該是四首，但存世只有三首，兩首入選《玉臺新詠》。蕭繹也有《烏

─────────────────────────

〔註8〕　宋・郭茂倩《樂府詩集》中華書局 1979 年版，690 頁，695 頁。

棲曲》四首，雖無應令字樣，但也當屬應令之作，不過《玉臺新詠》
一首也沒選。未選蕭子顯及蕭繹所作如下，蕭子顯《樂府烏棲曲應令》
三首之三：

> 芳樹歸飛聚儔匹，猶有殘光半山日。莫憚褰裳不相求，
> 漢皇遊女習飛流。

蕭繹《烏棲曲》四首：

> 沙棠作船桂爲楫，夜渡江南採蓮葉。復値西施新浣沙，
> 共向江干眺月華。
> 月華似璧星如佩，流影燈明玉堂內。邯鄲九枝朝始成，
> 金卮玉碗共君傾。
> 交龍成錦鬥鳳紋，芙蓉爲帶石榴裙。日下城南兩相忘，
> 月沒參橫掩羅帳。
> 七彩隋珠九華玉，蛺蝶爲歌明星曲。蘭房椒閣夜方開，
> 那知步步香風逐。

　　比較一番未選之作與入選之作間的差異，聯繫先前全部選入的
《春別》或許能夠進一步加深認識徐陵心目中優秀的唱和之作是一
種怎樣的情形。先看蕭綱原作，第一首寫行人月夜登程。北斗橫天
明月將落，登上芙蓉花製的船兒解開絲質的船索。在採蓮渡頭橫亙
著黃河，行人欲渡卻畏懼江上風波；第二首言夜色已晚，行人棲宿。
浮雲似月彎月入鉤，哪能夜夜在野外露宿。宜城的酒已經釀好，停
鞍繫馬暫且歇息一晚；第三首寫停宿倡家。乘著紅色車轂的青牛車，
夜宿倡家。院落中高樹上的烏鴉也將棲息，床上幃帳也低低垂下；
第四首，寫與倡家女面面相對。在飾有銀屈膝的屏風前，燈下映照
出佳人的朱唇玉面。聽息的對視女子渴望得到客人的憐愛，此情此
景誰能含羞斂步不前呢。蕭子顯《樂府烏棲曲應令》二首之一，依
詩意和的當是蕭綱原作的第二首。蕭子顯把筆觸從蕭綱詩的男方轉
到了家中的思婦。衣襟邊雜有琥珀的配飾，手中握著瑪瑙製的酒盅。
想把杯中之酒寄與遠方的「你」，期待一起共指三星結爲連理；第二
首寫倡家對良宵易逝的焦灼心態。淚珠般的眉黛、輕紅點染如同花

色的兩頰，爲得是讓人不能辨出舊時容顏。金色壺漏中的水是無法增添的，不要將之比爲滔滔不絕的懸河。後兩句暗示良辰難久，應該及時把握。照此詩詩意他和的應該是第四首。整體上，蕭子顯二詩均較好地領會原詩詩意，且第一首通過轉換描寫對象，第二首採用暗示手法，較之蕭綱原詩又有所突破。未選的一首，寫旁晚男女情人之間的互相追求。歸來的飛鳥成對地聚於芳樹之上，半山灑滿落日餘暉。「不要怕撩衣涉水而不去追求，那江漢神女一般美麗的女子依然風雅瀟灑美好動人。」〔註 9〕在此，蕭子顯和的應該是第一首。他將蕭綱的第一首「郎今欲渡畏風波」，加之前面的採蓮渡，理解爲男子想要過河同採蓮渡頭那邊的女子相會，但畏懼風波從而徘徊不前。這種解讀也不是不可以，不過，由於蕭綱的《烏棲曲》四首是一組詩，考慮到四首詩之間的邏輯關係，下面三首寫行旅途中露宿倡家，第一首理解爲單純的渡河似更合適。徐陵未選有可能也是出於此種考慮。再看蕭繹的四首，第一首寫乘舟採蓮。劃著桂木船槳坐著沙棠木製的小船，乘夜渡江採蓮。恰好碰見西施浣紗，於是便一起泛舟江中共望明月；第二首寫華屋之內飲酒爲樂。似璧的月光、如珮的星下，燈光照耀的玉堂內人影流動。今早剛釀就的邯鄲醇酒，用金銀酒器與你同飲；第三首寫男女歡愛。身著繡著交龍帶有鬥鳳紋理的錦衣，身束有荷花圖案衣帶下著紅色石榴裙。白日城南相會，月落之後羅帳掩蔽；第四首，深夜聽歌。七彩寶珠多華美玉爲飾，蝴蝶作歌仙女爲曲。深夜方開的香閨，出來的女子步步聞香。較蕭綱所作，蕭繹所作像第一首言同西施眺望江月，第二首未及行旅單純寫飲酒，第三首把夜宿倡家改爲邂逅言歡，第四首將蕭綱詩中燈下女子渴望憐愛的嬌態變爲渲染富麗堂皇的屋宇與女子閨中的芳香。總之，同蕭綱所作有不小的距離，相比之下蕭子顯即充分顧及原作，但又未過於拘泥，且發揮了合理想像，處理比較得當。兩廂比較可知徐陵在這一錄一棄中所體現出來的選詩標準：和

〔註 9〕　張葆全《玉臺新詠譯注》，廣西師範大學出版社 2007 年版，441 頁。

詩必須立足原詩，合理的生發與變換必須圍繞而不能游離原詩之外。

類似的像蕭綱《從頓暫還城》、劉遵《從頓還城應令》，蕭綱《率爾成詠》、王訓《奉和率爾有詠》，蕭綱《執筆戲書》、徐陵《走筆戲書應令》等也都是很嚴謹的和詩。和詩的時候，也有個別的變通。比如卷七有蕭繹的《寒宵三韻》，爲此蕭綱有和作，但卻寫了兩首《和湘東王三韻》分別是《春宵》、《冬曉》，同時蕭綱也讓庾肩吾、劉孝威跟著和，名爲和《和湘東王》二首，事實上庾肩吾和的是蕭綱所作，因而兩首詩分別題爲《應令春宵》和《應令冬曉》。蕭綱、庾肩吾的和詩《玉臺新詠》都收錄了。劉孝威詩只收錄了《奉和湘東王應令冬曉》，他的《應令春宵》見存，蕭繹《寒宵三韻》的主旨是思婦對遠戍邊關良人的思念，結句：「願織迴文錦，因君寄武威。」用竇滔妻蘇氏迴文詩典故，僅以武威點明思念之人在邊關而已。劉孝威詩：「花開人不歸，節暖衣須變。回釵掛反環，拭淚繩春線。今夜月輪圓，胡兵必應戰。」〔註10〕其結尾言月明之夜，邊關定有戰事。邊關有戰事是必然的，但不管是蕭繹原詩還是蕭綱、庾肩吾等人的和詩都是題旨放在閨婦之思念上，均不及戰事。可能正是劉孝威的這一獨處心裁的處理，導致徐陵棄而不錄，只選他的《奉和湘東王應令冬曉》。

文人詩文會創作，除了以上在內容上有嚴格限定的創作選題外，也創作相對自由的選題，詠物詩即是其一。謝朓《雜詠五首》的《詠席》和柳惲的《詠席》同王融的《詠幔》加上未選的庾炎的《詠簾》原是總題爲《同詠坐上所見一物》的一組詠物詩，謝朓其他四首雖無佐證，但很可能也是文人間詩文賞會的產物。

謝朓《雜詠》五首之《燈》：

發翠斜漢裏，蓄寶宕山峰。抽莖類仙掌，銜光似燭龍。

飛蛾再三繞，輕花四五重。孤對相思夕，空照舞衣縫。

《燭》：

杏梁賓未散，桂宮明欲沉。曖色輕帷裏，低光照寶琴。

〔註10〕逯欽立《先秦漢魏南北朝詩》，中華書局 1983 年版，1881 頁。

徘徊雲髻影，灼爍綺疏金。恨君秋月夜，遺我洞房陰。

《席》：

本生朝夕池，落景照參差。汀洲蔽杜若，幽渚奪江離。
遇君時採擷，玉座奉金巵。但願羅衣拂，無使素塵彌。

《鏡臺》：

玲瓏類丹檻，苕亭似玄闕。對鳳懸清冰，垂龍掛明月。
照粉拂紅妝，插花理雲髮。玉顏徒自見，常畏君情歇。

《落梅》：

新葉初冉冉，初蕊新霏霏。逢君後園宴，相隨巧笑歸。
親勞君玉指，摘以贈南威。用持插雲髻，翡翠比光輝。日
暮長零落，君恩不可追。

王融《詠幔》：

幸得與珠綴，羃羅君之楹。月映不辭卷，風來輒自輕。
每聚金爐氣，時駐玉琴聲。俱願致尊酒，蘭釭當夜明。

柳惲《詠席》：

照日汀州際，搖風綠潭側。雖無獨繭輕，幸有青袍色。
羅袖少輕塵，象床多麗飾。願君蘭夜飲，佳人時宴息。

《燈》實質寫燈檠的外形及燈光下懷思的舞女。它像天河中的
青光，有像宕山峰裏蓄藏的寶石。張衡《西京賦》：「立修莖之仙掌，
承雲表之清露。」另《山海經·大荒北經》：「西北海之外，赤水之
北，有章尾山。有神，人面蛇身而赤，直目正乘，其瞑乃晦，其視
乃明，不食不寢不息，風雨是謁。是燭九陰，是謂燭龍。」三、四
句意是形容燈檠的外形，燈檠用以手持的部分很修長，它的面如同
仙人的手掌，整體就像西漢柏梁銅柱上的承露盤。點燃燈火便好似
傳說中仙山的燭龍。後四句言飛蛾再三環繞，燈芯的餘燼已然疊累
了四五重。燈下一位思婦正獨對青燈默默地縫製舞衣。前六句寫實，
其中運用了比喻、用典和白描等手法，後兩句是詩人的想像。由於
詩人用典巧妙，不瞭解典故完全不妨礙把握詩意。第二首寫《燭》，
蠟燭的外形相對單一，所以詩人沒有像《燈》那樣去刻畫其外形。

而是通過渲染燭光下在華屋中享樂的賓客去映襯一位獨守空房的女子。杏木爲梁的華屋中賓客尚未散去，空中的明月卻行將落下。床幃中漏進黯淡燭光，寶琴上只有低放燈燭的光線。頭梳雲鬢的她們在燭光下徘徊，蠟燭照在綺窗的美麗花紋上反射著金光。此時閨中卻只有秋夜月色留下的陰涼之光。前六句當是寫筵席上燭光所及的物與人，結尾筆鋒一轉，想起閨中只有月光相伴的佳人。第三首詠《席》，用擬人手法寫織席的蒲草成爲坐墊的歷程。原本朝夕生在池邊，落日的光芒映照著參差的身影。汀州上遮蔽了杜若的芳姿，幽渚中奪去了江蘺的風采。恰逢「你」來採擷，從而編織成席成爲飲酒休憩的坐墊。希望經常被羅衣輕拂，不致布滿灰塵。再看《鏡臺》，寫鏡臺的形貌及照鏡的佳人。它玲瓏剔透好似紅色的欄杆，玄闕，北方之山。本《淮南子‧道應訓》：「盧敖遊乎北海，經乎太陰，入乎玄闕，至於蒙谷之上。」玄闕，許慎注：「玄闕，北方之山也。」「苕亭似玄闕」是說鏡臺像山一般高聳挺拔。三、四句言鏡面明亮，上面成對的鳳凰與垂如同掛在清冰和明月上一樣。後四句言鏡前之人，它照著佳人傅粉施紅，插花於雲樣的秀髮。玉樣的容顏只能徒自欣賞，心中常常畏懼恩愛的不能久長。第五首《落梅》寫被採擷用作裝飾後又被丟棄的梅花。初生嫩葉襯托下剛剛綻放的梅花，恰逢後園歡宴的「你」，摘下回去贈與了絕代佳人。佳人將之插在雲鬢之上，與翡翠爭輝。日暮來臨因零落被委棄，「你」的喜愛如通過煙雲不可復得。王融《詠幔》寫懸掛的帷幔與風月及屋中之人。有幸綴以珠飾，懸掛在廳堂楹柱之間。捲起在月亮照臨之時，輕搖於徐來的清風之中。每每聚攏金爐的香氣，不時停駐玉琴的聲音。只願與蘭膏燈火一道，引來享用的樽酒。最後說柳惲的《詠席》，柳詩與謝氏的同題詩近似，都是寫自然狀態與編織後的織席蒲草，採用也均是擬人手法。不同的是柳詩層次更分明，前四句言生長在日光照耀的汀州邊，風中搖曳在綠潭之畔。沒有蠶繭般輕盈，幸有青袍樣的顏色。置於滿是華麗裝飾的象牙床上，因羅袖的經常拂拭而絕少

灰塵。希望在入夜燈下的宴飲之際，佳人能不時在此宴息。

　　與評論家推崇的略貌取神、託物言志的詠物詩不同，《玉臺新詠》收錄的上述詠物詩追求「極貌以寫物」，不崇尚「託物言志」。謝朓《燈》之：「抽莖類仙掌，銜光似燭龍。」《燭》之「徘徊雲鬢影，灼爍綺疏金。」《鏡臺》之：「玲瓏類丹檻，苕亭似玄闕。對鳳懸清冰，垂龍掛明月。」柳惲《詠席》之：「雖無獨繭輕，幸有青袍色。羅袖少輕塵，象床多麗飾。」等都是其例。詩人的筆觸固然精細，但在精雕細琢之外，並無特別的蘊義寄於其中。不過，上述詩歌之所以沒有更深一層的蘊義，主要是它們原本就是以詩文為娛的背景下，詩人主動追求的結果，因而以是否深刻的思想內涵去考查上述詩歌無異於緣木求魚。

　　謝朓等人的詠物詩在「極貌以寫物」的同時也言情，只是情的範圍限於男女歡愛。謝朓之《燈》用燈精美的外形映襯燈光下獨自縫製舞衣女子的寂寞；《燭》以燭光下享樂的身影、精美的物飾烘托獨守空房佳人之冷清；《席》，用蒲草成席的歷程與希望，來比喻女子希望得到男子長久垂青的心意，柳惲之《詠席》與此主旨相近；《鏡臺》，以鏡臺之精美引出鏡前獨自梳妝，深懼恩愛不久的佳人；《落梅》，用一隻被採擷插於髮髻，日暮枯萎被棄的梅花，暗喻那些始亂終棄的不幸女子；王融《詠幔》也是用帷幔中的金爐氣、玉琴聲來暗指屋中之佳人，以樽酒、蘭膏代男女歡宴。

　　沈約的《雜詠》五首之《詠春》、《詠桃》、《詠月》、《詠柳》、《詠篪》，江洪《詠紅箋》、王融《詠火》、蕭綱《同劉諮議詠春雪》、蕭繹《詠晚棲烏》、紀少瑜《詠殘燈》等均都是詠物寄情之作。也有詩題略含色情意味的詠物詩像沈約《十詠》二首之《領邊繡》、《腳下履》、江伯瑤《和定襄侯八絕楚越衫》、蕭驎《詠袒復》等，雖然其內容談不上色情，但由於題目本身所包含的暗示意味，所以無論如何也難以洗清加在它們身上的責難。

　　詠物詩如處理得當，還是會有更大的施展想像餘地。卷八湯僧濟的《詠渫井得金釵》就是一例：

　　　　昔日倡家女，摘花露井邊。摘花還自插，照井還自憐。
　　窺窺終不罷，笑笑自成妍。寶釵於此落，從來不憶年。翠
　　羽成泥去，金色尚如先。此人今不在，此物今空傳。

　　詩題當是詩文會所指定，但詩人把它想像成是一隻倡家女對影
自憐時所遺落的金釵。昔日一位倡家女，在露井旁摘花。然後插在
頭上，照井自賞。她越看越歡喜，笑不自己，好似一朵花一般。寶
釵因此落入井中，從此也不知過了多少年。如今因濠井為他人所得，
金釵上的翠色羽毛已化成泥土，只有金色如新。釵的主人早已不在，
只有金釵空傳。僅憑一句詩，詩人為我們講述了引人無限遐思的既
合情理又充滿詩意的故事，假如真有這樣一隻金釵，它是因取水不
小心被遺落更為合理，但詩人沒有選擇那麼乏味的方式，否則也不
會得到徐陵的青睞。

　　詩文活動也不限於文人間聚在一起相互商定寫作內容的形式，詩
人帶有自娛色彩的即景生情式的創作也是詩文活動的一種常見形
式。並且這種形式的創作比之文人聚會，其詩歌內容的選擇要更自
由。就《玉臺新詠》所錄，這種形式並非主流。何遜《嘲劉孝綽》、
沈約《早行逢故人車中為贈》、徐悱《贈內》、《對房前桃樹詠佳期贈
內》、蕭綸《車中見美人》、蕭繹《夜遊柏齋》、庾肩吾《南苑還看人》
都是這種形式下的創作。

　　綜上可知，《玉臺新詠》中收錄的詩文活動下的創作體現出了明
顯的群體化特徵，即：不論是詩題的選擇還是表現的內容，常常不是
某個個體所決定，這一特點，我們認為主要取決於南朝詩文創作原本
就是以眾多詩人聚在一處的詩文會形式展開有密切關係。

第二節　南朝的詩文活動

　　雖然自先秦以來能賦詩被認為是一種很重要的才能，毛傳曾
說：「建邦能命龜，田能施命，作器能銘，使能造命，升高能賦，師

旅能誓，山川能說，喪紀能誄，祭祀能語，君子能此九者，可謂有德音，可以爲大夫。」(《毛詩・定之方中傳》)《漢書・藝文志》撇開另外八項才能，徑直說:「不歌而誦謂之賦，登高能賦可以爲大夫。」只是這裡的「賦」，依趙敏俐的解釋，是「誦」的意思，即誦現成的篇章，依據應用的場合，表達個人的思想感情。〔註11〕這與後世的能寫詩不同，但沒有創作，誦也就失去了內容。所以，我們依然可以從中見出寫詩之重要。但中國詩歌史上，眞正將之落到實處，即能詩可以直接踏入仕途，恐怕是在南朝蕭梁時代的事情。所謂:「世俗以此相高，朝廷據茲擢士。祿利之路既開，愛尙之情愈篤。於是閭里童昏，貴遊總丱，未窺六甲，先制五言。至如羲皇、舜、禹之典，伊、傅、周、孔之說，不復關心，何嘗入耳。以傲誕爲清虛，以緣情爲勳績，指儒素爲古拙，用詞賦爲君子。」(李諤《上隋文帝論文書》)在梁武帝即位之前的蕭齊，雖然有蕭子良延納文士，但能詩者在最高統治者那裡總體上是不受重視的。齊武帝蕭賾就曾不無輕蔑地說:「學士輩不堪經國，唯大讀書耳。」「沈約、王融數百人，於事何用?」〔註12〕沈約、王融都是齊梁時期著名詩人，但在蕭賾那裡卻是一群於事無用的書呆子。再往前的劉宋時代，劉義符在位時期（423~424）的輔政大臣徐羨之就對盧陵王劉義眞喜好文學，同當時的名家謝靈運、顏延之交往甚密，表示不滿，還專門派人勸誡。劉義眞雖與顏、謝相得甚歡，面對異議，他卻說:「靈運空疏，延之隘薄，魏文帝云鮮能以名節自立者。但性情所得，未能忘言於悟賞，故與之遊耳。」〔註13〕這恐怕是劉義眞的搪塞之辭，因爲他曾說得志之日，會任命謝靈運、顏延之作宰相。只是從他不敢公開堅持自己的喜好，足以說明詩歌創作在當時受重視程度有限。這和後來蕭綱不滿曹植、揚雄貶低文學的行爲，說他們是「小言破道」

〔註11〕趙敏俐《說「賦」》，《綏化師專學報》1994 年 3 期。
〔註12〕唐・李延壽《南史》，中華書局 1975 年版，1927 頁。
〔註13〕梁・沈約《宋書・武三王劉義眞傳》，中華書局 1974 年版，1636 頁。

和「小辯破言」。「論在科刑，罪在不赦」〔註 14〕相比，簡直有天壤之別。與前代總體輕視文學之士相反，蕭衍不但自己重視詩歌創作，努力營造一种競相寫詩的氛圍，他還有意培養子輩的文學才能，以蕭綱爲例，徐摛就是蕭衍專門爲培養蕭綱的文學才能而選拔的侍讀。〔註 15〕與《玉臺新詠》密切相關的宮體詩，其始作俑者正是徐摛。所以考查《玉臺新詠》的產生不得不去探究當時文學活動的具體形式及其二者之間的關係。

一

南朝詩歌演進的關鍵時期是齊梁時期，其中的高峰無疑就是蕭梁時代。蕭梁詩歌的繁榮不是偶然，而是南朝詩歌逐步演進的一個結果。詩歌滲透到了生活的諸多層面，詠詩、賞詩是士人生活的重要內容。服食五石散是魏晉風度的重要內容，服食之後的行散時，也不忘品味詩歌。東晉安帝舅父王恭曾行散至弟王爽門前，問：「古詩中何句爲最？」王爽思而未答，王恭詠：「『所遇無故物，焉得不速老』此句爲佳。」（《世說新語·文學》）。劉裕北伐登霸陵望西京長安，命傅亮等各詠古詩名句，傅亮誦了王粲《七哀詩》：「南登霸陵岸，回首往長安。」〔註 16〕也是在劉裕北伐時，朝廷授劉裕宋公，顏延之銜命北上，路過洛陽，「周視故宮室，盡爲禾黍」，於是「淒然詠黍離篇。」〔註 17〕看到詩人有時會把喜歡的詩歌抄在牆壁、屏風上，以便隨時諷詠、欣賞。沈約就特別喜歡把當時詩人的作品題

〔註 14〕蕭綱《答張纘謝示集書》，《魏晉南北朝文論選》，人民文學出版社 1996 年版。
〔註 15〕唐·姚思廉《梁書·徐摛傳》：「晉安王綱出戍石頭，高祖謂周舍曰：『爲我求一人，文學俱長兼有行者，欲令與晉安遊處。』舍曰：『臣外弟徐摛，形質陋小，若不勝衣，而堪此選。』高祖曰：『必有仲宣之才，亦不簡其容貌。』以摛爲侍讀。」中華書局 1973 年版，446～447 頁。
〔註 16〕梁·蕭繹《金樓子·捷對篇》
〔註 17〕唐·李延壽《南史·顏延之傳》，中華書局 1975 年版，877 頁。

寫自己宅邸的牆壁上。他在郊區造宅邸，就請王筠寫了草木十詠，寫在牆壁上，以供吟詠。〔註18〕另外，劉顯寫了一首《上朝詩》，他「見而美之」，同樣也請工書人也寫在了郊區宅邸的牆壁之上。〔註19〕何思澄的《遊廬山詩》（已佚），他讀後「大相稱賞，自以爲弗逮。」也被他命工書人於壁上。〔註20〕蕭齊著名詩人王融特別欣賞柳惲的「亭皋木葉下，隴首秋雲飛。」就將之題寫在齋壁及手執的百團扇上。〔註21〕桓胤見太尉參軍羊孚《雪贊》：「資清以化，乘氣以霏。遇象能鮮，即潔成輝。」欣賞有加，就寫在了自己扇子之上。（《世說新語・文學篇》）史載到沆見父親到撝在屏風上抄古詩，就請父親叫他讀一遍，他能立即諷誦而不差一字。〔註22〕屏風上不止可以題詩，還可以圖畫。卷六就收錄了費昶的《和蕭洗馬畫屏風詩》二首：《陽春發和氣》與《秋風涼夜起》。這裡的蕭洗馬是蕭子顯，不知誰家的屏風上畫了四季的風光，蕭子顯詩性所至，作了兩首詠屏風上所畫景色的詩，費昶寫了兩首詩來唱和他。其中第二首寫的是閨婦相思：「佳人在河內，征夫鎮馬邑。零露一朝團，中夜雨垂泣。氣爽床帳冷，天寒針縷澀。紅顏本暫時，君還詎相及。」

　　能詩之人不但能夠得到優待和重用，而且即便有過錯，也能到寬大。如劉孝綽就因爲攜妾入官府，把母親放在私宅，遭到到洽的彈劾。所謂：「攜少妹於華省，棄老母於下宅。」蕭衍爲給他遮醜，把「妹」爲「姝」。而且官職雖免去，但梁武帝經常派僕射徐勉去安慰劉孝綽，並讓他繼續參加宮廷宴會。一次蕭衍寫了一首《籍田詩》，下詔讓很多大臣夫和，但最先給的是劉孝綽，且最終認定他寫得最好，於是當日就下旨任命他爲湘東王諮議。〔註23〕再有就是

〔註18〕唐・姚思廉《梁書・王筠傳》，中華書局 1973 年版，485 頁。
〔註19〕唐・姚思廉《梁書・劉顯傳》，中華書局 1973 年版，570 頁。
〔註20〕唐・姚思廉《梁書・文學傳》，中華書局 1973 年版，714 頁。
〔註21〕唐・李延壽《南史・柳元景附柳惲傳》，中華書局 1975 年版，988 頁。
〔註22〕唐・姚思廉《梁書・文學傳》，中華書局 1973 年版，686 頁。
〔註23〕唐・姚思廉《梁書・劉孝綽傳》中華書局 1973 年版，481～482 頁。

丘遲，他先是作中書侍郎，蕭衍著《連珠》，在數十名應詔繼作的人中，他寫的最美。天監三年（504 年），被任命爲永嘉太守。結果在任上不稱職，遭到彈劾，蕭衍愛惜丘遲的文才，便把奏章擱置一邊，不予追究。〔註 24〕

　　文人之間有時也會表現出一些不良習氣，最顯著的莫過於所謂的文人相輕了。劉宋初年尚書令傅亮以文才自負，認爲在當時舉世無雙。同時的顏延之「負其才辭，不爲之下。」〔註 25〕使傅亮非常痛恨。顏延之還鄙薄湯惠休的詩歌，說他是：不過是「委巷中歌謠耳，方當誤後事。」〔註 26〕我們前面提到劉孝綽被到洽劾奏，到洽之所以要糾奏他，是因爲劉孝綽自認爲才學勝過到洽，一起侍宴寫詩的時候，總是對到洽所作詩文表示鄙薄，弄得到洽很不快。被彈劾之後，劉孝綽就和他兄弟們一起搜羅材料詆毀到洽，並寫成文本送給當時的東宮太子蕭統。而蕭統接到後看也不看，逕直命人燒掉。〔註 27〕文人之間的筆墨官司，充其量不過是彼此之間的鬥氣，如果嫉妒的人有生殺之權，那麼被妒忌的人可能就要付出生命的代價。如曾得到過蕭衍稱許，富有才學的劉之遴，遭蕭繹嫉恨。侯景之亂時，西上夏口，被蕭繹秘密遣人送藥毒殺。時候又假惺惺地爲劉之遴寫墓誌銘，給與厚葬。〔註 28〕

　　寫詩限韻、限字數和限時間，講求文思之敏捷。曹植就是因爲與兄弟同賦銅雀臺，援筆立成，文辭可觀，得到曹操青睞。〔註 29〕還有他的七步成詩的故事，更是才思迅捷的文壇佳話。劉勰《文心雕龍·神思篇》曾列舉過幾位才思敏捷之人，「淮南崇朝而賦《騷》，枚皋應詔而成賦。子建援牘如口誦，仲宣舉筆似宿構，阮瑀據鞍而

〔註 24〕唐·姚思廉《梁書·丘遲傳》，中華書局 1973 年版，687 頁。
〔註 25〕梁·沈約《宋書·顏延之傳》，中華書局 1974 年版，1892 頁。
〔註 26〕唐·李延壽《南史·顏延之傳》，中華書局 1975 年版，881 頁。
〔註 27〕唐·姚思廉《梁書·劉孝綽傳》，中華書局 1973 年版，480～481 頁。
〔註 28〕唐·李延壽《南史·劉之遴傳》，中華書局 1975 年版，1252 頁。
〔註 29〕晉·陳壽撰，宋·裴松之注《三國志·陳思王傳》，中華書局 2006 年版，334 頁。

制書，禰衡當食而草奏，雖有短篇，亦思之速也。」梁武帝在華光殿設宴，讓洽到、到洪、蕭琛和任昉侍宴賦詩，限二十韻。〔註30〕蕭齊王融：「文辭捷速，有所造作，援筆可待。」〔註31〕劉苞，「受詔詠《天泉池荷》及《採菱調》，下筆即成。」（《南史》卷三十九《劉苞傳》）王僧虔的孫子王泰：「每預朝宴，刻燭賦詩，文不加點，帝（蕭衍）深賞歎。」（《南史》卷三十二《王泰傳》）「（普通）六年（525），武帝於文德殿餞廣州刺史元景隆，詔群臣賦詩，同用五十韻。規援筆立奏，其文又美，武帝嘉焉」。〔註32〕謝徵：「魏中山王元略還北，高祖餞於武德殿，賦詩三十韻，限三刻成。徵二刻便就，其辭甚美，高祖再覽焉。」（《梁書》卷五十）褚翔：「中大通五年（533），高祖宴群臣樂遊苑，別詔翔與王訓爲二十韻詩，限三刻成。翔於坐立奏，高祖異焉」。〔註33〕蕭衍在宴華光殿設宴，命群臣賦詩，獨命到洪在三刻之內，賦詩二百字，「洪於坐立奏，其文甚美。」〔註34〕梁武帝一次「招延後進二十餘人，置酒賦詩。」臧盾寫詩不成，罰酒一斗，臧盾一飲而盡，「顏色不變，言笑自若」，蕭介「染翰便成，文無加點。」武帝誇獎二人：「臧盾之飲，蕭介之文，即席之美也。」〔註35〕梁武帝曾在壽光殿設宴，詔群臣寫詩，張率和劉孺因爲喝醉寫得慢了，蕭衍未及他們寫完，就取劉孺的手板，即興寫了一首調侃的詩：「張率東南美，劉孺洛陽才，攬筆便應就，何事久遲回。」〔註36〕《玉臺新詠》卷八選了劉孝綽的《賦得照棋燭刻五分成》：「南皮弦吹罷，終弈且留賓。日下房櫳暗，華燭命佳人。側光全照局，回花半隱身。不辭纖手卷，羞令夜向晨。」

〔註30〕唐·姚思廉《梁書·到洽傳》，中華書局 1973 年版，404 頁。
〔註31〕唐·李延壽《南史·王弘傳附王融傳》，中華書局 1975 年版，577 頁。
〔註32〕唐·李延壽《南史·王曇首傳附王規傳》，中華書局 1975 年版，598 頁。
〔註33〕唐·姚思廉《梁書·褚翔傳》，中華書局 1973 年版，586 頁。
〔註34〕唐·李延壽《南史·到洪傳》，中華書局 1975 年版，677 頁。
〔註35〕唐·姚思廉《梁書·蕭介傳》，中華書局 1973 年版，588 頁。
〔註36〕唐·李延壽《南史·劉孺傳》，中華書局 1975 年版，1006～1007 頁。

這種追求行文迅捷、近乎文字遊戲的詩歌創作有時也會起到意想不到的效果。在侯景之亂中，庾信的父親庾肩吾被侯景的將領宋子仙捉住，眼看要被殺，行刑之前子仙對他說：聽說你會寫詩，你現在就寫一首，便能抵你的命。庾肩吾「操筆便成，辭采甚美」，子仙果然沒殺他，而且還讓他當建昌令。〔註37〕

詩人的聲名，詩好是一方面，有聲望的人為其延譽也至關重要。有聲望的人一句話，往往能決定一個人的名氣，同時也能決定著作的命運。西晉張載的揚名，就與傅玄的延譽有密切關係。史載張載寫了《濛氾賦》，時任司隸校尉的傅玄「見而嗟歎，以車迎之，言談盡日，為之延譽，遂知名。」〔註38〕東晉裴啓著《語林》初問世的時候，「遠近所傳。時流年少，無不傳寫」。〔註39〕但因其中記謝安語，被謝安本人指明不實，出自裴啓杜撰之後。遭眾人鄙棄，不再流傳。(《世說新語‧輕詆》) 劉孝綽的聲名便與梁武帝的稱賞直接相關。他曾侍宴寫了七首詩，蕭衍讀後「偏偏嗟賞，由是朝野改觀」。〔註40〕《南史‧劉孺傳》:「叔父瑱為義興郡，攜以之官，常置坐側，謂賓客曰：『此吾家明珠也。』」有聲望之人的讚譽是不輕易與人的。東晉的殷仲堪喜歡寫一些類似束皙《餅賦》之類的戲謔之作，且很自以為是。跟王恭說：剛好見到新文章，很值得一看。於是從手巾袋中取出，交給王恭，王恭看的時候，殷仲堪笑得難以自抑。王看畢，既不笑，也不說好壞，只是用如意壓住文稿。殷見狀「悵然自失」。(《世說新語‧雅量》) 如果一個人沒有文思，不但不受人重視，還會遭人嘲弄。袁湛因為「沖粹自立，而無文華，故不為流俗所重」，范泰贈詩調侃他：「頗有後出雋，離群頗騫翥。」袁湛恨而不答。〔註41〕蕭梁劉孝綽是王融的外甥，王融非常欣賞他，常「同載以適親友，號曰神童。」王融曾

〔註37〕唐‧李延壽《南史‧庾肩吾傳》，中華書局 1975 年版，1248 頁。
〔註38〕唐‧房玄齡等《晉書‧張載傳》，中華書局 1974 年版，1518 頁。
〔註39〕《世說新語‧文學篇》第 90 條
〔註40〕唐‧姚思廉《梁書‧劉孝綽傳》中華書局 1973 年版，480 頁。
〔註41〕唐‧房玄齡等《晉書‧袁湛傳》，中華書局 1974 年版，2171 頁。

說：「天下文章若無我，當歸阿士。」〔註42〕阿士是孝綽小字。

二

　　蕭梁時代詩歌繁榮首要先要歸功梁武帝的身體力行。《南史·文學傳序》說：「自中原沸騰，五馬南渡，綴文之士，無乏於時。降及梁朝，其流彌盛。蓋由時主儒雅，篤好文章，故才秀之士，煥乎俱集。於時武帝每所臨幸，輒命群臣賦詩，其文之善者，賜以金帛。是以縉紳之士，咸知自勵。」帝王臨幸命群臣賦詩，原不是什麼新鮮事物，但像梁武帝般積極地獎掖提倡詩歌卻是罕見的。梁武帝在代齊之前，他便與沈約、謝朓、王融、蕭琛、范雲、任昉、陸倕一起並稱爲蕭子良西邸的「竟陵八友」。等到他登基之後，對待那些能詩文者，不止是賜給金帛的問題，而是直接授予官職，如袁峻擬作了一篇揚雄的《言箴》，不但誇獎，賞賜束帛，而且讓他擔任員外郎，散騎侍郎，並在文德學士省當值抄寫《史記》、《漢書》。〔註43〕南朝喜歡寫詩的帝王頗有幾個，劉宋孝武帝劉駿即是其一，《玉臺新詠》卷十收其《丁督護歌》二首及《擬徐幹》。劉駿與群臣宴集，酒興正濃，讓在座所有大臣寫詩，大將沈慶之「手不知書，眼不識字」，劉駿逼著他寫，於是就請顏師伯執筆，他口授。吟道：「微命值多幸，得逢時運昌。朽老筋力盡，徒步還南崗。辭榮此聖世，何愧張子房。」沈慶之當時年近八十，故說自己朽老。〔註44〕類似的事梁武帝朝也有過。天監五年至六年（506～507）梁初名將曹景宗與韋叡一起在淮南大破北魏軍隊凱旋。武帝在華光殿宴飲寫詩，命沈約定韻分發，沒給曹景宗，景宗當時已醉，見狀很不高興，也要求寫。武帝說：「卿伎能甚多，人才英拔，何必止在一詩？」景宗不聽，堅持要寫，蕭衍無奈就讓沈約分韻。當時只剩下「競」、「病」二韻。景宗拿起筆，「斯須而成」，詩曰：

〔註42〕唐李延壽《南史·劉孝綽傳》，中華書局 1975 年版，1010 頁。
〔註43〕唐·李延壽《南史·袁峻傳》，中華書局 1975 年版，1777 頁。
〔註44〕梁·沈約《宋書·沈慶之傳》，中華書局 1974 年版，2003 頁。

「去時兒女悲，歸來笳鼓競。借問行路人，何如霍去病？」梁武帝讚歎不已，沈約和朝臣也是「驚嗟竟日」。〔註45〕分韻寫詩的難度是不小的，不但限韻，更限特定的字韻，這比後世壓某個韻部更難。范文瀾說這是「南朝唯一有氣魄的一首好詩。」〔註46〕詩歌的風格是多樣的，有氣魄固然難得，但不能戴上這樣一副有色眼鏡去看待南朝詩歌。不管怎麼樣，作爲武將的曹景宗在醉酒的狀態下，把一首詩寫得圓潤流轉，絲毫不覺有任何齟齬之處，實屬難得。齊武帝蕭賾雖對文士有微詞，但他並不排斥文學創作。永明九年（491），他臨幸芳林園，「禊宴朝臣，使融爲《曲水詩序》，文藻富麗，當世稱之。」〔註47〕

梁武帝不但自己身體力行的提倡文學，他在對諸子的教育中也有意識地培養他們的文學才能。昭明太子、蕭綱和蕭繹等的文學才能都是蕭衍有意識培養的結果。以蕭統爲例，在蕭統還很小的時候，蕭衍就讓王錫、張纘入宮跟蕭統在一起「不限日數，與太子游狎，情兼師友。又敕陸倕、張率、謝舉、王規、王筠、劉孝綽、到洽、張緬爲學士，十人盡一時之選。」〔註48〕正是這種自幼的精心教育才使得蕭統成年以後：「引納才學之士，賞愛無倦。」「與學士商榷古今」，在閑暇的時候以著述爲常。當時「東宮有書幾三萬卷，名才並集」，史稱：「文學之盛，晉、宋以來未之有也。」〔註49〕他弟弟蕭綱的啓蒙老師徐摛，是在蕭綱出戍石頭前夕，武帝要求周舍特意推薦的：「爲我求一人，文學俱長兼有行者，欲令與晉安遊處。」〔註50〕作藩王的時候，「雅好文章士，時肩吾與東海徐摛、吳郡陸杲、彭城劉遵、劉孝儀、儀弟孝威，同被賞接。」中大通三年（531），

〔註45〕唐‧李延壽《南史‧曹景宗傳》，中華書局 1975 年版，1356 頁。
〔註46〕范文瀾《中國通史簡編》（修訂本）第二編，人民出版社 1964 年版，410 頁。
〔註47〕梁‧蕭子顯《南齊書‧王融傳》，中華書局 1972 年版，821 頁。
〔註48〕唐‧李延壽《南史‧王錫傳》，中華書局 1975 年版，640～641 頁。
〔註49〕唐‧姚思廉《梁書‧昭明太子傳》，1973 年版，167 頁。
〔註50〕唐‧姚思廉《梁書‧徐摛傳》，1973 年版，446～447 頁。

蕭綱立爲太子，「又開文德省，置學士，肩吾子信、摛子陵、吳郡張長公、北地傅弘、東海鮑至等充其選。」〔註51〕

文人之間則主要是通過詩文賞會的形式去創作。詩文賞會有一定的排他性，不是任何能文之士都可以參與。陸倕同任昉是好朋友，陸成名早，曾作《感知己賦》贈任，任由此聞名。及任昉作中丞，便經常邀集陸倕，連同殷芸、到溉、劉苞、劉孺、劉顯、劉孝綽等人舉行詩文會，其聚會被稱作「龍門之遊」，也叫做「蘭臺聚」。〔註52〕貴公子孫被排斥在外，不能參與。〔註53〕但在一些大家族那裡，他們有時會組織有家族內部的詩文會。謝安的孫子謝混，「少有美譽，善屬文」〔註54〕，他只同與族子謝靈運、謝瞻、謝晦、謝曜「以文義賞會，常共宴處，居在烏衣巷，故謂之烏衣之遊。」依他自己的話就是：「昔爲烏衣遊，戚戚皆親姓。」外人即便「高流時譽，莫敢造門。」〔註55〕謝瞻嘗作《喜霽詩》，謝靈運寫，謝混詠。當時王弘在座，以爲三絕。〔註56〕謝靈運不但詩寫得好，書法也不錯。所謂：「詩書皆兼獨絕，每文竟，手自寫之」，宋文帝劉義隆稱之爲「二寶」。〔註57〕謝混祖父謝安能作洛生詠，安有鼻疾，聲音重濁，別有韻味，引來眾多名士的傚仿。〔註58〕作爲謝安之孫，他學得祖父洛生詠的可能性是有的。稱謝混之詠也爲一絕，恐怕就是指此而言。

齊梁詩歌在藝術上的成功，與當時文人經常聚在一起切磋文義分不開。謝安在雪天與家人共論文義，雪突然驟急，謝安問：這紛

〔註51〕 唐‧姚思廉《梁書‧文學傳》，中華書局 1973 年版，690 頁。
〔註52〕 唐，李延壽《南史‧到溉傳》：「昉還爲御史中丞，後進皆宗之。時有彭城劉孝綽、劉苞、劉孺，吳郡陸倕、張率，陳郡殷芸，沛國劉顯及溉、洽，車軌日至，號曰蘭臺聚。」中華書局 1975 年版，678 頁。
〔註53〕 唐‧李延壽《南史‧陸倕傳》，中華書局 1975 年版，1193 頁。
〔註54〕 唐‧房玄齡等《晉書‧謝混傳》，中華書局 1974 年版，2079 頁。
〔註55〕 唐‧李延壽《南史‧謝弘微傳》，中華書局 1975 年版，550 頁。
〔註56〕 唐‧李延壽《南史‧謝瞻傳》，中華書局 1975 年版，525 頁。
〔註57〕 梁‧沈約《宋書‧謝靈運傳》，中華書局 1974 年版，1772 頁。
〔註58〕 宋‧劉義慶《世說新語‧雅量》第二十九條及劉孝標注

紛白雪像什麼呢？侄子謝郎說：空中撒鹽差不多。謝道韞插話道：
「未若柳絮因風起。」(《世說新語‧言語》)驟，有突然、迅速之
意，不似紛紛揚揚慢慢落下的大雪，謝朗以空中撒鹽擬之，已屬善
摹形狀；謝道韞則沒有拘泥眼前實景，而是抓住雪花驟然落下的神
韻，用柳絮因風驟起之態，狀雪花的飛舞之美，所以有人說他們二
人「一實一虛俱見慧根。」〔註 59〕劉宋何尚之「愛尚文義，老而不
休，與太常顏延之論議往反，傳於世。」〔註 60〕詩人在注重聚會切
磋的同時非常在意自己他人心目中的地位，顏延之就曾問鮑照自己
和謝靈運的優劣，鮑說：「謝五言如初發芙蓉，自然可愛；君詩若
鋪錦列繡，亦雕繢滿眼。」〔註 61〕

　　好的文章有時出自眾人之手，而非個人獨立寫就。晉孝武帝司
馬曜喜歡寫詩，在宴集或酣樂之後，好寫詩賜給侍臣，有時文辭粗
率，所言穢雜，中書舍人徐邈便把這些詩收集起來，回去修改，「皆
使可觀，經帝重覽」後，再公開。〔註 62〕司馬曜死後，王珣寫哀策
文，久而未就。他跟族侄王誕說：「猶少序節物一句。」並拿出已完
成的部分給他看，王誕拿起筆就在秋冬代變後寫下了：「霜繁廣除，
風回高殿。」王珣嗟歎其清拔，就採納了。〔註 63〕

　　南朝的詩人往往早慧，在很小的時候就能寫詩作文。謝晦的二
哥謝瞻，「六歲能屬文，為《紫石英贊》、《果然詩》，為當時才士歎
異。」(《南史》卷十九《謝瞻傳》)梁初大臣徐勉「年六歲，時屬霖
雨，家人祈霽，率爾為文，見稱耆宿。」(《梁書‧徐勉傳》)王僧孺
五歲讀《孝經》，問講授者此書的內容，答曰：「論忠孝二事。」僧
孺應道：「若爾，常願讀之。」「六歲能屬文」，〔註 64〕七歲便「能讀

〔註 59〕蔣凡等《新注全評世說新語》，人民文學出版社 2009 年版，138 頁。
〔註 60〕梁‧沈約《宋書‧何尚之傳》，中華書局 1974 年版，1738 頁。
〔註 61〕唐‧李延壽《南史‧顏延之傳》，中華書局 1975 年版，881 頁。
〔註 62〕宋‧司馬光等《資治通鑑》卷一〇三《晉紀》二十五
〔註 63〕梁‧沈約等《宋書‧王誕傳》，中華書局 1974 年版，1491 頁。
〔註 64〕唐‧姚思廉《梁書‧王僧孺傳》中華書局 1973 年版，469 頁。

十萬言，及長，篤愛墳籍。」(《南史》卷五十九) 江革：「幼而聰敏，早有才思，六歲便解屬文。」(《梁書》卷三十六《江革傳》) 蕭綱自言：「余七歲有詩癖，長而不倦。」但他實際上六歲就能寫文章了。蕭衍很驚訝，不相信，「乃於御前面試，辭采甚美。高祖歎曰：『此子，吾家之東阿。』」(《梁書・簡文帝紀》) 蕭綱子西陽王蕭大鈞：「年七歲，高祖嘗問讀何書，對曰『學《詩》』。因命諷誦，音韻清雅」。(《梁書・太宗十一王》) 謝莊「七歲能屬文」，(《南史・謝弘微傳》) 王筠也是「七歲能屬文」(《南史・王曇首傳附王筠傳》) 劉孺「幼聰敏，七歲能屬文。」(《南史》卷三十九) 王籍：「七歲能屬文。」(《梁書》卷五十) 劉孝綽「七歲能屬文。舅齊中書郎王融深賞異之，常與同載適親友，號曰神童。」(《梁書》卷三十三《劉孝綽傳》) 王褒：「七歲能屬文。外祖司空袁昂愛之，謂賓客曰：『此兒當成吾宅相。』」(《梁書》卷四十一《王規傳附》) 范雲：「年八歲，遇宋豫州刺史殷琰於塗，琰異之，要就席，雲風姿應對，傍若無人。琰令賦詩，操筆便就，坐者歎焉。」(《梁書・范雲傳》) 此外，丘遲八歲能屬文，劉霽九歲「能誦《左氏傳》」。〔註65〕謝惠連「十歲能屬文，靈運見其新文，每歎曰：『張華重生，不能易也。』」(《南史・謝惠連傳》) 等不勝枚舉，都是南朝文士早慧的例證。這種自小的薰陶調教是南朝詩人才思敏捷的重要原因。

第三節 《玉臺新詠》與宮體詩

齊梁時代文人詩歌創作活動的一個標誌性成就，當屬以蕭綱為首的文人群體所創作的，被當時以及後人稱做「宮體詩」。宮體詩的名稱得自蕭綱的啓蒙老師徐摛，所謂：「摛文體既別，春坊盡學之，『宮體』之號，自斯而起。」春坊是太子的東宮官署，它是中國詩歌史上第一個以官署命名的詩體名稱。宮體詩之所以能夠得以確

〔註65〕唐・姚思廉《梁書・孝行》中華書局 1973 年版，657 頁。

立，不只是因爲它的別具一格，更因爲它得到了眾多詩人的傚仿從而得以風行。雖然宮體詩自它誕生之初便非議不斷，但無論如何，它作爲一個重要的文學現象是研究南朝文學所無法迴避的，同時它的影響力也是有目共睹的。所以「宮體詩」的出現，是中國古典詩歌發展齊梁時期非常有代表意義的成就。而且它同時也是《玉臺新詠》的出現其直接動因，因爲編纂《玉臺新詠》的一個重要原因就是爲了應對當時輿論對宮體詩的非議。

一

一般而言，宮體詩是指蕭梁時期以蕭綱爲首的宮廷詩人創作的以女性表現對象，著意刻畫女性形貌、表現聲色之美的詩歌。不過，這一認識的形成有一個歷史過程，宮體詩誕生之初，史家與時人主要是從詩歌體式的新與風格的綺靡去揭示它的特徵。史書言徐摛「屬文好爲新變，不拘舊體。」〔註66〕《梁書·簡文帝紀》說蕭綱的詩歌：「傷於輕豔，當時號曰『宮體』。」便是分別從詩歌體式與風格兩個層面去認知它的特點。宮體詩也具備齊梁詩歌注重聲韻的特點，所謂蕭齊永明時代文人王融、謝朓、沈約「文章始用四聲，以爲新變，」到了蕭綱時代又「轉拘聲韻，彌尙麗靡，復逾於往時。」〔註67〕隋代李諤《上隋文帝論文書》談及南朝詩歌，認爲當時的詩歌，特別是齊梁時期：「其弊彌甚，貴賤賢愚，唯務吟詠。遂復遺理存異，尋虛逐微，競一韻之奇，爭一字之巧。連篇累牘，不出月露之形，積案盈箱，唯是風雲之狀。」這一論斷同宮體詩的題材也是有關係的。所以曹道衡、沈玉成認爲宮體詩的特徵是：

> 一、聲韻、格律，在永明體的基礎上踵事增華，要求更爲精緻；二、風格，由永明體的輕綺而變本加厲爲穠麗，下者則流入淫靡；三、內容，較之永明體時期更加狹窄，以豔情、詠物爲多，也有不少吟風月、狎池苑的作品。凡

〔註66〕唐·姚思廉《梁書·徐摛傳》，中華書局1973年版，447頁。
〔註67〕唐·姚思廉《梁書·文學上》，中華書局1973年版，690頁。

是梁代普通（520～527）以後的詩符合以上的特點的，就
可以歸入宮體詩的範圍，而從另一方面說，歷來被目爲宮
體詩的詩也不全是宮體詩。〔註68〕

不過在唐人那裡所謂的宮體就是指那些專寫閨房的豔詩，《隋
書·經籍志四》：「梁簡文之在東宮，亦好篇什，清辭巧製，止乎袵
席之間，雕琢蔓藻，思極閨闈之內。後生好事，遞相放習，朝野紛
紛，號爲宮體。流宕不已，訖於喪亡。」劉肅《大唐新語》也持如
是觀：「梁簡文帝爲太子，好作豔詩，境內化之，浸以成俗，謂之
『宮體』。」此外，杜確《岑嘉州詩集序》也說：「梁簡文帝及庾肩
吾之屬始爲輕浮綺靡之詞，名曰『宮體』。」唐人作如是觀，也有
他們的依據。侯景叛亂之際，他的謀士王偉代侯景寫的討伐梁武帝
的檄文，列舉梁武帝十大過，其中說簡文帝：「吐言止於輕薄，賦
詠不出《桑中》。」（《資治通鑒》卷一六二）傅剛認爲：「他所說的
這點，顯然是借用了當時人的議論，而且所言不虛。」〔註69〕所以
胡大雷說：「歷史地又發展地討論宮體詩的界定，既要看到宮體詩
形成之時的歷史情況，」「又要看到歷代人們給宮體詩賦予的特定
含義，就是以女色與豔情來評價它。」胡大雷將曹道衡、沈玉成的
宮體詩定義視爲廣義的宮體詩，而把專寫豔詩看作是狹義的宮體
詩。但不管是從廣義還是從狹義層面看，胡大雷認爲：「女色與豔
情確是宮體詩最大多數的題材，且達到極致的宮體詩也確以描摹女
色並引向床幃之間爲典型特徵。」〔註70〕

可見表現女性是宮體詩在內容上的主要特點，需要注意的是這
一特徵的坐實同《玉臺新詠》的編纂也有著密不可分的關係。《玉臺
新詠》同樣也是以女性題材詩歌爲主體，二者之間雖有明顯的不同，

〔註68〕曹道衡、沈玉成《南北朝文學史》，人民文學出版社1991年版，241
　　　頁。
〔註69〕傅剛《〈宮體詩〉與《玉臺新詠》研究的檢討》，日本立命館大學《學
　　　林》第四十號2004年。
〔註70〕胡大雷《宮體詩研究》，商務印書館2004年版，3頁。

一個主要輯錄兩漢以降女性題材作品，一個是普通年間正式定名，特指以蕭綱爲首的宮廷詩人創作，除豔情詩外，還包括吟詠風花雪月的篇什。但研究者還是習慣以《玉臺新詠》所錄作品爲準去認識宮體詩。如商偉就是如此，他說：「宮體詩並不是梁、陳時代的全部詩作，這一時期宮廷文人所作的詩歌也並非都是宮體，即使簡文帝的詩歌也不全是宮體。如果將他的《和贈逸民應詔》、《望同泰寺浮屠》都算作宮體，那麼宮體詩便與一般的詩歌無異了。」所以他主張「應該參照《玉臺新詠》的選錄標準」去辨別宮體詩。﹝註71﹞吳兆宜《玉臺新詠》注本的刪補者程琰在《玉臺新詠》卷八之末說：「三、四卷是宮體間見，五、六卷是宮體漸成，七卷是君倡宮體於上，諸王同聲。此卷是臣仿宮體於下，婦人同調。」﹝註72﹞可見程琰早就把《玉臺新詠》看作是一部展示宮體詩形成歷程的詩歌總集。

　　二者除了在題材上的相通之處外，它們身上還都具有濃濃世俗趣味與娛樂化色彩。《玉臺新詠》由於選錄了漢、魏、晉的作品，像古詩《上山採蘼蕪》、劉勳妻王宋《雜詩》二首、甄皇后《塘上行》、傅玄《苦相篇　豫章行》等表現棄婦遭際、關懷其命運的作品，它的娛樂化色彩呈一種漸趨加強的趨勢外，﹝註73﹞宮體詩的娛樂化傾向則是始終著佔據支配地位。把女性作爲表現對象，又以娛樂爲目的，就使宮體詩很容易步入色情的泥淖。當時和後來包括現在之所以對它的始終持批評態度，主要原因也在於此。魏徵說：「梁自大同之後，雅道淪缺，漸乖典則，爭馳新巧。簡文、湘東，啓其淫放，徐陵、庾信，分路揚鑣。其意淺而繁，其文匿而彩，詞尚輕險，情多哀思。」﹝註74﹞唐人批評庾信：「子山之文，發源於宋末，盛行於梁季。其體以淫放爲本，其詞以輕險爲宗。故能誇目侈於紅紫，蕩

﹝註71﹞商偉《論宮體詩》，《北京大學學報》1984 年 4 期。

﹝註72﹞陳·徐陵編，清·吳兆宜注，程琰刪補，穆克宏點校《玉臺新詠箋注》，中華書局 1985 年版，385 頁。

﹝註73﹞參張蕾《玉臺新詠論稿》，人民出版社 2007 年版，72～80 頁。

﹝註74﹞唐·魏徵等《隋書·文學傳序》，中華書局 1973 年版，1730 頁。

心逾於鄭、衛。」「斯又詞賦之罪人也。」〔註75〕

二

宮體詩有諸多的缺點，那以蕭綱爲首的宮廷文人爲什麼會去著意凸出詩歌的娛樂化色彩，堅持創作被認爲是題材狹隘、格調低下的詩歌題材呢。這一點學術界通常將之歸爲蕭綱的文學「放蕩觀」，他曾提出過著名的：「立身之道與文章異。立身先須謹愼，爲文且須放蕩。」（《誡當陽公大心書》）蕭綱秉持一種立身與爲文相分離的做法。此外，他還在《與湘東王書》中明確表示反對在吟詠性情寫詩之際，表現象《禮記·內則》的男女之間的家庭禮法，《尚書·酒誥》一般政令以及《大傳》一類的易理等內容。〔註76〕聯繫宮體詩特別是入選《玉臺新詠》的《率爾成詠》、《詠美人晨妝》、《詠美人觀畫》、《孌童》詩等，以及他在被侯景幽禁，不無悲愴地題寫在牆壁上的自序：「有梁正士蘭陵蕭世纘，立身行道，終始如一，風雨如晦，雞鳴不已。弗欺暗室，豈況三光，數至於此，命也如何！」〔註77〕蕭綱是很忠實地履踐了他自己的原則。那麼我們想進一步追問蕭綱緣何要採取這樣一種區別對待的做法呢？對此詹福瑞認爲這緣自南朝皇族的軍伍寒門文化。宋、齊、梁、陳四代開國之君，都是軍伍寒族出身，因而「以南朝軍隊中上層將領的思想文化爲主體的軍伍文化，是皇室文化的重要組成部分。」而「軍隊中的將領，都極力追求奢靡的生活」，「這些人伎妾成群，恣意聲色，無所節制，其生活極盡奢靡。」「歌姬侍妾、聲樂晏舞，都成爲軍伍文化的重要組成部分。」〔註78〕我們認爲蕭綱和他的文學侍從之所以會選擇以女性爲表現的重點，而不去宣揚儒家倫理道德，除了詹福瑞所指出的軍伍文化外，還與蕭綱自己的人生經歷、地位以及當時文人的生活境遇

〔註75〕唐·令狐德棻等《周書·庾信傳》，中華書局 1971 年版，744 頁。
〔註76〕唐·姚思廉《梁書·文學上》中華書局 1973 年版，690 頁。
〔註77〕唐·姚思廉《梁書·簡文帝紀》，中華書局 1973 年版，108 頁。
〔註78〕詹福瑞《南朝詩歌思潮》河北大學出版社 2005 年版，161～163 頁。

有密切關係。蕭綱並不是一個不關心時務的人，因爲他本身就是一個在政治上具有極高地位的人，先後做過藩王、太子、傀儡皇帝。他的政治地位決定了他不可能不去關注政治，但當上太子之後的境況又讓他非常無奈。中大通四年（532），蕭綱做東宮太子不久，在寫給他的啓蒙老師，時外任新安太守的徐摛信中，曾不無悲涼地發過一番感慨：

> 山濤有言：「東宮養德而已。」但今與古殊，時有監撫之務，竟不能黜邪進善，少助國章，獻可替不，仰禪聖政，以此慚惶，無忘夕惕。驅馳五嶺，在戎十年，險阻艱難，備更之矣。觀夫全軀具臣，刀筆小吏，未嘗識山川之形勢，介胄之勤勞，細民之疾苦，風俗之嗜好，高閣之間可來，高門之地徒重，玉饌羅前，黃金在握，涊謻栗斯，容與自熹，亦復言軒義以來，一人而已。使人見此，良足長歎。

從信中可知，身爲太子他肩負有監國和撫君的職責，即協助蕭衍處理政事，但他沒有實權，不能夠罷免心目中不合格的官員，向他的父親獻計獻策，從而使朝政與國家改觀。再者，他聯繫自己外放做藩王的艱辛經歷，再看朝中那些全然不瞭解軍旅之勞、民情疾苦大臣與刀筆吏，身處深宅大院，悠哉地坐擁黃金財寶、享受著美食佳餚，蕭綱對此除了不滿也是無可奈何，也只能向他幼時的侍讀徐摛發發牢騷而已。我們從後來蕭衍在朝臣一直反對下，仍舊固執地接納侯景一事，也能看出蕭綱對國家大計並無直接的影響力。當侯景兵臨城下，他還寫了《圍城賦》表達他對朱異附和蕭衍，接受侯景歸降導致臺城被圍的不滿：「彼高冠及厚履，並鼎食而乘肥。升紫霄之丹地，排玉殿之金扉。陳謀謨之啓沃，宣政刑之福威。四郊以之多壘，萬邦以之未綏。問豺狼其何者，訪虺蜴之爲誰。」〔註79〕這說明蕭綱是清楚文學所具備的反映政治現實的功能的，在特定的歷史條件下他也知道去做。

〔註79〕唐・姚思廉《梁書・朱異傳》，中華書局 1973 年版，539 頁。

蕭綱本身不主張在詩歌中表現倫理道德一類的內容，加之當上太子之後有無法施展自己的抱負，而儒家所謂的諷諫，其內容也不外蕭綱給徐摛心中所列舉的內容。一則蕭綱自己不想，在這種情形之下也無必要去把儒家倡導的諷諫精神引入他自己的詩歌創作。加之，蕭綱同建康的其他王公貴族一樣夜生活在充滿聲色的氛圍之中，描寫女性、表現聲色便順理成章地成為他「寓目寫心」的對象。至於蕭綱身邊的僚屬，特別是那些文學侍從，其職責原本就是陪著蕭綱遊宴、談論文義、寫詩酬答。再者，我們前面已經提及，蕭梁時代文人的地位非常優越，生活有充分的保障，他們自然不會去以抒發不遇之慨為內容的詠懷言志詩。在這種情形之下，跟著蕭綱一道宣揚聲色再自然不過。所謂「詩窮而後工」，既然蕭梁時代文人不曾窮，也就寫不出動人心魄的篇章。這雖然給文學史留下了不少的遺憾，但對他們自己而言，卻是一件幸事。姚察說蕭梁文人：「值文明之運，摛豔藻之辭，無鬱抑之虞，不遭向時之患，美矣。」〔註80〕

宮體詩強烈的娛樂化色彩，除跟蕭綱及其僚屬的特殊境遇有關外，還同兩漢以來文學的政教功能特別是諷諫精神漸趨弱化，娛樂功能日漸增強有關。這一點在兩漢詩歌身上已經很明顯地表現出來，趙敏俐在《兩漢大文學史》論及漢初詩歌創作時說：

> 這些作者心中並沒有把詩作為教化手段的觀念，並沒有像儒家所說的那樣，作為君臨天下的帝王，應該「慎其所感」。他們心中的詩歌就是遣興娛樂的工具，寫詩的動機就是為了表達自己心中的喜怒哀樂。劉邦的《大風歌》之作，是起於還歸故鄉，與故人父老相樂，酒醉歡哀的席間；《鴻鵠歌》作於易太子事不成，戚夫人唏噓流涕，二人相對感傷之時；趙王劉友的《幽歌》作於被呂后幽禁橫遭陷害的悲憤怨恨中。從這裡可以看出，這些漢初貴族們的詩歌創作一開始繼承的就不是先秦詩騷精神，而是取法於自春秋末年以來以娛樂抒情為主的「新樂」、「鄭聲」，

〔註80〕唐・姚思廉《梁書・文學傳》中華書局 1973 年版，728 頁。

> 這才是我們漢初貴族詩章更應該注意的。因爲從這裡看出
> 在漢代新興地主階級的日常詩歌創作中，鄭聲實際上早已
> 取代了雅樂。漢初貴族的詩歌創作，一開始就是以「鄭聲」
> 發端的。〔註81〕

可知宮體詩所具備的娛樂化傾向，並不是同南朝齊梁時期才蔚然成風的，早在兩漢時期詩歌的娛樂化傾向便已明顯地凸顯出來。宮體詩的世俗趣味與娛樂化傾向是南朝詩人在蕭梁穩定的政治背景下，逐求享樂以詩文爲娛的結果。

宮體詩的定名同東晉南朝時期詩歌體式理念的出現有密切關係。當時詩壇喜歡把得到眾人認同並引來他人倣仿的詩人作品稱做「某某體」。如「謝靈運體」、「吳均體」等等。蕭齊高帝蕭道成的第五子蕭曄「與諸王共作短句，詩學謝靈運體。」〔註82〕蕭梁伏挺「有才思，好屬文，爲五言詩，善效謝康樂體。」〔註83〕吳均「文體清拔有古氣，好事者或斅之，謂爲『吳均體。』」（《梁書·文學上》）同時魏晉南北朝時代，在不同歷史時期都有一大批各具特色的詩人湧現。鍾嶸《詩品序》謂：「降及建安，曹公父子，篤好斯文；平原兄弟，鬱爲文棟；劉楨、王粲，爲其羽翼。」「太康中，三張、二陸、兩潘、一左，勃爾俱興踵武前王，風流未沫，亦文章之中興也。」「元嘉中，有謝靈運，才高詞盛，富豔難蹤，固已含跨劉、郭，凌轢潘、左。」劉勰說：「晉雖不文，人才實盛：茂先搖筆而散珠，太衝動墨而橫錦，嶽湛曜聯璧之華，機雲標二俊之采。應傅三張之徒，孫摯成公之屬，並結藻清英，流韻綺靡。」（《文心雕龍·時序》）他們爲齊梁詩人留下了豐厚的藝術成果，成爲眾多競相倣仿的對象。鍾嶸評論當時喜歡師法鮑照、謝朓的人說：「師鮑照，終不及『日中市朝滿』；寫謝朓，劣得『黃鳥度青枝』」。（《詩品序》）

〔註81〕趙明等主編《兩漢大文學史》吉林大學出版社 1998 年版，286 頁。
〔註82〕梁·蕭子顯《南齊書·高十二王傳》，中華書局 1972 年版，624～625 頁。
〔註83〕唐·姚思廉《梁書·文學下》，中華書局 1973 年版，719 頁。

　　另一方面，南朝詩壇是一個求新逐異的時代，所謂：「儷采百字之偶，爭價一句之奇，情必極貌以寫物，辭必窮力而追新。」（《文心雕龍・明詩篇》）「習玩爲理，事久則瀆，在乎文章，彌患凡舊。若無新變，不能代雄。」（《南齊書・文學傳論》）蕭綱就對當時文壇把當代的創作同古人的相比不以爲然，仍舊是在《與湘東王書》中，他說：「吾既拙於爲文，不敢輕有掎摭。但以當世之作，歷方古之才人，遠則揚、馬、曹、王，近則潘、陸、顏、謝，而觀其遣辭用心，了不相似。若以今文爲是，則古文爲非；若昔賢可稱，則今體宜棄。俱爲盍各，則未之敢許。」他還特別列舉當時傚仿謝靈運、裴子野的人說：「謝客吐言天拔，出於自然，時有不拘，是其糟粕；裴氏乃是良史之才，了無篇什之美。是爲學謝則不屆其精華，但得其冗長；師裴則蔑絕其所長，惟得其所短。謝故巧不可階，裴亦質不宜慕。」在蕭綱眼中傚仿他人難以學到其精華。

第四章 《玉臺新詠》的編纂宗旨

　　《玉臺新詠》究竟是爲何而編，就筆者所見主要有四種觀點，第一是唐代劉肅的「大其體」，即改造受人詬病的宮體詩，使之境界變大，復歸風雅正統。〔註1〕《四庫全書總目》就說這部書：「雖皆取綺羅脂粉之詞，而去古未遠，猶有講於溫柔敦厚之遺，未可概以淫豔斥之。」同時的袁枚也曾說：「《玉臺新詠》實國風之正宗」。〔註2〕第二種觀點，是爲了倡導一種詩體。梁啓超曾說編纂這部書「目的在專提倡一種詩風，即所謂言情綺靡之作」。〔註3〕金克木：「是不是蕭綱要宣揚自己的詩體而另選一詩集，不像《文選》那樣詩文並收呢？」〔註4〕還有文學競爭的需要，胡大雷「蕭統文學集團的挑戰」，同蕭統文學集團「文質彬彬」的觀念相抗衡。〔註5〕第三，是詹瑛先生的供「麗人解憂」之用，而且是一「後宮貴人失寵之後，長日寂寥，此編乃爲供其消遣而作。」〔註6〕麗人一般是統指後

〔註1〕　劉肅《大唐新語》卷三《公直第五》：「先是，梁簡文帝爲太子，作好豔詩，境內化之，浸以成俗，謂之宮體。晚年改作，追之不及，乃令徐陵撰《玉臺集》，以大其體。」，中華書局1984年版，41～42頁。

〔註2〕　清‧袁枚《隨園詩話》卷九，人民文學出版社1982年版，302頁。

〔註3〕　清‧吳兆宜注，程琰刪補，穆克宏點校《玉臺新詠箋注‧附錄》，551頁，中華書局1985年版。

〔註4〕　金克木《〈玉臺新詠〉三問》，《文史知識》1986年2期。

〔註5〕　胡大雷《宮體詩研究》，商務印書館2004年版，239～323頁。

〔註6〕　詹瑛：《〈玉臺新詠〉三論》，《語言文學與心理學論集》，齊魯書社1989年。

宮佳麗，詹瑛先生認爲她就是蕭繹妃子的徐元妃。第四，是主張《玉臺新詠》是一部宮教課本，是可能在當時已經形成制度的宮教制度下的產物。〔註7〕之所以專錄豔歌，是爲了投合後宮「惟屬意於新詩」的好尚，同時秉承南朝諸多《婦人集》撰錄婦人事的傳統。〔註8〕

第一種觀點較合情理，宮體詩在誕生之初，就曾因其綺靡色彩，受人詬病，梁武帝爲此曾召見徐摛，想就宮體詩一事申斥他一番。〔註9〕蕭衍責備徐摛的原因，定是由於宮體詩「傷於輕豔」（《梁書・簡文帝紀》）的風格，及「賦詠不出乎桑中」（《資治通鑒》卷一六二）的內容。雖然這一風波爲徐摛化解，但《玉臺新詠》的成書就在此事之後。〔註10〕徐陵編纂《玉臺新詠》時，應對非議、提升其境界，已經是勢在必行，而復歸風雅正統，無疑是提升宮體詩境界，應對非議的最佳選擇。不過，遺憾的是這一觀點長久以來一直停留在有論無證的狀態；第二種看法，有一定道理，但它最大的不足就是沒有解決如何應對非議的問題。因爲宮體詩當時已經在宮廷內流行開來，不存在什麼倡導的問題，歷史給《玉臺新詠》的任務是如何提升宮體詩的境界，說明它的價值。詹瑛先生的看法也有相當的道理，《玉臺新詠》的多數作品都帶有明顯的娛樂化傾向，像描寫歌舞情態、渲染聲色之美的何遜《詠舞妓》、江洪《詠舞女》、《詠歌姬》、蕭衍和蕭綱的《詠舞》即是。但書中一些的現實批判色彩非

〔註7〕 許雲和《南朝宮教與〈玉臺新詠〉》，《文獻》1997 年 2 期。

〔註8〕 許雲和：《解讀〈玉臺新詠序〉》，《煙台師範學院學報（哲學社會科學版）》2005 年 1 期。

〔註9〕 《梁書・徐摛傳》：「摛文體既別，春坊盡學之，『宮體』之號，自斯而起。高祖聞之怒，召摛加讓，及見，應對明敏，辭義可觀，高祖意釋。」中華書局 1973 年版，447 頁。

〔註10〕 《玉臺新詠》的成書我們採信傅剛的觀點，即成書於中大通四年至大同元年（532～535）之間。（見傅剛《〈玉臺新詠〉編纂時間再探討》，北京大學學報 2002 年 3 期。）徐摛於中大通三年（531）出爲新安太守，（唐・姚思廉《梁書・徐摛傳》中華書局 1973 年版，447頁。）梁武帝召徐摛質問宮體詩之事發生在徐摛做新安太守之前。《玉臺新詠》的編纂必在這場風波之後。

常濃厚的童謠，它們同樣也是《玉臺新詠》的有機組成部分。僅從娛樂角度出發，是無法給它們一個合理的解釋。第四種觀點饒有新意，南朝宋、齊年間，有個韓蘭英以多識著稱，曾在後宮教授過書學，〔註11〕蕭梁時張率「撰婦人事二十餘條，勒成百卷。使工書人琅邪王深、吳郡范懷約、褚洄等繕寫，以給後宮。」〔註12〕南朝也出現了一些女性詩專集，如顏竣的《婦人詩集》二卷，殷淳的《婦人詩集》三十卷。不過，不論韓蘭英還是張率，他們的事例同《玉臺新詠》的編纂，沒有直接關係。至於徐陵序中言此書，供佳麗「長循環於纖手，永對玩於書帷」，藉此「微鑠愁疾」，「聊同棄日」。只能說明此書有用以消遣、娛樂的意向，不能就此證明它是一部「宮教讀本」。許雲和最後用孔子的博弈之說，論證其宮教的思想依據，說到底還在說《玉臺新詠》的娛情、消遣功能，並沒突破詹瑛先生的觀點。再就是女性詩人專集只能說明當時能詩的女性在增多，與所謂的宮教同樣也看不出有任何關係。許雲和的看法，或許符合事實，但他的論證沒能夠支撐其觀點。

詩歌的風雅觀是中國封建時代的正統詩學主張，一般的看法，南朝齊梁時代崇尚新奇、講究聲律、詩風綺靡豔麗，事實也的確如此。然而，從第一章的作品論析可知，不但班婕妤的《怨詩》，「深得匹婦之致」，（鍾嶸《詩品》）秦嘉妻徐淑《答詩》「亞於團扇」，（鍾嶸《詩品》），及讚美「以禮自防」潔婦的《日出東南隅行》、辛延年《羽林郎》等詩歌體制雅正，就是南朝齊梁年間劉孝威的《都縣遇見人織率爾寄婦》·王樞的《至烏林村見採桑者聊以贈之》、劉孝綽《遙見鄰舟主人投一物眾姬爭之有客請余為詠》諸作均包涵有鮮明的封建道德倫理內容，它們在風格上具備南朝詩歌的一般特徵，講

〔註11〕梁·蕭子顯《南齊書·裴皇后傳》：「宋孝武世，獻《中興賦》，被賞入宮。宋明帝世，用為宮中職僚。世祖以為博士，教六宮書學，以其年老多識，呼為『韓公』」。中華書局1972年版。
〔註12〕唐·姚思廉《梁書》，中華書局1973年版。

究辭藻、聲律，內容上是南朝的流行題材：講男女之情，但卻一點也沒有妨礙它們在主題上承接儒家詩歌理論的政教傳統。由此，以《玉臺新詠》的主題特徵爲基礎，肯定《玉臺新詠》娛樂性的前提下，聯繫其他要素，如閱讀對象，時代特徵等，有必要重新審視劉肅的編纂《玉臺新詠》是爲了「大其體」的觀點，進而對《玉臺新詠》的編纂宗旨有一個較爲公正全面的認識。

第一節　《玉臺新詠》的女性題材特徵與儒家詩教

「綺羅脂粉之詞」是《玉臺新詠》的內容特徵，但只是非常表面的特徵。《四庫全書總目》在承認這一點的基礎上，進一步指出：「猶有講於溫柔敦厚之遺」則是點出了《玉臺新詠》某些選錄篇章的內在本質的。可惜的是，歷來的研究者對《玉臺新詠》作品內容的把握，基本上停留在其表面特徵上，特別是南朝作品，只看到了那些渲染聲色之娛的篇章，沒有注意到劉孝威《郡縣遇見人織率爾寄婦》、王樞《至烏林村見採桑者聊以贈之》等表現在美色面前保持自制，對妻子用心不移的篇什；只看到棄婦詩中的不幸的女性形象與相思詩中的纏綿悱惻，沒有注意到二者共同表達的其實是對夫婦之情的忠貞不渝，其背後體現的仍舊是封建禮法對女性的倫理要求。也沒有想到即便那些渲染美色的作品，婦容，同樣也是封建禮法對女性的要求——四德的內容之一。不但如此，徐陵還選了一定數量的以古喻今，批判淫奢風氣、反映當時胡漢民族矛盾的體現現實關懷的作品，這充分說明徐陵編纂《玉臺新詠》並不是一部宣揚聲色、倡導淫靡的詩歌總集。用一句略顯俗套的話來說就是：他的編選既注重作品的藝術性同時又兼顧了作品的思想性，雖然在好多時候這兩方面的特點常常是借助不同的作品分別表現出來的。

還有，對《玉臺新詠》的出現，研究者只看到了當時綺靡詩風在《玉臺新詠》身上的印記，自然而然地認爲蕭綱授意徐陵編選此

書是爲了倡導言情綺靡之作。沒有考慮過宮體詩在當時已經因其內容的淫靡受到批評，蕭綱逆批評行事，以自己的地位去強行宣佈宮體詩的合理性與價值是不合情理的。更何況對此表示不滿的人中，就包括蕭綱的父親梁武帝蕭衍。其實，蕭衍自己也喜好新聲豔曲，他在自己的後宮豢養了不少年輕美貌的歌舞伎。〔註 13〕晚年篤信佛教，自稱「受生不好音聲。」（《梁書·賀琛傳》）但他並不因此便禁止臣下聽歌賞舞，大通、中大通（527～534）年間，送歌人王娥兒給名將羊侃。〔註 14〕蕭綱喜歡創作的宮體詩，不過就是當時流行的綺靡詩歌而已。那蕭衍爲什麼還要對宮體詩的流行表示不滿，召見徐摛欲行申斥呢？可見，有一股力量促使蕭衍不得不去表態反對，而這與他是否眞的討厭宮體詩並無關係。這股力量是什麼呢？答案可以從類似的事例中得到。蕭齊時，文惠太子蕭長懋身上也發生過類似的事。當時的才子何偁給蕭長懋寫了《楊畔歌》，蕭長懋很喜歡，袁廓之知道後進諫說：「夫《楊畔》者，既非典雅，而聲甚哀思，殿下當降意《簫》《韶》，奈何聽亡國之響？」蕭長懋聽後「改容謝之」。〔註 15〕且不管，蕭長懋是否眞的改正了，但他面對袁廓之站在儒家詩教立場上的批評，至少在口頭上表示了接受。蕭綱喜歡創作的宮體詩與蕭長懋喜歡《楊畔歌》相似，所以，促使蕭衍不得不對宮體詩表示意見的原因與袁廓之批評的出發點是相同的，就是儒家詩教的政教要求以及對宣揚聲色的鄭衛之音批評。雖然南朝齊梁時期綺靡之作風行，陸機的「詩緣情而綺靡」，蕭綱的「爲文切須放蕩」等新穎的詩歌創作理念層出不窮，但至少在這一件事上，可以見出儒家詩教的政教主張依然是最權威的評判尺度。

〔註 13〕唐·李百藥《南史·徐勉傳》：「普通末（520～527），武帝自算擇後宮《吳聲》、《西曲》女妓各一部，並華少賚勉」。中華書局 1975 年版 1485 頁。

〔註 14〕唐·姚思廉《梁書·羊侃傳》：「侃以大通三年至京師」「侃性豪侈，善音律」「敕賚歌人王娥兒」。中華書局 1973 年版，561 頁。

〔註 15〕唐·李百藥《南史·袁象傳附袁廓之傳》，中華書局 1975 年版，709 頁。

　　蕭長懋、蕭衍之所以至少在表面上不得不屈從於儒家詩教的要求，主要是由詩歌自身特質以及他們的政治地位所決定的。我們知道詩歌有多種功能，其中最主要的兩個是娛樂與教育。賀拉斯在《詩藝》中說：「詩人的願望應該是給人以樂趣和益處，他寫的東西應該給人以快感，同時對生活有幫助。」〔註16〕便是指此而言。儒家不遺餘力批判鄭衛之音，原因就在鄭衛之音的娛樂性特別突出，感染力也很強，往往有著比雅頌之音更大的吸引力。魏文侯出自肺腑的實言：「吾端冕而聽古樂，則唯恐臥；聽鄭衛之音，則不知倦。」（《禮記・樂記》）就道出了鄭衛之音的魅力。鄭衛之音的另一個特徵就是幾乎不具備什麼教育功能。傅毅《舞賦》：「鄭衛之樂，所以娛密坐、接歡欣也。餘日怡蕩，非以風民也。其何害哉？」〔註17〕就是在說鄭衛之樂無關教育風化。可作爲統治者來說，他們身上肩負著治理國家的重任，如果沉湎於無關教化的娛樂中不能自拔，勢必荒廢政務，進而影響國家機器的正常運轉，其破壞力將是巨大的。所以，儒家才從政教出發，倡導欣賞雅頌之聲，反對沉迷鄭衛之音，所謂：「放鄭聲，遠佞人」。（《論語・衛靈公》）。蕭綱是太子，作爲未來皇位的繼承人，他的任何公開行爲都不再是單純個人行爲，而是有著巨大影響力的一種社會行爲。身爲帝王的蕭衍爲維護自身統治計，不可能放任他引領一幫人去寫豔詩。這個道理是不難懂的。

　　實際上依蕭綱本意，他是不主張在抒情寫志的時候表現儒家禮法的。他的《與湘東王書》中就明確地說：「若夫六典三禮，所施則有地，吉凶嘉賓，用之則有所。未聞吟詠情性，反擬《內則》之篇；操筆寫志，更摹《酒誥》之作；遲遲春日，翻學《歸藏》，湛湛江水，遂同《大傳》。」這與他跟他的兒子當陽公的信中說：「立身之道，與文章異，立身先須謹重，文章且須放蕩」如出一轍。蕭綱的看法

〔註16〕亞里斯多德　賀拉斯《詩學・詩藝》，人民文學出版社 1962 年版，155 頁。

〔註17〕梁・蕭統編，李善注《文選》，上海古籍出版社 1986 年版，796 頁。

有一定道理，政教和立身與文學有別，二者不可等同。可是二者也有割不斷的聯繫。在封建時代，文學可以不去直接宣揚禮法，但不能違背禮法。蕭梁時代，佛教、玄學思想盛行，但南朝依舊是一個禮法社會，儒家思想依舊牢牢地佔據著統治地位，任繼愈就指出：佛教理論對儒家封建倫理觀念有依賴性，而玄學不過是儒家封建倫理思想的另一種表現方式。「也可以說玄學是以老莊思想爲外衣而骨子裏是封建倫理道德的積極支持者」。〔註 18〕王仲犖也認爲：「雖然玄學和佛教思想都很活躍，但儒家思想的統治地位，仍然沒有動搖。」〔註 19〕因爲從維護上層統治而言，儒家封建倫理思想仍舊是最符合統治階級利益的意識形態。當時與蕭衍對立的東魏高歡就說蕭衍是一位「專事衣冠禮樂」的帝王，「中原士大夫望之以爲正朔所在。」〔註 20〕所以蕭綱以太子的身份，去倡導一種在儒家看來，有害政教的行爲，受到質疑和批評是再自然不過的事情了。身爲太子的蕭綱和一幫身邊的文學侍臣寫豔詩，已經不是一種單純的自我娛樂行爲，他們必須接受來自社會其他層面勢力的約束和制約。蕭綱及其宮體詩在當時所面臨的正是這樣一種狀況。

　　既然，蕭綱宮體詩受到的非議與批評，在旁觀者看來是因其違背儒家詩教的政教主張。且不說當時沒有什麼所謂的唯美主義文學主張，就是有也是蒼白無力的。那蕭綱要想扭轉這一局面，只能直面批評，從儒家詩教立場出發，回歸風雅正統，方能爲宮體詩找到一個合理的立足點，化解非議，在當時捨此，我們認爲不會有第二種選擇。這才是蕭綱授意徐陵編纂《玉臺新詠》的主要初衷。所以《玉臺新詠》主要選錄女性作品，專供後宮閱讀之用，其目的絕不是爲了向鄭衛之音靠攏，去倡導靡靡之音，而是另有深意。那麼蕭綱授意徐陵編纂《玉臺新詠》目的到底是什麼呢？簡單地說他們是

〔註 18〕 任繼愈《南朝晉宋間佛教「般若」、「涅槃」學說的政治作用》，《漢唐佛教思想論集》人民出版社 1973 年版。
〔註 19〕 王仲犖：《魏晉南北朝史》上海人民出版社 2003 年版，818 頁。
〔註 20〕 唐・李百藥《北齊書・杜弼傳》，中華書局 1972 年版，374 頁。

取《詩大序》對《關雎》的闡釋：「后妃之德也，風之始也，所以風天下而正夫婦」之意，用編選詩集給後宮閱讀的方式去實踐儒家所宣揚的，針對帝王後宮的風教，藉此實現復歸風雅正統，抬高蕭綱詩的價值的目的。以往的研究者，只注意到《玉臺新詠》與鄭衛之音多抒發男女之情之間的相似性，沒有留意《玉臺新詠》同《詩經》二南之間更具相似性：同樣是以女性題材爲主，同樣與后妃有關。

　　《詩經》的二南在《詩經》中具有特殊地位，《詩經》研究史上，甚至有人主張把二南獨立出來，作爲《詩經》的一類，即把《詩經》分爲《風》、《雅》、《頌》、《南》四類。〔註21〕雖未獲得普遍認同，但足以見其價值的獨特。二南也是講男女之情，而且比重很大。據統計《詩經》二南總共25首作品，依《毛詩》小序的詮釋，除《周南・麟之趾》、《召南・甘棠》、《羔羊》而外，均與男女之情有關，其比例高達88%，遠比《鄭風》21首中有7首的33%與《衛風》10首中有5首的50%高。〔註22〕另外，《詩經》二南中的女性形象，據《小序》，不是普通的女性，按《詩大序》的觀點，《周南》講的是王者之風，《召南》是諸侯之風。所以《周南》11篇中，有8篇序說是在頌揚后妃德行。《關雎》外，像《葛覃》：「后妃之本也。后妃在父母家，則志在於女功之事，躬儉節用，服澣濯之衣，尊敬師傅，則可以歸安父母，化天下以婦道也。」《卷耳》：「后妃之志也，又當輔佐君子，求賢審官，知臣下之勤勞。內有進賢之志，而無險詖私謁之心，朝夕思念，至於憂勤也。」「《樛木》，后妃逮下也」等等，其他三篇除《麟之趾》讚美貴族子孫賢能外，《漢廣》、《汝墳》也是恪守禮法的男女之情。《召南》14篇的主旨，12篇主要是頌揚大夫夫婦之德和守禮的女性。《鵲巢》、《采蘩》、《采蘋》《殷其靁》、《何彼穠矣》等是讚美大夫妻子德行，《草蟲》：「大夫妻能以禮自防

────────────

〔註21〕趙明、趙敏俐等編《先秦大文學史》，吉林大學出版社 1993 年版，184 頁。

〔註22〕以小序的闡釋爲準。

也」、《行露》：「衰亂之俗微，貞信之教興，彊暴之男不能侵陵貞女也。」等是肯定女性操守。

總之，二南言男女之情，被認為是：「正始之道，王化之基」。（《詩大序》）《鄭風》得到卻是「鄭聲淫」（《論語・衛靈公》）的評價。《召南・摽有梅》表現女子對愛情熱望，《小序》說是：「男女及時也。召南之國，被文王之化，男女得以及時也。」《鄭風・女曰雞鳴》講夫妻之間的溫馨生活：「宜言飲酒，與子偕老。琴瑟在御，莫不靜好。」小序卻說它是：「刺不說德也。陳古義以刺今，不說德而好色。」類似的內容，小序採取了不同的評判尺度。朱熹《詩集傳・序》說：「凡詩之所謂風者，多出於里巷歌謠之作，所謂男女相與詠歌，各言其情者也。惟《周南》、《召南》親被文王之化以成德，而人皆有以得其性情之正。故其發於言者，樂而不過於淫，哀而不及於傷。是以二篇獨為風詩之正經。」

毛詩這種面對同一類題材，迥然不同的處理方式，為女性題材的合理性闡釋提供了一種可供選擇的依據。即女性題材可以是宣揚《詩大序》所說的風教，是為了宣揚儒家經典所說的以後宮為起點的統治階級教化。儒家宣揚的文王教化，是指以最高統治者為施行者，自上而下的一種教育，它以後宮教化為起點，以至整個國家，即所謂：「刑於寡妻，至於兄弟，以御於家邦。」（《大雅・思齊》）蕭綱當時的身份是皇太子，他具備這個條件，也擁有這個資格去宣佈自己的創作是在履踐儒家風教，在對後宮實施教化。當時也只有蕭綱和蕭衍能夠這麼做，這也可以解釋為什麼《玉臺新詠》中蕭綱和蕭衍的作品最多，蕭綱 76 首，蕭衍 41 首，合起來達 117 首，幾乎占全部作品的三分之一。其實，這麼處理也不完全是一種狡辯，畢竟《玉臺新詠》收錄的作品裏，雖不乏對美色的渲染和描寫，但並沒有露骨的性描寫，更何況其中還收錄了思想性和藝術性都很高的漢魏古詩，南朝自己創作的作品也有相似的頌揚美好德行的作品。而且，作為曾經的批評者，從主觀意願上來說，蕭衍也希望看

到自己的文學創作能夠和儒家經典扯上關聯，被賦予更高的價值，從而以文王教化的繼承人自居。

我們認為以上才是徐陵編纂《玉臺新詠》的真正意圖和宗旨所在。只是自始至終，他沒有直接表明而已，不過他在序言中曾有明確的提示。如談後宮佳麗的諸多優點，曾說她們不止美麗，還有教養：「閱詩敦禮，非直東鄰之自媒；婉約風流，無異西施之被教。」就是說她們不止擁有像大膽向宋玉示愛的東鄰之女那樣的美貌，還知書達禮，如同受過良好教養的西施，既美又有文采。皇后一向被稱認為是「母儀天下」，崇高的德行，是封建時代對她們一貫的要求。東晉穆帝司馬聃即位時，只有兩歲，當時領司徒蔡謨等上奏請皇太后褚蒜子臨朝攝政，稱褚太后「德侔二媯，淑美《關雎》」。〔註23〕荀勗與馮紞為保自己權位，諂媚賈充，向晉武帝推薦「醜而短黑」〔註24〕的賈南風作司馬衷妃子時，盛讚：「充女才色絕世，若納東宮，必能輔佐君子，有《關雎》后妃之德。」〔註25〕在傳統知識分子那裡，後宮人選是關乎國家興亡的大事。後趙石聰貪戀中常侍王沈養女的美色，立為皇后，尚書令王鑒、中書監崔懿之、中書令曹恂向石聰進諫說，王者立后的目的，是為了「上配乾坤之性，象二儀敷育之義，生承宗廟，母臨天下，亡配后土，執饋皇姑」。所以，選立后妃必須選擇「世德名宗，幽閒淑令」，以「副四海之望，稱神祇之心。」還說「周文造舟，姒氏以興，《關雎》之化饗，則百世之祚永。」而漢成帝「任心縱慾，以婢為后，使皇統亡絕，社稷淪傾。」石聰最後並未採納，王鑒等人也被殺害。但從中我們不難知道教養與德行在封建時代是當時社會對帝王後宮的一貫要求。

徐陵的履踐儒家風教的主觀目的還可以從他對《玉臺新詠》價值評估中見出。他說這部書：「曾無忝於雅頌，亦靡濫於風人」。這

〔註23〕唐‧房玄齡等撰《晉書‧后妃下》，中華書局1974年版，975頁。
〔註24〕唐‧房玄齡等撰《晉書‧后妃上》，中華書局1974年版，963頁。
〔註25〕唐‧房玄齡等撰《晉書‧荀勗傳》，中華書局1974年版，1153頁。

句話的理解，有歧義，關鍵是有異文存在。朱曉海說：

> 「參」，或本作「忝」，因與「參」字俗書形近而訛。
> 無參，無預也，庾信《為閻大將軍乞致仕表》：「臣甲子既
> 多，毫年又及，無參賓客之事，謬達諸侯之班」。若作「忝」，
> 則為足與《雅》、《頌》相比而無愧，不僅下半的「靡濫」
> 成贅語，「涇渭之間」更將不知所云。「靡濫」非一般寫成
> 「糜濫」者欲表達之意。靡，無也，因出句已用了「無」，
> 避免犯重，故易字。濫，泛也、溢也、過也。此聯意謂上
> 不及《雅》、《頌》，下亦不致逾越《風》的尺度。〔註26〕

作「參」是異文，明寒山趙氏刊本便是作「參」，不過，穆克宏所校之《〈玉臺新詠〉箋注》作「忝」。作「參」真得使得下半句的「靡濫」成為贅語，「『涇渭之間』更將不知所云」嗎？「忝」，《說文》：「辱也。」「無忝」就是「無辱」。《詩經・小雅・小宛》：「夙興夜寐，無忝爾所生。」作「忝」，連同「涇渭之間，若斯而已」，意思是：「（《玉臺新詠》）與《雅》、《頌》相比而無愧，置於《國風》之中也不遜色，介於二者之間。」文從字順，並無什麼贅語，我們看不出哪裏有什麼「不知所云」。作「無參」，朱曉海舉庾信《為閻大將軍乞致仕表》的例子，問題是庾信的「無參賓客之事，謬達諸侯之班」是否就能作為「無忝」原本是「無參」的依據，也是個疑問，至少我們看不出二者之間有什麼關係。另外，「無忝」是南朝的一個較為常用的詞。

《南史》卷五十七《沈約傳附沈眾傳》：

> 眾字仲師，好學，頗有文詞。仕梁為太子舍人。時梁
> 武帝製千文詩，眾為之注解。與陳郡謝景同時召見於文德
> 殿，帝令眾為竹賦。賦成奏之，手敕答曰：「卿文體翩翩，
> 可謂無忝爾祖。」

《南齊書・謝朓傳》：「沈昭略謂朓曰：『卿人地之美，無忝此職。』」《魏書・李順傳》：「尚無忝於先人，諒貽厥於來裔。」可見

〔註26〕朱曉海《論徐陵〈玉臺新詠〉序》，《中國詩歌研究》第四輯，2007年。

「無忝」是南北朝時期的一個常用語，徐陵「曾無忝於雅頌」的「無
忝」與《小雅・小宛》的意義相同，就是指這部書可以與《雅》、《頌》
相提並論。只是這樣的一個論調恐怕除了編選者徐陵自己以及幕後
支持者蕭綱外，至多再加上蕭衍，很難再有第四個人這麼認爲。實
際上，就是徐陵自己也不是那麼自信的，否則他也不會在序言的最
後說：「猗歟彤管，無或譏焉。」因爲不論是從作品的內容還是對
中國詩歌史的影響來看，《玉臺新詠》都無法同《詩經》相提並論，
但我們卻認爲這是《玉臺新詠》編纂宗旨最合理的一種解釋。因爲
如前所說，不管《玉臺新詠》同鄭衛之音有著怎樣的相似性，在蕭
衍以及當時社會輿論的反對下，蕭綱不可能授意徐陵去編一部詩歌
集專門去倡導淫靡的詩風。從儒家詩教立場立意，強調自己編纂一
部專選女性作品的詩歌總集，給「母儀天下」的後宮閱讀，去實現
儒家「風天下以正夫婦」的詩教理想，無疑是回擊質疑，強化女性
詩歌合理性的一種最可取的選擇。

　　徐陵編纂《玉臺新詠》有此立意，如果稍稍瞭解南朝的經學狀
況，就不會感到驚奇。因爲南朝不少著名文人同時也是明經之士。
劉宋詩人顏延之便通經學，他做過國子祭酒，〔註27〕元嘉十九年他
還同何承天一起爲皇太子講《孝經》執經，〔註28〕注過《論語》。
〔註29〕齊梁詩人王筠，《玉臺新詠》收其《和吳主簿》六首、《行路
難》一首共七首詩。他自稱：「幼年讀《五經》，皆七八十遍。」〔註
30〕齊梁劉繪曾是永明末蕭子良西邸後進領袖，但他曾「助國子祭酒

〔註27〕梁・沈約《宋書・顏延之傳》：「劉湛誅，起延之爲始興王浚後軍諮
　　　　議參軍，御史中丞。在任縱容，無所舉奏。遷國子祭酒」。中華書局
　　　　1974年版，1902頁。
〔註28〕梁・沈約《宋書・何承天傳》，中華書局1974年版，1705頁。
〔註29〕顏延之的《論語注》，本傳不載，皇侃《論語義疏》引用過，馬國翰
　　　　從中輯出15條，收入《玉函山房輯佚叢書》。參焦桂美《南北朝經
　　　　學史》，上海古籍出版社2009年版，123～127頁。
〔註30〕唐・李延壽《南史・王曇首傳附王筠傳》，中華書局1975年版，610
　　　　～611頁。

何胤撰修禮儀」。〔註31〕更爲重要的是徐陵之父徐摛也是一位精通經學之人。在此，我們有必要重新審視一番那場由徐摛引發的「宮體」風波。

> 摛文體既別，春坊盡學之，「宮體」之號，自斯而起。高祖聞之怒，召摛加讓，及見，應對明敏，辭義可觀，高祖意釋。因問《五經》大義，次問歷代史及百家雜說，末論釋教。摛商較縱橫，應答如響，高祖甚加歎異，更被親狎，寵遇日隆。

這段史實爲治齊梁詩歌史的人所熟識，不過其中的關節點尚未有人留意。徐摛因爲引領寫宮體詩引發梁武帝的不快。蕭衍特意召見徐摛要進行申斥，等徐摛來到，面對蕭衍的質問，徐摛應答得體，化解了這場不快。可惜的是今天的我們已經無法知道當時徐摛到底說了什麼，能讓蕭衍轉怒爲喜。但梁武帝接下來的問題值得注意。蕭衍氣消之後，史書說的是「因問《五經》大義」，其中的「因」告訴我們蕭衍問他「《五經》大義」不是隨便問的，而是跟徐摛對質疑的回答有關。這一點我們可以從當時類似的用例得到印證。

> 柏年本梓潼人，土斷屬梁州華陽郡。初爲州將，劉亮使出都諮事，見宋明帝。帝言次及廣州貪泉，因問柏年：「卿州復有此水不？」答曰：「梁州唯有文川、武鄉、廉泉、讓水。」〔註32〕

> （天監）五年（506），魏任城王元澄寇鍾離，高祖遣珍國，因問討賊方略。珍國對曰：「臣常患魏衆少，不苦其多。」高祖壯其言，乃假節，與衆軍同討焉。〔註33〕

> （劉歊）十一（歲），讀《莊子·逍遙篇》，曰：「此可解耳。」客因問之，隨問而答，皆有情理，家人每異之。〔註34〕

〔註31〕 唐·李延壽《南史·劉繪傳》，中華書局 1975 年版，1009 頁。
〔註32〕 唐·李延壽《南史·胡諧之傳附范柏年傳》，1975 年版，1177 頁。
〔註33〕 唐·姚思廉《梁書·王珍國傳》中華書局 1973 年版，278 頁。
〔註34〕 唐·姚思廉《梁書·處士傳》中華書局 1973 年版，747～748 頁。

（蕭）續多聚馬仗，蓄養趫雄，耽色愛財，極意收斂，倉儲庫藏盈溢。臨終有啓，遣中隸事參軍謝宣融送所上金銀器千餘件，武帝始知其富。以爲財多德寡，<u>因問</u>宣融曰：「王金盡於此乎？」宣融曰：「此之謂多，安可加也。夫王之過如日月蝕，欲令陛下知之，故終而不隱。」帝意乃解。〔註35〕

　　從以上用例不難知道，「因問」所述內容都是承接之前所言而來。就徐摛這次風波而言，他當時應對蕭衍質疑，所依據的必然是儒家經典，否則史書不會在「問《五經》大義」之前加一個「因」字。既然是儒家經典，又是說詩的，不是《毛詩》又會是什麼？是《毛詩》必然繞不開《毛詩序》。而徐摛通經，他就不可能不熟悉《毛詩》，加之《詩大序》作爲《詩經》首篇《關雎》的序言，只要習《毛詩》就一定熟悉《詩大序》，這是沒任何疑問的。再加上《毛詩序》又是以《關雎》爲中心闡發詩教。所以當徐摛面對蕭衍的責問，依據的儒家經典，而責問的內容又是宮體詩與鄭衛之音相似之類的話，那麼徐摛應對的內容很可能就是我們的推測：宮體詩以女性題材爲特徵，是爲了履踐儒家詩教中倣仿周文王「風天下以正夫婦」的風教主張。宮體詩的直接倡導者是蕭綱，蕭衍表面上斥責徐摛，內裏其實是對蕭綱不滿，只是蕭衍也寫過類似的作品。徐摛在此又可以說蕭衍父子的這種行爲是在爲儒家的風教主張張目。如此一來，徐摛的應對，不但爲宮體詩的存在找到了一個很好的理論依據，因爲當時的質疑正是因爲宮體詩違背儒家詩教，徐摛這番巧妙應對正好回應當時的質疑——宮體詩同儒家詩教不矛盾，同時還順帶把蕭衍的那些原本是娛樂性的綺靡之辭吹捧了一番。這雖是揣測之辭，不過這種推測爲眞的可能性很大。史書誇獎徐摛「應對明敏，辭義可觀」，說明徐摛的反映很敏捷，回答得巧妙。

　　我們已經指出徐陵編纂《玉臺新詠》是在這場風波之後，雖然

────────────────

〔註35〕唐・李延壽《南史・梁武帝諸子蕭續傳》，1975年版，1323頁。

從選詩到序言都是出自徐陵之手。但由於徐摛和徐陵是父子，徐陵
在具體編纂過程中以及序言寫作過程中聆聽父親的意旨，把徐摛的
應對通過編纂詩集，實現回應質疑，爲宮體詩張目的目的，是再自
然不過的事情了。現在我們重新回顧劉肅的話，或許會有不一樣的
認識。

> 梁簡文帝爲太子，作好豔詩，境內化之，浸以成俗，
> 謂之宮體。晚年改作，追之不及，乃令徐陵撰《玉臺集》，
> 以大其體。〔註36〕

由於蕭綱只活了 49 歲，《玉臺新詠》問世之時，蕭綱不過三十
出頭，所以「晚年」一詞實在可疑。但也不必因噎廢食，由此懷疑
和否定劉肅的說法。通過前面分析，我們認爲劉肅的說法總體可信。
只是一直以來研究者總是習慣把《玉臺新詠》視爲一部倡導綺靡之
作的詩歌集，所以無法理解「追之不及」和「大其體」的涵義。「追
之不及」是因爲宮體詩壞的影響已經有了，相關作品也已經傳播開
來，這是無法泯滅的，的確可以說「追之不及」。至於「大其體」，
就是向儒家風雅正統回歸，而且通過我們的分析，可以認定徐陵在
一定程度上實現了這一目的。只是他的這一用意長久以來沒人能夠
明瞭。

第二節　南北朝詩歌創作對儒家詩教傳統的繼承

如前所述，《玉臺新詠》的編纂從徐陵的主觀目的上說，是爲回
應當時對宮體詩的質疑，提升宮體詩的境界，回歸風雅正統而編。
不過《玉臺新詠》在實際編纂過程中上自漢魏下至齊梁，把眾多優
秀作品都網羅其中。它事實上又不是一部純粹的宮體詩專集，而是
專錄女性作品對後宮實施儒家教化。它是因宮體詩受質疑而編，但
《玉臺新詠》的題材特徵，作品選錄，又是依照儒家詩教的要求，
承接《詩經》二南而來，所以《玉臺新詠》與宮體詩有聯繫，但又

〔註36〕劉肅《大唐新語》卷三《公直第五》中華書局 1984 年版，41～42 頁。

是一部具有獨立價值的詩歌總集。既然這部書是爲著說明自己繼承
了儒家的詩教傳統，那麼我們是否可以提出這樣一個疑問，即：徐
陵選詩和確立編纂宗旨上對儒家風雅正統的回歸是一種個別的行
爲，僅僅是迫於形勢而採取的不得已的權宜之計，還是儒家詩教傳
統在南北朝詩歌創作實踐中，實際上一直被繼續繼承和發揚，只不
過這一歷史事實不爲研究者所重視。《玉臺新詠》的出現不過是新詩
創作實踐同儒家詩教傳統理念和實踐發生衝突的情況下，新詩創作
對儒家詩教傳統的一種讓步、調和與回歸呢？我們認爲這種可能性
是很大的，再有，這種揣測絕不是一種的「大膽假設」。因爲自漢至
齊梁的詩歌，始終都一些突出儒家倫理的作品，雖然數量不多，卻
是《玉臺新詠》的有機組成部分，即在作品選擇上已經在有意向儒
家詩教靠攏。儒家詩教的主要目的希望通過詩歌去考察政治得失，
以達到維護封建政治統治的目的。就其具體功能而言，大致分爲言
志、諷諫、頌美和教化等四個方面。〔註 37〕《玉臺新詠》的主要著
眼點是儒家教化，我們準備從言志、諷諫和頌美三個方面去考查南
北朝詩歌對儒家詩教傳統的繼承。

一

　　魏晉南北朝時代文學史認識誤區。通常看來魏晉南北朝時代，
特別是魏晉時期，是一個所謂「個體意識的崛起，自我價值的發現」，
禮法制度桎梏下窒息已久人性的覺醒，個性自由，精神自由成爲一
種時代企求的時期。並且：「以阮籍、嵇康爲首的『竹林七賢』，他
們蔑棄禮法，率性任情，通脫曠達，『越名教而任自然』。所謂魏晉
風度就是這種精神的代表」〔註 38〕宗白華早就認爲：「魏晉人生活上

〔註 37〕林耀潾從「詩教之意義」、「周代詩之運用與詩教」、「孔子之詩教」、
　　　　「孟子之詩教」、「荀子之詩教」等六個方面，比較全面地闡釋了先
　　　　秦儒家詩教的內涵，可以參考，見《先秦儒家詩教研究》，臺北，臺
　　　　灣學生書局 1990 年版。
〔註 38〕郁沅《魏晉南北朝文論選·前言》，人民文學出版社 1996 年版。

人格上的自然主義和個性主義，解脫了漢代儒教統治下的禮法束縛，在政治上先已表現於曹操那種超道德觀念的用人標準。一般知識分子多半超脫禮法觀點直接欣賞人格個性之美，尊重個性價值。」他還舉桓溫的例子，桓溫問殷浩：「卿何如我？」殷答：「我與我周旋久，寧作我。」並說「這種自我價值的發現和肯定，在西洋是文藝復興時期的事。」〔註39〕

上述觀點看似有理，事實上經不起推敲。魏晉時代那些名士表面上講究個性自由、精神自由，但骨子裏又是那麼在乎門第和出身，這難道不是一種悖論嗎？徐震堮曾指出：以蔑棄禮法，遺落世事而論，都是表面現象，「其實晉人最計較那些禮文上的細節。」〔註40〕魏晉人蔑棄禮法的行為有時不過是明哲保身的一種策略，如阮籍，有時則是藉以表明自己明確的政治態度，如嵇康。他們跟儒家禮法沒有多少關係。還有宗白華以曹操超道德觀念的用人標準事例，去證明魏晉人掙脫儒教的禮法束縛不合適。首先不同時代的具體禮法形式，儒家主張在不違背原則的前提下因時損益，沈約《宋書·禮志一》：「夫有國有家者，禮儀之用尚矣。然而歷代損益，每有不同，非務相改，隨時之宜故也。」〔註41〕更為關鍵的是，儒家還強調：「治國、平天下」，不同歷史時期，歷史所賦予的使命有別。曹操時代需要的是有能力協助他平定割據局面的武將、謀士，如果拘泥於政治平穩的時代僵化的用人標準，將無異於自掘墳墓，也誤解了儒家主張的本義。還有桓溫和殷浩的那番對話也不能證明所謂的「欣賞人格個性之美，尊重個性價值。」殷浩的說辭只能說明他不想回答桓溫之問，但又不想挫桓溫之銳氣，得罪桓溫，所以只能採取一種含糊其辭迴避的辦法，既保全了自己的顏面，同時又不衝撞桓溫。

〔註39〕宗白華《論〈世說新語〉和晉人的美》，《宗白華全集》第二卷，安徽教育出版社 1994 年版。

〔註40〕徐震堮《世說新語校箋·前言》，中華書局 1984 年版。

〔註41〕梁·沈約《宋書·禮志一》，中華書局 1974 年版，327 頁。

　　郁沅的「個性自由」，宗白華說的「個性之美」，細究起來是很空泛的。他們所說的「個性」歸根到底不過是當時的士人階層中的個人品行，他們的行為方式只有置於特定的階層中才能認識，那些所謂的自由和個性之美也只有特定階層的人才能享受和具備。馬克思、恩格斯早就點明：「個人自由只是對那些在統治階級範圍內發展的個人來說是存在的，他們之所以有個人自由，只是因為他們是這一階級的個人」。「他們不是作為個人而是作為階級的成員」存在的。〔註42〕另外，以所謂的個性自由、精神自由去解讀魏晉時代恐怕難以得到客觀、全面的認識。以西晉文人趙至為例，他曾跟隨嵇康在洛陽學寫石經，「身長七尺四寸，論議精辯，有從橫才氣。」但就因為出身士家，也就是兵家子，須知兵家子只能世代當兵，跟士家結婚，屬低賤的特殊階級。因而他不得不在十六歲，士家子息的服役年齡，離家出走，兩度改名，後在遼西改落別籍。父母健在改落別籍，當時是違背禮法的。他到遼西後被舉為郡計吏，成為遼西太守屬員。之後曾回過洛陽，其時母親已經病逝，父親卻不讓他回家，也沒告訴他母親病逝的消息。趙至就這樣過家門而不入，返回遼西做了州從事，「太康中以良吏赴洛，方知母亡。」這個時候他已經脫離士籍成為良家子，並在仕途上小有所成，母雖死，但父尚在，然他卻不能父子相認，實現他「以宦學立名，期於榮養的目的」。因為一旦父子相認，趙至士家的身份就會暴露，前期所做的一切也將付之東流，父母犧牲親情所換來的所有也將成為烏有，所以他最後「號憤慟哭，歐血而卒，時年三十七」。〔註43〕唐長儒在做過分析後，說：「通過趙至的事蹟，我們可以認識士家制度的嚴格以及加於兵士的殘酷壓迫。」〔註44〕趙至身處的就是文學史家們所說魏晉時

〔註42〕馬克思、恩格斯《德意志意識形態》，《馬克思恩格斯全集》第三卷，人民出版社1960年版，84頁。

〔註43〕唐·房玄齡等《晉書·文苑·趙至傳》，中華書局1974年版，2377～2379頁。

〔註44〕唐長儒《〈晉書·趙至傳〉中所見的曹魏士家制度》，《魏晉南北朝史論叢》（外一種）河北教育出版社2000年版。

代，但由於出身的低賤，使之在小有成就之後連父親都不能相認。他應該是發現了自我的，但卻不能去享受通常看來爲魏晉人所發現，被文學史家所津津樂道的個性自由與精神自由，只能去極力掩蓋他原來的自己，在新的階層裏還不能去認依舊是士家身份的父親，從在一種極端矛盾與痛苦的境地裏過早死去。我們從趙至的身上看到的是那個時代禮法森嚴的等級制度對人性的戕害，絕非什麼個性自由、精神自由。

二

　　我們的上述辯駁只是希望澄清以往的認識誤區，回到切實的文學史中來。當文學批評研究者把阮籍作爲蔑棄禮法的代表人物的時候，似乎忘記了阮籍的人生理想與文學創作都與傳統儒家一脈相承，僅僅在其中摻雜了一些道家的成分。《詠懷詩》八十二首之之十五，就明白地說：「昔年十四五。志尙好詩書。被褐懷珠玉。顏閔相與期。」顏指顏回，閔指閔子騫，他們是孔子門下分別以德行和孝行聞名的弟子。也有過儒家建功立業的志向：「少年學擊刺，妙伎過曲城。英風截雲霓，超世發奇聲。揮劍臨沙漠，飲馬九野坰。」（詠懷詩六十一）他以儒家弟子爲人生追求的楷模，把建功立業作爲自己的人生理想，足見其思想是本之於儒家的。後來迫於險惡的政治形勢，他不得不採取佯狂避世的辦法，形式上加入司馬氏集團，事實上「口不臧否人物」，遠離政治漩渦。依《晉書》的說法便是：「籍本有濟世志，屬魏、晉之際，天下多故，名士少有全者，籍由是不與世事，遂酣飲爲常。」〔註45〕但在魏齊王曹芳嘉平六年（公元254年），司馬師公然廢曹芳，立高貴鄉公曹髦之時，阮籍毅然寫了詠懷詩《八十二首》之十六：

　　　　徘徊蓬池上，還顧望大梁。綠水揚洪波，曠野莽茫茫。
　　走獸交橫馳，飛鳥相隨翔。是時鶉火中，日月正相望。朔

〔註45〕唐·房玄齡等《晉書·阮籍傳》，中華書局1974年版，1360頁。

風屬嚴寒，陰氣下微霜。羈旅無儔匹，俛仰懷哀傷。小人
計其功，君子道其常。豈惜終憔悴，詠言著斯章。

此詩三點值得我們注意，首先蓬池屬於戰國魏國都城大梁，阮
籍用蓬池和大梁來暗示自己所處的時代「曹魏」。其次時間「鶉火
中」，鶉火是星次名，指農曆九月和十月，「鶉火中」指九月、十月
之交。再就是詩中的景物描寫：綠水揚波，曠野莽莽。走獸在交相
奔馳，驚起飛鳥隨翔。一派荒涼陰森、荒涼的景象，為什麼會是這
樣一副景象呢？原來是天氣轉寒，風雲變幻所致：「朔風屬嚴寒，陰
氣下微霜。」阮籍明顯是在向我們暗示什麼。那在阮籍活動的時代，
有哪一件政治大事是發生在魏國國都九、十月之交的「鶉火中」呢？
這一事件就是公元 254 年由司馬師一手操縱的公然廢立魏主的行
為。司馬師廢齊王曹芳是在 9 月 19 日，立曹髦在 10 月 6 日，恰好
符合阮籍詩中的「鶉火中」。此詩的最後六句是直接抒情，他為什麼
說自己是「羈旅無儔匹」。我們說過他形式上是加入了司馬氏集團
的，先後做過司馬懿（251 年崩）、司馬師（正元二年 255 崩）、司
馬昭（265 年崩）的從事中郎，之前還做過司馬氏集團成員太尉蔣
濟的屬吏。但從詩中「小人計其功，君子道其常」來看，阮籍對廢
立一事不贊同的。然而，司馬氏集團中其他成員必然是鼎力支持廢
立的。所以他才會說「羈旅無儔匹」，只有「俯仰懷哀傷」。最後用
「豈惜終憔悴，詠言著斯章」表明自己即便因憂傷而最終憔悴也在
所不惜，另外，他還要用筆寫下自己的感受。阮籍詩一向以晦澀難
明著稱，鍾嶸《詩品‧上品》：「厥旨淵放，歸趣難求。顏延年注解，
怯言其志。」李善《文選注》：「雖志在譏刺，而文多隱避，百代之
下，難以情測。」都是例證。但這首詩，阮籍卻有明顯的暗示與直
接的抒情。所以葉嘉瑩說這是阮籍詩中「最明顯的表現出他的喻託，
而且他所託喻的是特指魏晉之間司馬家族篡立這一重大事件的深痛
感慨的一首典型之作。」〔註46〕

〔註46〕葉嘉瑩《漢魏六朝詩講錄》，河北教育出版社 1997 年版，318 頁。

可見阮籍在詩歌創作上沒有開啓一條表現所謂「個性自由」的詩歌創作道路，相反他的行事與創作深深烙上了儒家思想的印記。阮籍的這種詠懷言志的詩風在魏晉詩歌並非個別現象，同是正始詩人代表的嵇康，其《述志詩》二首及因呂安牽連入獄後寫的《幽憤詩》都是屬詠懷言志之作。其中《述志詩》二首之一是表達自己成仙的理想，「浮遊太清中，更求新相知。比翼翔雲漢，飲露餐瓊枝。」之二則是抒發自己的歸隱之志：「巖穴多隱逸，輕舉求吾師。晨登箕山巔，日夕不知饑。玄居養營魄，千載長自綏」。詩歌內容帶有濃厚的道家色彩，然以儒教詩教來衡量又屬典型意義上的詠懷言志。其他像西晉左思的《詠史》八首，即是詠史也是詠懷言志，特別是第一首最後八句：「長嘯激清風，志若無東吳。鉛刀貴一割，夢想騁良圖。左眄澄江湘，右盼定羌胡。功成不受爵，長揖歸田廬。」詩人懷著雄心壯志，南平東吳、北定羌胡，功成之後，歸隱田廬。也是典型的詠懷言志詩，其他像兩晉劉琨身處五胡亂華動盪時代所寫的《扶風歌》、《答盧諶》、《重贈盧諶》，東晉陶淵明隱居田園所作的《飲酒》二十首、《詠二疏》、《詠貧士》均寄寓他們對時代、身世的關切與感慨。

以上說的是曹魏兩晉時代，在號稱漸趨淫靡的南朝以士大夫爲主體的詩歌創作隊伍始終沒有割斷儒家詠懷言志的詩歌創作傳統。劉宋、齊梁時期都不斷有詠懷明志的佳作問世。宋文帝劉義隆元嘉七年感滑臺陷落所作，即是一首感懷時事的言志詩：

> 逆虜亂疆場，邊將嬰寇讎。堅城效貞節，攻戰無暫休。覆沈不可拾，離機難復收。勢謝歸塗單，於焉見幽囚。烈烈制邑守，捨命蹈前修。忠臣表年暮，貞柯見嚴秋。楚莊投袂起，終然報強仇。去病辭高館，卒獲舒國憂。戎事諒未殄，民患焉得瘳。撫劍懷感激，志氣若雲浮。願想凌扶搖，弭旆拂中州。爪牙申威靈，帷幄騁良籌。華裔混殊風，率土泱王猷。惆悵懼遷逝，北顧涕交流。

　　元嘉七年（430）宋文帝劉義隆想要收復河南地區，命右將軍到彥之，統安北將軍王仲德、兗州刺史竺靈秀渡河北伐，驍騎將軍段宏精騎八千，攻虎牢，北魏拓跋燾把軍隊撤到黃河以北，避而不戰。但在當年十一月率大軍渡河反攻，到彥之大敗，洛陽、滑臺、虎牢諸城陷落，司州刺史尹沖、滎陽太守崔模「抗節不降，投塹死。」劉義隆給劉義恭寫信讚美尹沖：「誠節誌概，繼蹤古烈」。〔註47〕我們引述這首詩正是劉義隆在滑臺經過長時間爭奪最終還是落於北魏之手後，有感而作。作品前十二句簡要交代了整個事件經過：北虜南侵，諸將奮勇殺敵，但寡不敵眾，兩守將抗節自殺。後十四句是劉義隆言志，詩人懷古傷今，念及戰國時霸主楚莊王與漢代名將霍去病，想到自己治下百姓正遭受磨難，表達了希望得到得力的助手，運籌帷幄，從而一統中原的志向。但在失敗面前，詩人有些失落，只能北望中原而歎。元嘉二十二年（445），北魏盧水人蓋吳在杏城（今陝西黃陵西南）起義，北方又陷入混亂之際，他又寫了一首言志詩，表達自己「逝將振宏羅，一麾同文軌」〔註48〕的抱負。

　　劉宋著名詩人鮑照除抒發自己不遇之懷的《擬行路難》十八首，還寫過言志詩，遺憾的是作品已經亡佚，〔註49〕幸好史書記載了這首詩的本事。鮑照曾想謁見劉義慶，不被知賞，於是想獻詩言志。但被人給攔住，勸他：「卿位尚卑，不可輕忤大王。」鮑照非產生氣，反駁道：「千載上有英才異士沉沒而不聞者，安可數哉。大丈夫豈可遂蘊智慧，使蘭艾不辨，終日碌碌，與燕雀相隨乎？」於是寫詩奉上，得到劉義慶的青睞，「賜帛二十匹，尋擢爲國侍郎，甚見知賞。」〔註50〕劉宋另外一位著名詩人顏延之見劉湛、殷景仁擔任要職，心中不平，牢騷不斷，惹劉湛很不高興，就告訴劉義康，結果被出爲

〔註47〕梁・沈約《宋書・索虜傳》，中華書局 1974 年版，2331～2333 頁。
〔註48〕梁・沈約《宋書・索虜傳》，中華書局 1974 年版，2342 頁。
〔註49〕周建江輯校《南北朝隋詩文紀事》，中州古籍出版社 2001 年版，26頁。
〔註50〕唐・李百藥《南史・宋宗室及諸王傳附鮑照》，1975 年版，360 頁。

永嘉太守。史載他：「甚怨憤，」還沒赴任「乃作《五君詠》以述竹林七賢，山濤、王戎以貴顯被黜」，詠嵇康：「鸞翮有時鎩，龍性誰能馴。」詠阮咸曰：「屢薦不入官，一麾乃山守。」寫詩又爲劉義康德知，結果永嘉太守也未讓他作，令其「屛居里巷」思過，被冷落七年之久。〔註51〕

　　齊梁時代賦詩言志的傳統依舊在繼續。謝朓著名的《暫使下都也發新林至京邑贈西府同僚》：「大江流日夜，客心悲未央。徒念關山近，終知返路長。」「風煙有鳥路，江漢無限梁。常恐鷹隼擊，時菊委嚴霜。寄言躡羅者。寥廓已高翔。」此詩是他在荊州得蕭子隆賞愛，由於長史王秀之的饞毀，被齊武帝蕭賾召回建康途中，寫給同僚的。〔註52〕他以時菊自比，用鷹隼指小人讒言，抒發了自己無過被饞的悲涼之意。成倬雲謂此詩：「起句俊偉，直欲上邁陳思；通體亦雄皆健。」並說：「論詩者言體格卑下，動指齊梁，似此詩置之魏人中，豈復能辨？」〔註53〕梁武帝蕭衍在建武二年（495）於司州敗北魏軍後，以太子中庶子身份鎮守石頭城時寫過一首《直石頭》。〔註54〕他在此前不久的他登城四望，但見「鬱盤地勢遠。參差百雉壯。」身處「泰階端且平」的時代，何時歸鄉「頓轡從開放」。梁武帝登基以後的天監初年還寫過《春景明志詩》五百字，並敕在朝沈約以下同作。〔註55〕作品已經亡佚，從詩題判斷應該也是一首言志之作。他還有一首《撰孔子正言竟述懷詩》抒發自己愛悅孔子之道，

〔註51〕梁・沈約《宋書・顏延之傳》，中華書局1974年版，1893頁。
〔註52〕梁・蕭子良《南齊書・謝朓傳》，中華書局1972年版，825頁。
〔註53〕南朝齊・謝朓著，曹融南校注集說《謝宣城集校注》，上海古籍出版社1991年版，208頁。
〔註54〕唐・姚思廉《梁書・武帝本紀上》：「建武二年，魏遣將劉昶、王肅帥眾寇司州，以高祖爲冠軍將軍、軍主，隸江州刺史王廣爲援。」「高祖帥所領自外進戰。魏軍表裏受敵，乃棄重圍退走。軍罷，以高祖爲右軍晉安王司馬、淮陵太守。還爲太子中庶子，領羽林監。頃之，出鎮石頭。」中華書局1973年版，2頁。
〔註55〕唐・姚思廉《梁書・王僧孺傳》，中華書局1973年版，470～471頁。

希望能用「正言」勸人習學。所謂：「愛悅夫子道。正言思善誘。」
〔註56〕就是以豔詩著稱的蕭綱在被侯景幽禁，遇害前夕也寫下了：
「有梁正士蘭陵蕭世纘，立身行道，終始如一，風雨如晦，雞鳴不
已。弗欺暗室，豈況三光，數至於此，命也如何！」〔註57〕借助上
述事例可以認為言志詠懷傳統在魏晉南北朝一直在被延續著，雖然
它們的數量不多，但它們卻代表著一個重要傳統的延續。

三

　　詠懷言志只是儒家詩教傳統的內容之一，它的另外一個重要組
成部分便是諷諫。這也是儒家倡導積極入世，發揮詩歌政教作用的
重要詩歌理念。這一傳統在魏晉南北朝同樣得到了繼承。魏時明帝
曹叡在執政後期大營宮室，並讓劉劭作許都、洛都賦，當時軍旅履
興，史載劉劭作二賦「皆諷諫焉」。〔註58〕現存的應璩《百一詩》，
是齊王曹芳時期，因曹爽秉政，「多違法度」，應璩因以諷諫而作。
〔註59〕另張方賢《楚國先賢傳》：「汝南應休璉作百一篇詩，譏
切時事，徧以示在事者，咸皆怪愕，或以為應焚棄之，何晏獨無怪也。」
李充《翰林論》曰：「應休璉五言詩百數十篇，以風規治道，蓋有詩
人之旨焉。」孫盛《晉陽秋》云：「應璩作五言詩百三十篇，言時事
頗有補益，世多傳之。」〔註60〕東晉初年權臣王敦跋扈，他手下參
軍熊甫見他信任錢鳳，委以重任，錢在王敦謀逆一事上扮演著極力
攛掇者的角色，也是王敦的得力干將，知道王敦將有異圖，就趁著
酒勁，云：「開國承家，小人勿用，佞倖在位，鮮不敗業。」熊甫所

〔註56〕逯欽立《先秦漢魏南北朝詩》，中華書局 1983 年版，1530 頁。
〔註57〕唐·姚思廉《梁書·簡文帝紀》，中華書局 1973 年版，108 頁。
〔註58〕晉·陳壽撰，宋·裴松之注《三國志·劉劭傳》，中華書局 2006 年
　　　　版，370 頁。
〔註59〕晉·陳壽撰《三國志·應璩傳》，裴松之注引《文章敘錄》，中華書
　　　　局 2006 年版，361 頁。
〔註60〕梁·蕭統編《文選》，李善注引，上海古籍出版社 1986 年版，1015
　　　　頁。

以才有此言。王敦變色道：「小人阿誰？」熊甫毫無懼色，並向王敦告歸，臨別，「徂風飆起蓋山陵，氛霧蔽日玉石焚。往事既去可長歎，念別惆悵復會難。」王敦知道熊甫是在向他諷諫，但最終未予採納。〔註61〕東晉庾亮的兒子庾羲，時穆帝司馬聃愛好文義，庾羲作吳國內史，在任上獻詩給穆帝，本傳說：「頗存諷諫」。〔註62〕

　　劉宋時代因詩以諷諫的事例罕有留存，不過元徽元年（473年），散騎常侍顧長康與長水校尉何翌總結上起虞舜下至晉武帝時代的諷諫事例，著成一部十二卷的《諫林》上呈後廢帝劉昱。〔註63〕齊梁時代突出的以詩諷諫的事例當屬江淹諫阻劉景素起兵一事。後廢帝劉昱時代（元徽 473～477），文帝劉義隆的十四個兒子只剩下桂陽王劉休範，孫輩中以劉宏子劉景素最長。474 年 5 月劉休範起兵奪權，與蕭道成對壘，中詐降計爲張敬兒所殺。劉景素看到這種局勢，也想舉兵奪權。更爲重要的是史稱他：「好文章書籍，招集才義之士，傾身禮接，以收名譽。由是朝野翕然，莫不屬意焉。而後廢帝狂凶失道，內外皆謂景素宜當神器，唯廢帝所生陳氏親戚疾忌之。」〔註64〕江淹當時是劉景素的主簿，見此情形，便勸景素：「殿下不求宗廟之安，如信左右之計，則復見麋鹿霜棲露宿於姑蘇之臺矣。」景素不納，並且開始猜忌江淹。江淹沒有放棄，見景素移鎮丹徒後繼續「與不逞之徒，日夜構議」，他「知禍機之將發」，於是寫下《效阮公體》十五首，「略明性命之理，因以爲諷。」這下徹底惹惱劉景素，被黜爲吳興令。〔註65〕十五首《效阮公體》用比興、託喻的手法向劉景素表明自己一心爲主，同時勸誡景素禍福難測，

〔註61〕唐・房玄齡等撰《晉書・王敦傳》，中華書局 1974 年版，2567 頁。
〔註62〕唐・房玄齡等撰《晉書・庾亮傳附庾羲傳》，中華書局 1974 年版，1925 頁。
〔註63〕梁・沈約《宋書・後廢帝（劉昱）紀》，中華書局 1974 年版，180 頁。
〔註64〕梁・沈約《宋書・文九王傳》，中華書局 1974 年版，1861 頁。並參考王仲犖《魏晉南北朝史》上海人民出版社 2003 年版，369 頁。
〔註65〕江淹著，俞紹初、張亞新校注《江淹集校注》中州古籍出版社 1994 年版，290 頁。

不可輕信小人之言，心存僥倖。詩人用：「寧知霜雪後，獨見松竹心。」
（之一）「不逐世間人，鬥雞東郊道。富貴如浮雲，金玉不爲寶。
一旦鵜鴂鳴，嚴霜被勁草。」（之二）表白自己一腔赤誠，絕不爲
逐求富貴。其中「鵜鴂」，用《離騷》：「恐鵜鴂之先鳴兮，使夫百
草爲之不芳。」王逸《楚辭章句》：「言我恐鵜鴂以先春分鳴，使百
草華英摧落，芬芳不得成也，以喻讒言先至，使忠直之士蒙罪過也。」
〔註66〕作者以「鵜鴂」強調自己因饞得過，同時再次表白自己的忠
誠。詩人還極力說明起事的風險：「天命誰能見？人蹤信可疑。」（之
三）理想常與實際不符〔註67〕：「飄飄恍惚中，是非安所之？大道
常不驗，金火每如斯。」（之四）面對禍機將發的局面，詩人要遠
離漩渦，辭官爲民：「搔首廣川陰，懷歸思如何？常願返初服，閑
步穎水阿。」（之八）相傳唐堯時高士許由曾隱居穎水之陽。〔註68〕
故有此言。劉景素終在元徽四年（476）起兵，然部下毫無鬥志，他
自己也缺乏謀略，兵敗爲張倪奴擒殺。〔註69〕江淹的一番努力未發
揮效力，但他忠心盡職，在正面勸說無效的情況下，採用儒家提倡
的諷諫的方式，希望劉景素懸崖勒馬，表現出了一個臣子的本分與
遠見。他的努力沒能成功不能歸過諷諫本身，因爲往往只有殘酷的
現實才能讓那些利令智昏者收住邁向深淵的腳步，再透闢的言辭也
無濟於事。

　　蕭梁時代文人以詩諷諫的事例不多。倒是有幾首民間流傳的歌
謠及時傳達了中下層人對時政的看法並且有的還起到了諷諫的功
效。梁武帝的侄子蕭子恪（建安王蕭偉之子）作雍州刺史時，因年
齡小不閑庶務，一應事務皆委之群下。治下百姓每想跟蕭子恪說什

〔註66〕宋·洪興祖《楚辭補注》（重印修訂本）中華書局 1983 年版，39 頁。
〔註67〕江淹著，俞紹初、張亞新校注《江淹集校注》中州古籍出版社 1994
　　　　年版，24 頁。
〔註68〕江淹著，俞紹初、張亞新校注《江淹集校注》中州古籍出版社 1994
　　　　年版，26 頁。
〔註69〕梁·沈約《宋書·文九王傳》，中華書局 1974 年版，1863 頁。

麼，必須四處打點送錢。他的四個賓客江仲舉、蔡珣、王臺卿、庾仲容四人因此「並有蓄積」。當地流傳：「江千萬，蔡五百，王新車，庾大宅。」傳到蕭衍耳中，蕭衍很生氣，並續上：「主人慣慣不如客。」隨即下旨把子恪召回，由盧陵王蕭續代替子恪的職位。子恪還都見蕭衍，梁武帝問歌謠之事，子恪十分慚愧，一句話都說不出。「後折節學問，所歷以善政稱。」〔註70〕還有梁武帝的十一弟蕭憺，於天監元年（502）封始興王，面對當時戰後公私匱乏的狀況，他廣闢屯田，減省徭役，撫恤戰死者的家屬，「供其窮困，人甚安之。」凡有訴訟，他總是迅速判決，使「曹無留事，下無滯獄」。天監六年（507），荊州大水，他親率將史，冒雨加固堤防，當時雨水很猛，有人勸他退避，他說：「王尊尚欲身塞河堤，我獨何心以免？」他還招募估客營救被困洪水之人，爲水災中失去田業者提供糧種。天監七年（508年）被徵還朝，當地百姓唱到：「始興王，人之爹，徙赴人急，如水火，何時復來哺乳我。」〔註71〕這應當就是《詩大序》所言的：「治世之音安以樂，其政和」。上述兩篇歌謠，藝術成就平平，但卻是百姓心聲最樸素的傳達，特別是送給蕭憺的歌。從中不難見出，儒家詩教的諷諫精神，在南朝從來就沒有失掉過。齊梁文人直接反應現實的作品是少，但民間沒有丟掉儒家一直強調和推崇的直面現實的諷諫精神。孔子曾說：「禮失而求諸野。」（《論語‧憲問十四》）他還說：「先進於禮樂，野人也；後進於禮樂，君子也。如用之，則吾從先進。」（《論語‧先進篇十一》）孔夫子上述言辭，需要具體分析，不過至少在齊梁時期，孔子的認識是合乎事實的。

在審視齊梁豔麗詩風的時候，不時有人喜歡從魏晉找淵源，如韓雪的《宮體詩與梁代社會》就說：「從行爲方面看，東漢以後，人們的行爲日趨放達，表現在男女關係方面也日漸通脫與隨便。」〔註72〕

〔註70〕唐‧李延壽《南史‧梁宗室下》，中華書局1975年版，1292頁。
〔註71〕唐‧李延壽《南史‧梁宗室下》，中華書局1975年版，1301～1302頁。
〔註72〕韓雪《宮體詩與梁代社會》，《中國詩歌研究》第3輯，中華書局2005

這種說法也不是完全沒有根據，阮籍自己也曾毫不掩飾地公開對女色表示過興趣。問題是有「反」必有「正」，當研究者延順著魏晉以來個性自由的理路梳理南北朝詩歌的時候，往往只看到一條順暢的在個性自由的基礎上通向「聲色大開」的詩歌創作道路，沒有看到另外一條繼承儒家詩教理念的詩歌創作傳統，而這恰恰是認識《玉臺新詠》編纂宗旨的關鍵所在。正因爲這一傳統的存在，才使得以淫靡著稱齊梁詩歌面對詰責，不得不作出調試去正視和面對儒家風雅正統。不能看到這一點，便難以理解和認識徐陵編纂《玉臺新詠》在主觀上是意欲實現對儒家風雅正統回歸，同時爲蕭綱的詩歌創作尋找一個合理的立足點。

第三節　南北朝文學理念對儒家詩教傳統的繼承

　　任何文學實踐都是在特定歷史時期，立足詩人的經歷或所聞所見，在一定文學觀念支配下的文學創作活動。不管詩人自己是否意識得到，他總是受一定的文學觀念制約的。前面所說的魏晉南朝時期文學實踐對儒家詩教傳統的繼承也不列外。無論是應璩的百一詩，還是江淹的《效阮公體》十五首，針對雖都是他們所處時代的具體的政治事件，但促成他們決意用詩歌的形式去實現諷諫的功能以達到匡正現實的主觀目的的根源，歸根結蒂還是源自對儒家詩教的傳統的認同與傚仿。研究魏晉南朝的文學理論，通常還是關注那些新穎的文學理念，這是無足怪的。但任何一個時代在文學理念上的創見，總是在繼承前代基礎上取得的。所以當面對需要從繼承與創新兩個層面去認識某個特定歷史時期的文學理念，不過，在審視魏晉南朝的文學理念時，研究者總是有意無意地把儒家的詩教傳統作爲一種陳舊的束縛，無視儒家詩教理念作爲一種歷史存在的客觀性。這也是爲什麼用那些南朝新穎的文學理念闡釋《玉臺新詠》的

年版。

編纂宗旨走入死胡同的主要原因。一直以來，多數研究者沒有意識到這是一條死胡同。接下來我們想要探討的是儒家詩教傳統是怎樣被繼承的，它存在的條件除了前面的文學實踐活動以外還有哪些。

　　與魏晉南北朝時代政治領域儒家封建倫理思想依舊處於主流和支配地位一樣，儒家詩學理念在當時文學批評上也是居於主流支配地位。南北朝時期兩大文學批評著作鍾嶸《詩品》和劉勰《文心雕龍》都極其明顯地為我們指明了這一點。先看鍾嶸的《詩品》，他《序》的開始闡發他對詩歌本質的認識：

　　　　氣之動物，物之感人，故搖盪性情，形諸舞詠。照燭三才，暉麗萬有，靈祇待之以致饗，幽微借之以昭告；動天地，感鬼神，莫近於詩。

　　鍾嶸說詩歌是感於物的結果，這一觀點源自《禮記·樂記》：「凡音之起，由人心生也；人心之動，物使之然也！感於物而動，故形於聲。」簡言之便是：物感心、心生音，鍾嶸把「音」換成了「舞詠」，另外他在《樂記》基礎上指出物之動，是由「氣」來實現的。「形諸舞詠」是借鑒《詩大序》：「言之不足故嗟歎之，嗟歎之不足故永歌之，永歌之不足，不知手之舞之，足之蹈之也。」鍾嶸說詩歌能夠致饗神祇、昭告鬼神，能夠「動天地、感鬼神」依舊不出儒家詩教的範疇。他的觀點跟儒家詩教還是有細微別的，即鍾嶸沒像《詩大序》那樣說詩歌有「正得失」的功能。沒說不意味著不認同甚至反對，但研究者更傾向於認為鍾嶸是主言情的，即像陸機《文賦》的「詩緣情」一樣。張少康說：「鍾嶸之詩歌史強調『搖盪性情』的產物，則是有其特別的進步意義」，為什麼？張少康說：

　　　　從六朝開始，出現了「緣情」說，它是和「言志」說相對立。陸機在《文賦》中提出了「詩緣情而綺靡」的問題。這是一個很大的變化，也是具有十分重大的意義的。陸機不再講「言志」，而講「緣情」並不是偶然的，而是歷史發展的一種必然要求。它的實質是要打破儒家對「情」的束縛和限制。「言志」和「緣情」的對立，並不是前者

認爲詩歌是表現思想的，後者認爲詩歌是表現感情，而是
反映了要不要對「情」以嚴格的政治道德規範的問題，是
「情」要不要受儒家「禮義」制約的問題。「言志」說雖
然沒有否定感情問題，但在「禮義」的束縛下，不能自由
地抒情，這對詩歌的發展是起了眼中的阻礙作用的。如果
詩歌所抒之情，必須以「三綱五常」的「禮義」來限制，
那就只能寫些歌功頌德之作了，人民的悲喜之情、進步作
家的憤激之情，就都被視爲越出『禮義』大防的邪而不正
之情了。……他（鍾嶸）是眞正把詩歌的「情」從儒家「禮
義」的束縛之下解放了出來，同時又把「情」引導到具有
社會內容、進步思想的健康道路之上。〔註73〕

　張少康的觀點很據代表意義，然不是沒有可商榷之處。首先就
陸機「詩緣情而綺靡」的本義來說，正如詹福瑞所言：「從《文賦》
行文來看，陸機並非有意在『言志』之外另立一個『緣情』的理論，
也無意用這一理論取代『言志』的理論。」〔註74〕陸機著《文賦》
是爲了：「俯貽則於來葉，仰觀象乎古人。濟文武於將墜，宣風聲於
不泯。」「作文的最終目的還是爲了載道」。〔註75〕雖然如此研究者
還是認爲「詩緣情」的意義在於它「沒有提出『止乎禮義』，而強調
了詩的美感特徵。」〔註76〕總之他們總是從禮義與言情對立的角度
去看待「言志」與「緣情」兩種主張。張少康說二者的對立反映了
「要不要對『情』以嚴格的政治道德規範問題。」要不要？當然要。
儒家「發乎情，止乎義」的主張內涵遠比「詩緣情」豐富得多，因
爲儒家在情感之外，還看到了人的社會性特徵。既然人生存在社會
中，就不能不受社會規範的制約，具體到中國封建社會而言，就是

〔註73〕張少康《論鍾嶸的文學思想》，曹旭選評《中日韓〈詩品〉論文選評》，
　　　　上海古籍出版社2003年版。
〔註74〕詹福瑞《中古文學理論範疇》，中華書局2005年版，61頁。
〔註75〕趙敏俐《「魏晉文學自覺說」反思》，《中國社會科學》2005年2期。
〔註76〕王運熙、楊明《魏晉南北朝文學批評史》，上海古籍出版社1989年
　　　　版103頁。

儒家的倫理道德規範。另外，儒家把政教擺在第一位，也比單純的「詩緣情」更能揭示詩歌的本質。因為情感從來都是具體的情感，在封建社會這種情感既不能脫離也不能違背「禮義」之下的政教。還有把反映「禮義」僅僅局限在以「三綱五常」為基礎的歌功頌德上也是片面的，儒家一直倡導的諷諫精神、抒發志向抱負的主張，也都屬「止乎義」的範圍。再就是，既然魏晉南北朝是擺脫儒家禮義束縛的時代，那漢代的詩歌應該是束縛的不自由的，內容應當是貧乏的，可魏晉南北朝詩歌的越到後來內容越來偏狹，絲毫沒有表現出掙脫束縛後應有的優勢。

鍾嶸繼承儒家的詩教主張，這從他列舉的感人之物，便可以見出：

> 若乃春風春鳥，秋月秋蟬，夏雲暑雨，冬月祁寒，斯四候之感諸詩者也。嘉會寄詩以親，離群託詩以怨。至於楚臣去境，漢妾辭宮；或骨橫朔野，或魂逐飛蓬；或負戈外戍，殺氣雄邊；塞客衣單，孀閨淚盡；或士有解佩出朝，一去忘返；女有揚蛾入寵，再盼傾國。凡斯種種，感蕩心靈，非陳詩何以展其義；非長歌何以騁其情？

詩人列舉了四季物候對人的感發以及種種社會歷史際遇下各種人物的情感內容，只有詩才能把上述情態表現出來。再看鍾嶸列舉的具體事例除了四季物候，他所舉的作品實例，「嘉會寄詩以親，離群託詩以怨」道的是倫理親情；「楚臣去境，漢妾辭宮」講的是屈原、王昭君的故國之思；「骨橫朔野，或魂逐飛蓬」，「負戈外戍，殺氣雄邊」，「塞客衣單，孀閨淚盡」，說的是將士的舍生忘死的凜然豪氣與家中孀婦的血淚；「士有解佩出朝，一去忘返；女有揚蛾入寵，再盼傾國。」寫的是淡泊名利的高士與傾國傾城的佳人。張少康說鍾嶸列舉詩歌的具體內容，在於闡明了現實生活對人的情感所起的影響和作用。〔註77〕張氏所言不假，不過還沒有完全落到實處，到底是

〔註77〕張少康《論鍾嶸的文學思想》，曹旭選評《中日韓〈詩品〉論文選評》，

什麼樣的現實生活，這種現實生活是否都是一些脫離了封建社會倫理、國家利益的生活。至少從鍾嶸所舉實例中我們看不出這種傾向，它們之所以有那麼強烈的感發人心的力量，恰恰在於它們所包含的深廣的社會倫理內容，國家利益至上的崇高品格。

再來看鍾嶸品評詩人高下的標準，源出《國風》、《楚辭》是其主要依據之一。如上品之首是古詩，「其源出於《國風》，陸機所擬十二首。文溫以麗，意悲而遠。驚心動魄，可謂一字千金。」曹植「其源出於《國風》」，阮籍「其源出於《小雅》，無雕蟲之巧。而《詠懷》之作，可以陶性靈，發幽思。言在耳目之內，情寄八荒之表。洋洋會於《風》、《雅》，使人忘其鄙近，自致遠大，頗多感慨之詞。」左思「其源出於公幹。文典以怨，頗為精切，得諷喻之致。」他們都是位列上品的詩人。應璩因「善為古語，指事殷勤，雅意深篤，得詩人激刺之旨。」得以位列中品。那些被鍾嶸列入下品的詩人在他看來無一源出《國風》，有雅人之致。

鍾嶸《詩品》給詩人各理源流，指出他們的成就與特點，有其突出的創見，但對詩歌功能的認識問題上明顯繼承了儒家詩教，並在品評過程中把是否符合儒家詩學主張作為一條重要的衡量標準。劉勰的《文心雕龍》同樣是儒家詩教的積極倡導者，針對當時的浮豔淫靡的流弊，他說：「勵德樹聲，莫不師聖，而建言修辭，鮮克宗經。是以楚豔漢侈，流弊不還，正末歸本，不其懿歟！」（《文心雕龍·宗經》）就是對待屈原之《離騷》，他也站在儒家經典的立場上，對其進行了辨析：

> 其陳堯舜之耿介，稱禹湯之祗敬，典誥之體也；譏桀紂之猖披，傷羿澆之顛隕，規諷之旨也；虬龍以喻君子，雲蜺以譬讒邪，比興之義也；每一顧而掩涕，歎君門之九重，忠恕之辭也；觀茲四事，同於《風》、《雅》者也。至於託雲龍，說迂怪，豐隆求宓妃，鴆鳥媒娀女，詭異之辭

上海古籍出版社 2003 年版。

也；康回傾地，夷羿彈日，木夫九首，土伯三目，譎怪之
談也；依彭咸之遺則，從子胥以自適，狷狹之志也；士女
雜坐，亂而不分，指以爲樂，娛酒不廢，沉湎日夜，舉以
爲歡，荒淫之意也：摘此四事，異乎經典者也。」（《文心雕
龍・辯騷》）

周振甫指出這和他《辯騷》中的話有自相矛盾之處：〔註78〕「固
知《楚辭》者，體憲於三代，而風雜於戰國，乃《雅》、《頌》之博
徒，而詞賦之英傑也。觀其骨鯁所樹，肌膚所附，雖取熔《經》旨，
亦自鑄偉辭。」我們認爲劉勰把《離騷》即把看作「《風》、《雅》寢
聲」，「奇文鬱起」的產物，鑒於儒家經典的崇高地位，即便是離騷
也是要居於《風》《雅》之下，這同他針對當時流弊，提出《宗經》
主張是一脈相承的。因爲在劉勰看來當時豔麗的風氣，豔麗的楚騷
要承擔一定的責任。

南朝其他論文的名篇，蕭子顯《南齊書・文學傳論》同樣把風
雅作爲文風的本源所在。他土張：「習玩爲理，事久則瀆，在乎文章，
彌患凡舊。若無新變，不能代雄」。但蕭子顯事先說過：「吟詠規範，
本之雅什，流分條散，各以言區。」逐新不意味著一定要通過拋棄
已有的文學主張爲前提，以儒家的美刺爲例，不同時代有不同時代
的美刺內容，以內容論是新，以文學主張論無所謂新舊。

一個文學理念的傳承需要一定的依託，具體而言就是對《毛詩》
的傳習。西晉庾峻「常侍（晉武）帝講《詩》，中庶子何劭論《風》
《雅》正變之義，峻起難往反，四坐莫能屈之。」〔註79〕《世說新
語・文學篇》爲我們記載了東晉謝氏家族一次內部傳授《毛詩》的
情形：

謝公因子弟集聚，問：「《毛詩》何句最佳？」遏稱曰：
「『昔我往矣，楊柳依依；今我來思，雨雪霏霏。』」公曰：
「『訏謨定命，遠猷辰告。』」謂：「此句偏有雅人深致。」

〔註78〕周振甫主編《〈文心雕龍〉辭典・前言》，中華書局 1996 年版。
〔註79〕唐・房玄齡等《晉書・庾峻傳》，1974 年版，1392 頁。

謝公是指謝安。「遏」是謝玄的小字。謝安問《毛詩》中哪句最好，謝玄稱賞《小雅・采薇》以前後景物的變化表達征人的鄉關之情，是《詩經》中的千古名句。謝安則非，他欣賞《大雅・抑》：「訏謨定命，遠猶辰告。」意思是：用深謀遠慮來確定大計方針，將長遠的國策及時遍告群臣。謝玄讚賞的句子在古詩中是一流的寫景抒情之什，謝安看重的卻是在他看來有「雅人深致」的句子，之所以如此，蔣凡等說：「這句出自《大雅》的句子，深沉有氣度，是宰相之才的境界。如詩篇所言，輔佐君王，修明政治，平息紛亂、怨艾，使天下、宗族和靖，這正是宰相之才最完美的表達。」兩人不同的鑒賞傾向，是由兩人的閱歷、身份所決定的。〔註80〕謝安的欣賞口味為他的侄女，王凝之妻謝道韞所繼承，一次他問了謝道韞同用樣的問題：《毛詩》何句最佳？謝道韞用《大雅・蒸民》：「吉甫作頌，穆如清風。仲山甫永懷，以慰其心。」來回答。謝安同樣許以「有雅人深致。」〔註81〕沒有像謝安一樣的胸襟與氣魄是難以領略雅人之致的，這樣的人比能夠欣賞陽春白雪的人還要少。

蕭綱就著有《毛詩十五國風義》二十卷，不過早已亡佚，僅殘存一條。是《陳風條》：「歌以訊之。詩者思也，辭也。發慮在心謂之思，言見其懷抱者也。在辭為詩，在樂為歌，其本一也。故云作好歌以訊之。」〔註82〕此句，鄭玄的箋釋是：「歌，謂作此詩也。既作，又使工歌之，是謂之告。」梁武帝寫過《毛詩答問》，另外，還有一部《毛詩義》不知是否與《毛詩答問》為一書，因為此書本紀不載，但蕭綱作過一篇《請尚書左丞賀琛奉述制旨毛詩義表》。內容是希望蕭衍下旨由尚書左丞賀琛將蕭衍所講《毛詩》整理製成《毛詩義》。這篇奏表對詩歌的認知完全承自儒家詩教，他說詩歌是「性

〔註80〕 蔣凡、李笑野、白振奎評注《全評新注〈世說新語〉》，人民文學出版社 2009 年版。
〔註81〕 唐・房玄齡等《晉書・列女傳》，1974 年版，2516 頁。
〔註82〕 吳光興《蕭綱著述考》，《蕭綱蕭繹年譜・附錄一》，社會科學文獻出版社 2006 年版。

情之本」，用以言志，是「政教之基。故能使天地咸亨，人倫敦序」。
希望奉述的《毛詩義》能夠使「碩學知宗，大胥負師，國子咸紹，
孝敬之德，化洽天下」，讓「多識之風，道行比屋。」（《藝文類聚》
卷五十五）北魏宣武帝時期（500～504）張彝寫了《上采詩表》，孝
文帝遷都洛陽（494 年）後「慮獨見之不明，欲廣訪於得失，乃命
四使，觀察風謠。」即恢復采詩制度，張彝參與其事，「周歷於齊魯
之間，遍馳於梁宋之域。詢采詩頌，研檢獄情，實庶片言之不遺，
美刺之俱顯。」〔註 83〕

　　儒家詩學的流佈除帝王的身體力行外，還需要學校教育的配
合。蕭梁時期，梁武帝就非常重視經學的教授。所謂：「修飾國學，
增廣生員，立五館，置《五經》博士。」並在天監初年，由何佟之、
賀瑒、嚴植之、明山賓等「覆述制旨，並撰吉凶軍賓嘉五禮，凡一
千餘卷，高祖稱制斷疑。於是穆穆恂恂，家知禮節。」「大同中，於
臺西立士林館，領軍朱異、太府卿賀琛、舍人孔子袪等遞相講述。
皇太子、宣城王亦於東宮宣猷堂及揚州廨開講，於是四方郡國，趨
學向風，雲集於京師矣。」〔註 84〕魏晉南北朝是中國歷史上的一個
大分裂大動盪的時代，雖說經學教育不能和承平時期相比，但通常
而言，不管是北方政權還是南方政權只要政局稍稍穩定，統治者都
會重新重視其儒家的經學教育。東晉孝武帝司馬曜時代，謝石見「學
校陵遲」就上疏請求「興復國學，以訓冑子，班下州郡，普修鄉校。」
司馬曜採納了謝石的意見。〔註 85〕北方的少數民族政權也是如此，
匈奴族前趙政權主劉曜主政時期（318～329），「立太學於長樂宮東，
小學於未央宮西，簡百姓年二十五已下十三以上，神志可教者千五
百人，選朝賢宿儒明經篤學以教之。」〔註 86〕羯族建立的後趙政權，

〔註 83〕北齊・魏收《魏書・張彝傳》中華書局 1974 年版，1431 頁。
〔註 84〕唐・姚思廉《梁書・武帝本紀下》，中華書局 1973 年版，96 頁。
〔註 85〕唐・房玄齡等《晉書・謝石傳》，1974 年版，2088 頁。
〔註 86〕唐・房玄齡等《晉書・劉曜載記》，1974 年版，2689 頁。

石勒在襄國「立太學，簡明經善書吏署爲文學掾，選將佐子弟三百人教之。」後來他又「增置宣文、宣教、崇儒、崇訓十餘小學於襄國四門，簡將佐豪右子弟百餘人以教之，且備擊柝之衛。」〔註87〕他還「命郡國立學官，每郡置博士祭酒二人，弟子百五十人，三考修成，顯升臺府。於是擢拜太學生五人爲佐著作郎，錄述時事。」〔註88〕前秦苻堅「廣修學官，召郡國學生通一經以上充之，公卿已下子孫並遣受業。其有學爲通儒、才堪幹事、清修廉直、孝悌力田者，皆旌表之。」他還曾「親臨太學，考學生經義優劣，品而第之。問難五經，博士多不能對。」他還跟博士王實說：「朕一月三臨太學，黜陟幽明，躬親獎勵，罔敢倦違，庶幾周、孔微言不由朕而墜，漢之二武其可追乎！」史稱：「自永嘉之亂，庠序無聞，及堅之僭，頗留心儒學，王猛整齊風俗，政理稱舉，學校漸興。」〔註89〕

士人階層中那些不遵禮法、放蕩不羈的人，不但得不到社會認同而且還會影響到他的聲名與仕途。阮籍的姪子阮咸，就沒有阮籍那麼好的官運，晉武帝司馬炎嫌他「耽酒浮虛」，遂棄之不用。〔註90〕後秦姚興時期（393～416），黃門侍郎古成詵「風韻秀舉，確然不群，每以天下是非爲己任。」有個叫韋高的人仰慕阮籍的爲人，「居母喪，彈琴飲酒。」古成詵很悲傷，恨恨地說：「吾當私刃斬之，以崇風教。」於是提著劍四處找韋高，韋高聽說後嚇得藏起來，終生不敢見古成詵。〔註91〕蕭梁時期的張率，他父親去世後留下幾十名侍妓，其中有個唱歌不錯的侍妓容貌很美，顧玩之求娉，「謳者不願，遂出家爲尼。」但常常跟張率借齋戒的機會私會。顧玩之便寫文四處散佈說張率同歌伎有姦情。此事被梁武帝知道，梁武帝因爲

〔註87〕唐・房玄齡等《晉書・石勒載記上》，1974年版，2720頁，2729頁。
〔註88〕唐・房玄齡等《晉書・石勒載記下》，1974年版，2751頁。
〔註89〕唐・房玄齡等《晉書・苻堅載記上》，1974年版，2888頁，2895頁。
〔註90〕唐・房玄齡等《晉書・阮咸傳》，1974年版，1362頁。
〔註91〕唐・房玄齡等《晉書・姚興載記》1974年版，2979頁。

愛惜張率的才學沒有追究，但張率還是招致了時人的議論。〔註92〕
由此可見，輿論的威力是不可小覷的。這從一個側面進一步確認，
當蕭綱的宮體詩遭受非議之時，他必須採取一定措施應對。誕生在
非議之後的《玉臺新詠》，其主觀目的無論如何也不可能是想去倡
導一種淫靡的詩風。

　　蕭綱宮體詩遭受的非議，不是一件偶然事件。魏晉南北朝時代
不管是文學實踐還是文學理念上，儒家詩教的流佈都沒有斷絕，而
且在社會上保持了相當的影響力，這也是為什麼蕭綱面對非議，會
讓徐陵從儒家詩教立場出發去編纂一部專供後宮閱讀的《玉臺新
詠》，以實現對風雅正統的回歸。在封建社會已經解體的今天提倡封
建時代的某些糟粕固然行不通，然而不能就此否認封建時代將教化
置於首要地位的正當性和必要性。儒家詩教的某些具體主張已成為
歷史，但儒家把政治教化放在第一位的主張在今天依舊有它積極的
意義在。

　　結合第一章的主題分析及以上論述可以認定劉肅《大唐新語》
中說的編纂《玉臺新詠》是針對宮體詩「大其體」的說法是有依據
的，也是一個事實。不過，就《玉臺新詠》的編纂宗旨而言，向儒
家詩教回歸只是他的目的之一，他的另外一個重要目的就是供後宮
佳麗們閑暇時消遣，也就是他在序言中說的「至如青牛帳裏，餘曲
既終，朱鳥窗前，新妝已竟，方當開茲縹帙，散此條繩，永對玩於
書幃，長循環於纖手。」簡言之，徐陵編纂此書為了寓教於樂，甚
至可以說主要是為了娛樂之用，只是娛樂之時沒有擯棄儒家詩教主
張而言。《玉臺新詠》的編纂宗旨需從娛樂與教化兩個層面去理解，
方能客觀、全面地認識此書的編纂宗旨。另外，徐陵不諱言以詩為
娛，這在中國文學史上是很值得注意的，他在序言中是這麼說的，

〔註92〕唐・姚思廉《梁書・張率傳》：「（顧）玩之乃飛書言與率奸，南司以
　　　　事奏聞，高祖惜其才，寢其奏，然猶致世論焉，中華書局 1973 年版，
　　　　478 頁。」

同時在選詩過程中也是這麼做的。這從那些樂府歌詩以及文人唱和
作品身上，可以很明顯地見出來。此前留存的詩歌總集《詩經》與
《楚辭》都沒有像徐陵那麼明確地聲明把娛樂作爲編選詩歌總集的
主要目的。詩歌的娛樂功能一直以來就是一個客觀存在，對此《詩
大序》所說的：「詩者，志之所之也，在心爲志，發言爲詩。情動於
衷而行言，言之不足故嗟歎之，嗟歎之不足，故永歌之，永歌之不
足，不知手之舞之，足之蹈之也。」雖未明言，事實上就是在闡發
詩歌的娛情功能，只是在此基礎上爲我們進一步指明這種娛情功能
在不同的政治形勢下，有著迥異的表現而已。

結　論

　　《玉臺新詠》一直是一部毀譽參半的書，一方面它是南朝僅存
的兩部文學總集，不少名篇賴以存世，如《孔雀東南飛》，受到相當
程度的珍視；但另一方面又由於它專錄女性題材作品的取材範圍，
及以時間為經，兼錄古今篇什的編纂體例，所謂：「往世名篇，當今
巧製。」特別是因為它同宮體詩的密切關係，一千多年以來備受史
家詬病。所以，長久以來有關《玉臺新詠》的研究成果主要體現在
版本方面，這與作為一部文學總集的身份是不相稱的。因為《玉臺
新詠》畢竟是一部詩歌總集，文學性是它的首要性質，離開文學本
位，它的價值很難得到全面估量。對此，我們做了一些粗淺的工作，
即嘗試從詩歌文本的全面解析出發，意圖在前人基礎上開掘和揭示
《玉臺新詠》的價值。

　　通常的看法魏晉以降，詩歌不再像先秦、兩漢詩歌那樣同音樂
有著密不可分的關係。但近年以來有關歌詩的研究打破了這一看
法，詩歌創作在魏晉南北朝並沒有走向一條詩歌與音樂逐漸分離的
道路，而是繼續保持著一種互動關係。《玉臺新詠》給我們提供了進
一步的佐證，證明南朝詩歌與音樂有密切關係。首先，徐陵在序言
中明確說他是在「撰錄豔歌」，且有確鑿證據證明為樂府歌詩的作品
占全部 660 首作品的三分之一以上。再就是《玉臺新詠》中的那些

直接欣賞歌舞的作品，詩人用詩歌去捕捉歌舞的瞬間畫面，表現自己對音樂、舞蹈的愉悅與領悟，同樣也是詩歌與歌舞融合的產物。借助音樂門類這樣一個參照系，我們還可以去認識《玉臺新詠》的豐富內涵。一般而言，《玉臺新詠》主題相對單調，內涵也不夠豐富。可是在引入音樂門類這樣一個參照之後，就會發現《玉臺新詠》自身的一些特質。比如，班婕妤《怨詩》以及江淹等四人的《班婕妤怨》歸入《相和歌辭‧楚調曲》，柳惲的《獨不見》也是寫班婕妤之怨，但卻歸入《雜曲歌辭》，柳詩自題是「鼓吹曲」，不管怎麼樣，二者雖然主題一致，卻屬於不同的樂府歌詩門類。謝朓、沈約、王僧儒、費昶、蕭衍和庾肩吾的 6 首《有所思》歸入《鼓吹曲辭‧鐃歌》，庾炎的《有所思》卻在《相和歌辭‧楚調曲》之下。主題一致的前提下，在不同的音樂門類下，其藝術效果是有較大差異的，如果只著眼於主題，這種差異就可能會被我們忽略。還有石崇的《王昭君辭》，是一首舞曲歌辭，原為供他所喜愛的歌舞伎綠珠表演之用，一起被收錄的還有沈約《昭君辭》、施榮泰《詠王昭君》、范靖婦《王昭君歎》二首等。而王叔英妻劉氏《和昭君怨》卻屬於琴曲歌辭，配以舞蹈的《王昭君辭》與琴曲《昭君怨》從現場表演上以及審美效果上，給人的藝術享受也是不同的。只是，現在已經無法復原當時這兩種表演實況。

再就是借助《玉臺新詠》唱和詩的分析可以認識文人詩在南朝發展的新階段。詩文唱和由來已久，早在曹魏時期曹丕、曹植就同建安七子中的王粲、阮瑀有著經常性的詩文活動。這還不是最早的，漢武帝及群臣的《柏梁臺詩》甚至先秦諸侯國之間交往經常進行的賦詩言志都可以看作是詩文活動的早期雛形。不過，比之以往的詩文活動，南朝特別是齊梁時期，其詩文活動更趨頻繁、娛樂彩色也愈加濃厚。從我們分析的蕭綱、蕭繹、蕭子顯的唱和詩可以看出，齊梁時期的唱和詩追求一種整飭之美，這種整飭之美不止體現在詩歌形式上，如對偶、聲律等方面，還體現在對內容的追求上，蕭綱、

徐陵眼中的唱和詩一定要緊扣原作，同時又要所生發，這對以後的唐詩、宋詩有著明顯的影響。唱和詩通常被認爲是一些應景之作，內容貧乏，認識價值有限。然而，這卻是魏晉以來詩歌創作的重要形式之一。沒有文人之間的這種有意識的詩文創作活動，中國古典詩歌很難有如此持久的生命力和傑出成就。

　　以上《玉臺新詠》的主要價值所在，它的另一價值體現在徐陵對儒家詩教傳統的尊重與繼承上。一般看來，南朝詩歌創作走的是一條與儒家詩教相背離的道路，從整個南朝詩歌創作主流來看這個看法是合乎事實的。不過，儒家詩教傳統雖然早不再佔據詩歌創作的主體地位，但它作爲一種傳統自始至終從未斷絕過。而且《玉臺新詠》的編纂初衷也正是爲了應對當時社會輿論對宮體詩的非議，表明自己同儒家詩教傳統的關聯。只是，詩歌創作主潮的扭轉不是僅憑主觀意願就可以完成的，雖然徐陵做了一番努力，但長久以來人們還是習慣於從儒家詩教的反面去看待《玉臺新詠》。這一狀況的造成是可以理解的，其中的原因除了那些直接、間接表現儒家倫理內容、寄寓現實關懷作品所佔比重過小外，更主要的原因是徐陵並不會隱晦以詩爲娛的編纂目的，即徐陵雖然通過有意識地選錄漢魏時期那些具有濃厚倫理色彩的作品暗示他對過分娛樂的態度，但他並不排斥那些把女性作爲玩賞對象的創作。這體現了他對詩歌創作現實的認可，即當時眾多文人在詩歌創作過程的確不再把儒家倫理作爲直接的表現內容，同時也表達了他對儒家詩教傳統的尊重。而且前者顯然佔據著主要地位。

參考文獻

1. 東漢・班固《漢書》中華書局 1962 年版。
2. 宋・范曄著，唐・李賢等注《後漢書》2005 年版。
3. 晉・陳壽撰，宋・裴松之注《三國志》，中華書局 2006 年版。
4. 唐・房玄齡等撰《晉書》，中華書局 1974 年版。
5. 梁・沈約《宋書》，中華書局 1974 年版。
6. 梁・蕭子顯著《南齊書》，中華書局 1972 年版。
7. 唐・姚思廉《梁書》，中華書局 1973 年版。
8. 北齊・魏收《魏書》中華書局 1974 年版。
9. 唐・令狐德棻等《周書》，中華書局 1971 年版。
10. 唐・李百藥《北齊書》，中華書局 1972 年版。
11. 唐・李延壽《北史》，中華書局 1974 年版。
12. 唐・李延壽《南史》，中華書局 1975 年版。
13. 唐・魏徵等《隋書》，中華書局 1973 年版。
14. 梁・蕭統編，唐・李善注《文選》，上海古籍出版社 1986 年版。
15. 蔣凡等《新注全評世說新語》，人民文學出版社 2009 年版。
16. 唐・杜佑《通典》中華書局 1988 年版。
17. 宋・郭茂倩《樂府詩集》中華書局 1979 年版。
18. 宋・鄭樵《通志二十略》，中華書局 1995 年版。
19. 宋・朱熹《楚辭集注》上海古籍出版社 2001 年版。
20. 宋・洪興祖《楚辭補注》（重印修訂本）中華書局 1983 年版。

21. 明‧馮夢龍《情史》，大眾文藝出版社 2002 年版。

22. 明‧梅鼎祚《古樂苑》卷三十七，《四庫全書》上海古籍出版社 2003 年版 1395 冊。

23. 清‧許槤箋注，江陰香句解《白話句解六朝文絜》上海大達圖書供應社 1935 年版。

24. 清‧方東樹《昭昧詹言》，人民文學出版社 1961 年版。

25. 清‧張玉穀著，許逸民點校《古詩賞析》上海古籍出版社 2000 年版。

26. 清‧杜文瀾輯，周紹良校點《古謠諺》中華書局 1958 年版。

27. 清‧沈德潛編《古詩源》，中華書局 1963 年。

28. 徐仁甫《古詩別解》，上海古籍出版社 1984 年版。

29. 梁啓超《中國之美文及其歷史》東方出版社 1996 年版。

30. 朱自清《古詩十九首釋》，《朱自清全集》（第七卷），江蘇教育出版社 1992 年版。

31. 徐震堮撰《世說新語校箋》，中華書局 1984 年版。

32. 陳寅恪《金明館叢稿二編》三聯書店出版社 2000 年版。

33. 盧盛江《文鏡秘府論匯校匯考》，中華書局 2006 年版。

34. 張蕾《〈玉臺新詠〉論稿》，人民出版社 2007 年版。

35. 黃節《漢樂府風箋》，中華書局 2008 年版。

36. 馬茂元《古詩十九首初探》，陝西人民出版社 1981 年版。

37. 逯欽立《先秦漢魏南北朝詩》，中華書局 1983 年版。

38. 蕭滌非《漢魏六朝樂府文學史》，人民文學出版社 1984 年版。

39. 王汝弼《樂府散論》，陝西人民出版社 1984 年版。

40. 余冠英《樂府詩選》，人民文學出版社 1953 年版。

41. 北京大學中國文學史教研室選注《兩漢文學史參考資料》，中華書局 1962 年新 1 版。

42. 康正果《風騷與豔情》河南人民出版社 1988 年版。

43. 施蟄存《唐詩百話》上海古籍出版社 1987 年版。

44. 李寶均《曹氏父子與建安文學》上海古籍出版社 1978 年。

45. 梁‧何遜著，李伯齊校注《何遜集校注》作《看伏郎新婚》，齊魯書社 1988 年版

46. 羅宗強《隋唐五代文學思想史》，中華書局 2003 年版。

47. 趙敏俐《周漢詩歌綜論》學苑出版社 2002 年版。

48. 胡大雷《宮體詩研究》，商務印書館 2004 年版。

49. 劉躍進《〈玉臺新詠〉研究》中華書局 2000 年版。

50. 曹植著，趙幼文校注《曹植集校注》人民文學出版社 1984 年版。

51. 晉・陸機著，劉運好校注整理《陸士衡文集校注》，南京：鳳凰出版社 2007 年版。

52. 南朝齊・謝朓著，曹融南校注集說《謝宣城集校注》，上海古籍出版社 1991 年版。

53. 江淹著，俞紹初、張亞新校注《江淹集校注》中州古籍出版社 1994 年版。

54. 陳・徐陵撰，許逸民校箋《徐陵集校箋》，中華書局 2008 年版。

55. 劉師培《中古文學史講義》，上海古籍出版社 2000 年版。

56. 蕭華榮《魏晉南北朝詩話》，齊魯書社 1986 年版。

57. 曹道衡、沈玉成《中古文學史料叢考》中華書局 2003 年版。

58. 周建江輯校《漢詩文紀事》，中州古籍出版社 2007 年版。

59. 周建江輯校《三國兩晉詩文紀事》，中州古籍出版社 2001 年版。

60. 周建江輯校《南北朝隋詩文紀事》，中州古籍出版社 2001 年版。

61. 詹福瑞《南朝詩歌思潮》，河北大學出版社 2005 年版。

62. 詹福瑞《中古文學理論範疇》，中華書局 2005 年版。

63. 唐長儒《魏晉南北朝史論叢》（外一種）河北教育出版社 2000 年版。

64. 鄺健行、吳淑鈿《香港古典文學研究論文選粹》（詩詞曲篇），江蘇古籍出版社 2002 年版。

65. 范文瀾《中國通史簡編》（修訂本）第二編，人民出版社 1964 年版。

66. 王仲犖：《魏晉南北朝史》上海人民出版社 2003 年版。

67. 任繼愈《漢唐佛教思想論集》人民出版社 1973 年版。

68. 北魏・楊衒之撰，周振甫釋譯《洛陽伽藍記校釋今譯》，學苑出版社 2001 年版。

69. 陳・徐陵編，清・吳兆宜注，程琰刪補，穆克宏點校《玉臺新詠箋注》中華書局 1985 年版。

70. 張葆全《玉臺新詠譯注》，廣西師範大學出版社 2007 年版。

71. 曹道衡、沈玉成《南北朝文學史》，人民文學出版社 1991 年版。

72. 趙明、趙敏俐等編《先秦大文學史》，吉林大學出版社 1993 年版。

73. 趙明等主編《兩漢大文學史》吉林大學出版社 1998 年版。

74. 焦桂美《南北朝經學史》，上海古籍出版社 2009 年版。

75. 劉肅《大唐新語》，中華書局 1984 年版。

76. 清・袁枚《隨園詩話》人民文學出版社 1982 年版。

77. 聞一多《宮體詩自贖》，《唐詩雜論》上海古籍出版社 1998 年版。

78. 王瑤《中古文學史論》，《王瑤全集》（第一卷），河北教育出版社 2000 年版。

79. 林耀潾《先秦儒家詩教研究》，臺北，臺灣學生書局 1990 年版。

80. 宗白華著《宗白華全集》第二卷，安徽教育出版社 1994 年版。

81. 曹旭選評《中日韓〈詩品〉論文選評》，上海古籍出版社 2003 年版。

82. 周振甫主編《〈文心雕龍〉辭典》，中華書局 1996 年版。

83. 吳光興《蕭綱蕭繹年譜》，社會科學文獻出版社 2006 年版。

84. 王運熙《樂府詩述論》（增補本），上海古籍出版社 2006 年版。

85. 趙敏俐等撰《中國古代歌詩研究》，北京大學出版社 2005 年版。

86. 楊蔭瀏《中國古代音樂史稿》，人民音樂出版社 2004 年版。

87. 蔡仲德《中國音樂美學史》（修訂版），人民音樂出版社 2003 年第二版。

88. 蔡仲德《中國音樂美學史資料注譯》（增訂版），人民音樂出版社 2004 年版。

89. 英・靄理士著，潘光旦譯注《性心理學》，商務印書館 1997 年版。

90. 亞里斯多德　賀拉斯《詩學・詩藝》，人民文學出版社 1962 年版。

91. 馬克思、恩格斯《德意志意識形態》，《馬克思恩格斯全集》第三卷，人民出版社 1960 年版。

92. 詹瑛《〈玉臺新詠〉三論》，《語言文學與心理學論集》齊魯書社 1989 年版。

93. 周禾《試論〈玉臺新詠〉的思想價值》，《華中師院學報》1984 年 3 期。

94. 穆克宏《試論〈玉臺新詠〉》，《文學評論》1985 年 6 期。

95. 金克木《〈玉臺新詠〉三問》，《文史知識》1986 年 2 期。

96. 閻采平《論六朝詠昭君詩之踵事增華》，《湘潭大學學報》（社會科學版）1987 年 3 期。

97. 周建渝《也評「宮體詩」和〈玉臺新詠〉》，《四川師範大學學報》1987 年 4 期。

98. 鍾濤從《〈文選〉到〈玉臺新詠〉——南朝後期文學的轉變及意義》，

《青海社會科學》1990 年 5 期。

99. 周禾《論〈玉臺新詠〉的編纂》,《江漢論壇》1992 年 4 期。

100. 咎亮、姜廣強《〈玉臺新詠〉與樂府詩》,《聊城師範學院學報》(哲學社會科學版) 1998 年 1 期。

101. 艾春明《由「遠觀」到「褻玩」——〈玉臺新詠〉與〈花間集〉的兩性距離》,《錦州師範學院學報》2001 年 4 期。

102. 傅剛《〈玉臺新詠〉編纂時間再探討》,北京大學學報 2002 年 3 期。

103. 周建軍《從選詩之差異看〈文選〉、〈玉臺新詠〉的文學批評意義》,《求索》2002 年 4 期。

104. 崔煉農《〈玉臺新詠〉不是歌辭總集》,《雲南藝術學院報》2003 年 1 期。

105. 傅剛《〈文選〉與〈玉臺新詠〉》,《鎮江高專學報》2003 年 4 期。

106. 張蕾《並非偶然的巧合——〈玉臺新詠〉與〈文選〉選詩相重現象析》,《鄭州大學學報》(哲學社會科學版) 2003 年 6 期。

107. 張蕾《關於〈續玉臺新詠〉的幾個問題》,《殷都學刊》2004 年 1 期。

108. 章培恆《〈玉臺新詠〉爲張麗華所「撰錄」考》,《文學評論》2004 年第 2 期。

109. 談蓓芳《〈玉臺新詠〉版本考——兼論此書的編纂時間和編者問題》,《復旦學報》(社會科學版) 2004 年 4 期。

110. 鄔國平《〈玉臺新詠〉張麗華撰錄說獻疑——向章培恆先生請教》,《學術月刊》2004 年 9 期。

111. 樊榮《〈玉臺新詠〉「撰錄」真相考辨——兼與章培恆先生商榷》,《中州學刊》2004 年 6 期。

112. 張蕾《〈玉臺新詠〉研究述要》,《河北師範大學學報》(哲學社會科學版) 2004 年 2 期。

113. 姚曉柏《徐陵在中國文學史上的地位及〈玉臺新詠〉的價值》,《湘湖論壇》2004 年 5 期。

114. 陶原珂《〈玉臺新詠〉顏色詞語意象分析》,《中州學刊》2004 年 5 期。

115. 張蕾《試論明刻本增補〈玉臺新詠〉的價值》,《文學遺產》2004 年 6 期。

116. 張蕾從《唐詩玉臺新詠》看唐詩與〈玉臺新詠〉的因緣》,《湖南大學學報》(社會科學版) 2004 年 3 期。

117. 胡旭《梁武帝與〈昭明文選〉、〈玉臺新詠〉的編纂》,《古籍整理研究學刊》2004 年 5 期。

118. 傅剛《「宮體詩」與〈玉臺新詠〉研究史的檢討》,《學林》四十號（2004 年 12 月）

119. 姚曉柏《正確評價徐陵及其〈玉臺新詠〉》,《湖南環境生物職業技術學院學報》2004 年 3 期。

120. 許雲和《解讀〈玉臺新詠序〉》,《煙台師範學院學報》（哲學社會科學版）2005 年 1 期。

121. 胡大雷《〈玉臺新詠〉為梁元帝徐妃所「撰錄」考》,《文學評論》2005 年 2 期。

122. 范正生《「上山採蘼蕪」新解》,《泰山學院學報》2006 年 5 期。

123. 姚曉柏《情必極貌以寫物——談〈玉臺新詠〉中「怨」的社會意義》,《湖南社會科學》2006 年第 2 期。

124. 張蕾《情在「閨房」之外——〈玉臺新詠〉錄詩別調論析》,《河北師範大學學報》（哲學社會科學版）2006 年 6 期。

125. 章培恆《〈玉臺新詠〉的編者與梁陳文學思想的實際》,《復旦學報》（哲學社會科學版）2007 年 2 期。

126. 高慶梅《從〈玉臺新詠〉看南朝文人擬作對樂府古辭的改動》,《樂山師範學院學報》2007 年 3 期。

127. 胡大雷《徐陵為〈玉臺新詠〉協助撰錄者及其〈序〉的撰作時間考》,《文獻》2007 年 3 期。

128. 余潔《〈玉臺新詠序〉的女性色彩與宮體詩人的文學旨趣》,《陝西理工學院學報》（社會科學版）2007 年 4 期。

129. 朱曉海《論徐陵〈玉臺新詠·序〉》,《中國詩歌研究》第四輯（2007 年 7 月）

130. 張蕾《程琰刪補〈玉臺新詠箋注〉三題》,《河北師範大學學報》（哲學社會科學版）2008 年 1 期。

131. 崔蕾從《〈玉臺新詠〉看當時婦女的婚姻狀況和愛情觀念》,《傳承》2009 年 4 期。

致　謝

　　記得入學面試的時候，趙老師問我：「從事我們這個專業到底有什麼意義，做學問這麼累，這麼苦。」說實話這個問題我不知道答案，當時只是答非所問地說：「做學問固然苦、累，但在收穫之後會有樂趣。」實際上，當初之所以選擇這個專業，拋開現實需要外，主要是由於自己喜歡，沒有考慮更多。

　　感謝趙老師給我機會走進首師大校園與書相伴，度過這稍顯漫長的五年。之所以選定《玉臺新詠》作爲研究對象，是趙老師推薦的。最初接下這個題目的時候，我對這個題目的難度，以及在準備和寫作過程中可能遇到的困難沒有給予充分的重視與估量。當進入開題准備階段之後，意想不到的困難接踵而至，陷入了被動。打不開思路，總是在做無用功，這個時候趙老師給與了耐心的指導與幫助。不過在相當長的一段時間內，我都沒有很好地領悟和貫徹趙老師的意圖，總是把路走歪了，對此，趙老師也很著急，好多次彼此都有些失去信心。這也是爲什麼單單論文開題就拖了一年多。如今雖然論文拿出來了，但我知道不過是勉強寫完，自知還有很多不完善的地方，遠遠沒有達到最初的目標和趙老師的要求。不過，也只能暫時如此，論文的不足與缺憾只能等到畢業再補救了。

　　非常感謝李炳海老師、方銘老師、范子燁老師、魯洪生老師、

吳相洲老師、馬自力老師、蹤訓國老師，他們在論文開題與預答辯中，提出很多寶貴的批評和建設性意見，這是我所不能忘記的。我還要感謝遠在青島的劉懷榮老師，他雖不在北京，在論文準備和寫作過程中，也曾給我許多啓發和建議，使我獲益良多。

最後要謝謝我的父母親，五年來聚少離多，留下了太多的無奈與遺憾，我會在未來的歲月裏盡我所能盡力彌補。

首師大的校園生活即將結束，我將到江西南昌繼續新的校園生活，無論走到哪裏都不會忘記這五年的難忘的歲月。